AGATHA CHRISTIE

Mord im Orient-Express

Der rote Kimono

Buch

Als der Orient-Express von Istanbul nach Calais plötzlich mitten auf der Strecke im Schnee steckenbleibt, schreckt auch Hercule Poirot in seinem Abteil aus dem Schlaf auf. Es ist kurz nach Mitternacht. Als er auf den Gang hinaustritt, sieht er gerade noch eine Frau in einem roten Kimono davonhuschen. Wer war die geheimnisvolle Frau? Und hat sie vielleicht etwas mit dem Mord zu tun, der sich in jener Nacht im Zug ereignet hat? Poirot erwartet im verschneiten Orient-Express der ungewöhnlichste Fall seiner Laufbahn ...

Autorin

Agatha Christie (1890–1976) wurde als Mary Clarissa Miller in Devon geboren. 1914 heiratete sie den Luftwaffenoffizier Archibald Christie und begann während ihrer Zeit als Krankenhelferin im ersten Weltkrieg mit dem Schreiben. Der Erfolg ließ nicht lange auf sich warten: In kürzester Zeit avancierte Agatha Christie zur gefragtesten Kriminalschriftstellerin ihrer Zeit, und heute markiert die Veröffentlichung ihres ersten Romans den Beginn des »goldenen Zeitalters« der Kriminalliteratur. Sie verfaßte 79 Romane und Sammlungen von Kurzgeschichten, schuf mit Hercule Poirot und Miss Marple die zwei berühmtesten Detektivfiguren unserer Zeit und wird von Millionen Lesern verehrt. Die Bücher von Agatha Christie wurden in mehr Sprachen übersetzt als die Werke Shakespeares und immer wieder verfilmt, ihre Figuren und genial konstruierten Handlungsfäden haben die Zeiten gegen alle modischen Trends überdauert und setzen bis heute Maßstäbe.

Agatha Christie im Goldmann Verlag

Alibi (43950)
Tod in den Wolken (43947)
Das Geheimnis von Sittaford (43948)
Ein Schritt ins Leere (43949)
Dreizehn bei Tisch (43951)
Nikotin (43952)
Mord auf dem Golfplatz (43953)
Das Haus an der Düne (43954)

AGATHA
CHRISTIE

Mord im Orient-Express

Der rote Kimono

Roman

Aus dem Englischen von
Elisabeth van Bebber

GOLDMANN

Die Originalausgabe erschien 1934 unter dem Titel
»Murder on the Orient Express«
bei Collins, London

Umwelthinweis:
Alle bedruckten Materialien dieses Taschenbuches
sind chlorfrei und umweltschonend.
Das Papier enthält Recycling-Anteile.

Der Goldmann Verlag
ist ein Unternehmen der Verlagsgruppe Bertelsmann

Neuausgabe 11/97

Umschlaggestaltung: Design Team München
Umschlagmotiv: Gaetano Previati
Druck: Elsnerdruck, Berlin
Verlagsnummer: 43955
AB · Herstellung: sc
Made in Germany
ISBN 3-442-43955-8

1 3 5 7 9 10 8 6 4 2

I

Es war fünf Uhr morgens. Im Bahnhof von Aleppo stand abfahrtbereit der Zug, den die Kursbücher großspurig den Taurus-Expreß nennen und der sich aus einem Speisewagen, einem Schlafwagen und zwei einheimischen Waggons für den syrischen Lokalverkehr zusammensetzt.

Neben den Stufen, die zum Schlafwagen emporführten, unterhielt sich ein junger französischer Leutnant in glanzvoller Uniform mit einem kleinen Mann, von dem nichts sichtbar war als eine rotgefrorene Nase und die zwei Spitzen eines Schnurrbartes.

Die grimmige Kälte machte die Aufgabe, einem Fremden von Rang das Abschiedsgeleit zu geben, nicht beneidenswert, doch Leutnant Dubosc führte sie mannhaft aus. Seine Lippen formten in wohlklingendem Französisch anmutige Sätze. Nicht, daß er genau wußte, um was es sich eigentlich handelte. Gewiß, es waren Gerüchte umgelaufen, wie es in derartigen Fällen unausbleiblich ist. Die Laune des Generals – seines Generals – hatte sich von Tag zu Tag verschlimmert. Und dann tauchte dieser Belgier auf, offenbar von England kommend. Hierauf eine Woche voll neugieriger Spannung. Und dann geschah es, daß ein sehr begabter Offizier Selbstmord beging, ein anderer um seinen Abschied einkam, daß ängstliche Gesichter den Ausdruck der Angst plötzlich verloren, daß gewisse militärische Vorsichtsmaßregeln eine Lockerung erfuhren. Und der General – Leutnant Duboscs höchsteigener General – schaute jählings zehn Jahre jünger aus.

Zufällig hatte Dubosc eine Unterhaltung zwischen dem General und dem Fremden teilweise erlauscht. »Sie haben uns gerettet, mon cher«, beteuerte der General bewegt, wobei sein weißer Schnurrbart zitterte. »Sie haben die Ehre der französischen Armee gerettet – haben viel Blutvergießen abgewandt. Wie kann ich Ihnen danken, daß Sie unbekümmert um die Strapazen der weiten Reise meiner Bitte willfahrten . . .?«

Der Fremde – sein Name lautete Hercule Poirot – hatte sodann eine geziemende Erwiderung gemacht, die die Bemerkung einschloß: »Meinen Sie, mon général, ich hätte vergessen, daß Sie mir einst das Leben retteten?« Hierauf eine geziemende Erwiderung seitens des hohen Offiziers, der jeden in der Vergangenheit erwiesenen Dienst ableugnete, und mit weiterer Anführung von Frankreich, Belgien, des Ruhms, der Ehre und verwandter Begriffe hatten sie das Gespräch beendigt.

Wie gesagt – hinsichtlich der näheren Einzelheiten tappte Leutnant Dubosc im dunkeln; jedoch wurde es ihm zur Pflicht gemacht, Mr. Poirot um fünf Uhr früh zum Taurus-Expreß zu begleiten, was er mit dem Eifer, der sich für einen jungen vielversprechenden Offizier schickt, ausführte.

»Heute ist Sonntag«, sagte Leutnant Dubosc. »Morgen, Montag abend, werden Sie in Istanbul sein.«

Nicht zum erstenmal ließ er diese Bemerkung fallen. Unterhaltungen auf dem Bahnsteig, vor Abfahrt des Zuges, sind selten frei von Wiederholungen.

»Ganz recht«, entgegnete Monsieur Poirot.

»Und dort wollen Sie etliche Tage verweilen?«

»Mais oui. Istanbul gehört zu den Städten, die mein Fuß noch nie betrat. Es wäre doch ein Jammer, wenn ich so hindurchsauste.« Bei diesem »So« schnippte er bezeichnend mit den Fingern. »Nichts drängt mich, und daher werde ich mich als schlichter Vergnügungsreisender ein paar Tage dort umschauen.«

»Die Hagia Sophia ist sehr schön«, erklärte der junge Franzose, obwohl er dies Bauwerk nie gesehen hatte. Ein eisiger Wind pfiff über den Bahnsteig. Beide Herren erschauerten. Dem Leutnant glückte es, einen verstohlenen Blick auf seine Uhr zu werfen. Fünf Minuten vor fünf . . . also nur noch fünf Minuten! Aber da er glaubte, daß der kleine Belgier den Blick bemerkt hatte, sprudelte er einen neuen Satz hervor.

»Um diese Jahreszeit reisen sehr wenig Menschen.«

Dabei betrachtete er die Fenster des Schlafwagens.

»Ja.«

»Hoffen wir, daß Sie im Taurus nicht einschneien!«

»Kommt das vor?«

»Bisweilen. Dieses Jahr ist es allerdings noch nicht vorgekommen.«

»Hoffen wir also das Beste«, lächelte der Vermummte; »die Wetternachrichten aus Europa sind freilich schlecht.«

»Sehr schlecht. Besonders auf dem Balkan wird ungeheurer Schneefall gemeldet.«

»Aus Deutschland auch, habe ich gehört.«

»Eh bien«, sagte Leutnant Dubosc hastig, als eine neue Pause zu drohen schien. »Morgen abend um sieben Uhr fünfzig sind Sie in Istanbul.«

»Ja«, bestätigte Hercule Poirot und fuhr verzweifelt fort: »La Sainte Sophie – man schwärmt allgemein von ihr.«

»Ja, sie ist prächtig!«

Über ihren Köpfen öffnete sich das Rouleau eines Schlafwagenabteils, und eine junge Dame spähte heraus.

Mary Debenham hatte seit ihrer am Donnerstag erfolgten Abreise aus Bagdad wenig geschlafen. Weder in dem Zug nach Kirkuk noch während der Übernachtung in Mosul oder der letzten Nacht in der Eisenbahn. Überdrüssig des wachen Liegens in der heißen Schwüle ihres überhitzten Abteils, stand sie auf und blickte nach draußen.

Das mußte Aleppo sein. Natürlich sah man nichts. Nur einen langen, kärglich beleuchteten Bahnsteig, auf dem irgendwo ein wütender, lauter arabischer Wortwechsel stattfand. Unter ihren Fenstern unterhielten sich zwei Herren in französischer Sprache: ein französischer Offizier und ein kleiner Zivilist mit gewaltigem Schnurrbart. Mary lächelte matt. Noch nie hatte sie einen derartig fest Vermummten gesehen! Vermutlich war es schneidend kalt draußen, und deshalb heizte man den Zug auch so übermäßig. Sie versuchte, das Fenster einen Spalt herunterzulassen, aber es widerstand.

Jetzt trat der Schlafwagenkondukteur zu den beiden Herren heran. Der Zug führe gleich ab, und Monsieur täte gut daran einzusteigen, mahnte er. Der Kleine lüftete nun den Hut. Was für einen drolligen, eiförmigen Kopf er hatte! Überhaupt ein lächerlich kleiner Mann, den sicher niemand ernst nahm!

Leutnant Dubosc schickte sich an, die Abschiedsworte vom Stapel zu lassen, die er sich bereits lange vorher zurechtgelegt hatte. Eine sehr schöne, schwungvolle Rede.

Um nicht zurückzustehen, erwiderte Monsieur Poirot in der gleichen Form.

»En voiture, Monsieur!« drängte der Schlafwagenbeamte.

Mit der Miene offensichtlichen Widerstrebens erkletterte der Belgier die Stufen, hinter ihm drein der Kondukteur. Mr. Poirot winkte mit der Hand, Leutnant Dubosc legte salutierend die Rechte an die Mütze. Und mit einem schrecklichen Ruck setzte sich der Zug langsam in Bewegung.

»Enfin!« murmelte Hercule Poirot.

»Brrrrr«, schauderte Leutnant Dubosc, sich vergegenwärtigend, wie eiskalt ihm geworden war . . .

»Violà, Monsieur.« Mit einer dramatischen Geste machte der Kondukteur Poirot auf die Schönheit seines Schlafwagenabteils und die nette Anordnung des Gepäcks aufmerksam. »Die kleine Tasche von Monsieur habe ich dort untergebracht.«

Seine ausgestreckte Hand war zweideutig, so daß der neue Reisende ihr auf jeden Fall eine gefaltete Banknote anvertraute.

»Merci, Monsieur!« Jetzt wurde der Mann kurz und geschäftsmäßig. »Die Fahrkarten habe ich bereits; wenn ich auch noch um den Paß bitten dürfte. Monsieur unterbricht, wie ich hörte, seine Reise in Istanbul?«

Hercule Poirot bejahte und fügte hinzu: »Ziemlich leer der Zug, wie?«

»Ja. Ich habe nur zwei Passagiere – beide Engländer. Ein Oberst aus Indien und eine junge Dame aus Bagdad. Wünscht Monsieur irgend etwas?«

Monsieur wünschte eine Flasche Perrier.

Fünf Uhr morgens ist für einen Reiseantritt eine sehr unangenehme Zeit. Zwei Stunden noch, ehe sich die erste Ahnung der Morgendämmerung bemerkbar machte. Und mit dem Gedanken an eine unzulängliche Nachtruhe und einen erfolgreich durchgeführten heiklen Auftrag kuschelte sich Poirot in eine Ecke und schlief ein.

Als er erwachte, wiesen die Uhrzeiger auf halb zehn, und er machte sich auf den Weg zum Speisewagen, um Kaffee zu trinken.

Dort saß gegenwärtig nur eine einzige Person, offenbar die junge Engländerin, deren der Kondukteur Erwähnung getan hatte. Groß, schlank und dunkel war sie und etwa achtundzwanzig Jahre alt. Die Art, wie sie frühstückte und dem Kellner befahl, ihr noch mehr Kaffee zu bringen, verriet gewisse Kenntnis der Welt und des Reisens. Sie trug ein dunkelfarbiges Kleid aus einem dünnen Gewebe, das der heißen Temperatur des Zuges entsprach.

Poirot, der nichts Besseres zu tun hatte, vergnügte sich damit, sie zu studieren, ohne daß es auffiel.

Sie war, so urteilte er, eine junge Frau, die – wo sie auch sein mochte – mit voller Ungezwungenheit ihren Weg allein fand. Tüchtigkeit und Zuverlässigkeit gehörten fraglos zu ihren Tugenden. Ihm gefiel die strenge Regelmäßigkeit ihrer Züge und das zarte Weiß ihres Teints; ihm gefiel auch der glänzende schwarze Kopf mit dem leicht gewellten Haar und ihre Augen, kühl, unpersönlich und grau. Aber nach Poirots Geschmack war sie ein wenig zu tüchtig, um eine »jolie femme zu sein.

Jetzt betrat ein anderer Reisender den Speisewagen. Ein großer Mann zwischen Vierzig und Fünfzig, mit hagerem Gesicht, brauner Haut und dichtem Haar, das an den Schläfen zu ergrauen begann.

»Der Oberst aus Indien«, sagte Hercule Poirot zu sich selbst.

»Guten Morgen, Miss Debenham«, grüßte dieser, sich leicht verneigend, die junge Dame.

»Guten Morgen, Oberst Arbuthnot.«

Er legte die Hand auf den Stuhl ihr gegenüber.

»Sie gestatten?«

»Bitte, nehmen Sie Platz.«

»Kellner!« rief der Oberst in kurzem, befehlsgewohntem Ton, während er sich niederließ. Und dann bestellte er Eier und Kaffee.

Eine Sekunde ruhten seine Augen auf Hercule Poirot und schweiften sofort gleichgültig weiter. Poirot, der in der englischen Seele zu lesen verstand, wußte, daß das Urteil hieß: »Nur irgendein verfluchter Ausländer!«

Treu ihrer Nationalität waren die beiden Briten nicht gesprächig. Sie wechselten ein paar kurze Bemerkungen, aber bald erhob sich das junge Mädchen und ging zu seinem Abteil zurück. Zum Lunch teilten sich die beiden wiederum in einen Tisch, und wieder schenkten sie dem dritten Reisenden keinerlei Beachtung. Etwas lebhafter als am Morgen flog die Unterhaltung zwischen ihnen dahin. Oberst Arbuthnot sprach vom Pandschab und fragte Miss Debenham gelegentlich ein wenig über Bagdad aus, wo sie anscheinend eine Stellung als Erzieherin bekleidet hatte. Im Lauf des Gesprächs entdeckten sie einige gemeinsame Freunde, was sofort bewirkte, daß sie sich weniger steif und zurückhaltend gaben. Ziemlich ausführlich beschäftigten sie sich mit irgendeinem Tommy Smith und irgendeinem Jerry Miller. Hierauf erkundigte sich der Oberst, ob sie glatt durchführe nach England oder ob sie in Istanbul die Fahrt unterbräche.

»Nein. Ich fahre direkt.«

»Ist das nicht schade?«

»Ich habe vor zwei Jahren dieselbe Reise gemacht und damals Istanbul drei Tage gewidmet.«

»Ah, das ist freilich etwas anderes. Im übrigen freut es mich, daß Sie ohne Unterbrechung weiterreisen, weil ich es ebenfalls tue«, lächelte er mit einer kleinen, ungeschickten Verbeugung.

»Schau, schau!« dachte Hercule Poirot vergnügt. »Er ist für

Frauen empfänglich, unser Oberst. Der Zug birgt dieselben Gefahren wie eine Seereise!«

Miss Debenham erwiderte, das sei sehr nett, doch es klang etwas gedrückt.

Nach Beendigung des Mahls begleitete der Oberst sie zu ihrem Abteil zurück. Späterhin, als der Zug durch die großartige Szenerie des Taurus fauchte, standen sie Seite an Seite im Gang.

»Es ist so wundervoll!« hörte Poirot, der gleichfalls die Landschaft bewunderte, Miss Debenham murmeln. »Ich wollte – ich wollte ...«

»Ja?«

»Ich wollte, ich könnte es genießen!«

Arbuthnot antwortete nicht umgehend. Die viereckige Linie seines Kiefers schien noch ein wenig grimmiger und härter zu werden.

»Bei Gott, ich wünschte, Sie wären aus all diesem heraus!«

»Pst! Pst!«

»Oh, schon gut!« Er schoß einen leicht verärgerten Blick in Poirots Richtung. »Mich wurmt der Gedanke, daß Sie sich als Erzieherin plagen und den Launen tyrannischer Mütter und ihrer unangenehmen Bälger ausgeliefert sind.«

Sie lachte auf, mit einem Hauch von Unbeherrschtheit.

»Unsinn! Die mit Füßen getretene Gouvernante ist eine genugsam ausgebeutete Mär. Ich kann Ihnen die Versicherung geben, daß die Eltern meiner Zöglinge eher fürchten, von mir tyrannisiert zu werden.« Dann herrschte Schweigen.

Poirot, der unfreiwillige Lauscher, aber dachte grübelnd: »Das ist ja eine sonderbare kleine Komödie, die ich da beobachte.« Und später sollte er sich dieses Gedankens erinnern ...

Spät abends gegen halb zwölf kamen sie in Konya an. Und die beiden Engländer spazierten, um ihren Beinen Bewegung zu verschaffen, auf dem schneebedeckten Bahnsteig auf und ab. Hercule Poirot begnügte sich anfangs, das wimmelnde Durcheinander auf der Station durch die Fensterscheibe zu beobachten. Nach zehn Minuten jedoch entschied er, daß ein Atemzug frischer Luft nichts schaden könne. Er traf hierzu sorgfältige Vorbereitungen, hüllte sich in mehrere Mäntel und Wollschals, zwängte seine blitzblanken Schuhe in Galoschen und kletterte in dieser Ausrüstung bedächtig ins Freie. Langsam ging er auf dem Bahnsteig entlang, noch über die Lokomotive hinaus.

Es waren die Stimmen, die ihn über die Persönlichkeit der

zwei undeutlichen, im Schatten eines Güterwagens stehenden Gestalten aufklärten.

»Mary ...«, bat Oberst Arbuthnot.

Aber das Mädchen unterbrach ihn. »Nein, nicht jetzt. Nicht jetzt. Wenn alles vorbei ist. Wenn es hinter uns liegt, dann ...«

Diskret machte Poirot kehrt, aufs höchste erstaunt. Wahrlich, er würde kaum die kühle, beherrschte Stimme Miss Debenhams erkannt haben. »Seltsam!« murmelte er.

Am nächsten Tag überlegte er, ob sich die beiden vielleicht gestritten hätten. Sie sprachen wenig miteinander, und unter Marys Augen zogen sich dunkle Ringe hin.

Nachmittags um halb drei hielt der Zug plötzlich an. Aus allen Fenstern wurden Köpfe herausgestreckt. Neben dem Schienenstrang ballte sich ein Häuflein Menschen zusammen, die auf irgend etwas unter dem Speisewagen wiesen.

Poirot lehnte sich hinaus und wechselte ein paar Worte mit dem Schlafwagenkondukteur, der gerade vorübereilte. Als er dann seinen Kopf zurückzog und sich umwandte, prallte er beinahe gegen Miss Debenham.

»Was gibt's» fragte sie ziemlich atemlos auf französisch.

»Nichts Gefährliches, Mademoiselle. Irgend etwas unter dem Speisewagen hat Feuer gefangen. Man hat es bereits gelöscht und repariert den Schaden. Es besteht keinerlei Gefahr mehr.«

Sie fuhr ungeduldig mit der Hand durch die Luft, als schöbe sie den Gedanken an Gefahr als gänzlich nebensächlich beiseite.

»Ja, ja, ich verstehe. Aber die Zeit!«

»Die Zeit?«

»Wir werden uns verspäten.«

»Das ist allerdings möglich«, gab Poirot zu.

»Aber wir können uns keine Verspätung gestatten! Dieser Zug trifft fahrplanmäßig abends um 6.55 ein, und man muß den Bosporus überqueren und um neun Uhr den Simplon-Orient-Expreß nehmen. Wenn wir eine Stunde oder zwei hier vertrödeln, verpassen wir den Anschluß.«

»Das ist möglich«, wiederholte er, indem er sie neugierig betrachtete. Ihre Hand, die auf der Fensterstange lag, bewegte sich unruhig, und Marys Lippen zitterten.

»Ist Ihnen so viel daran gelegen, Mademoiselle?« forschte er.

»Ja. Ungemein viel. Ich muß jenen Zug erreichen.« Sie wandte sich von ihm fort und ging den Gang hinunter, um Oberst Arbuthnot aufzusuchen.

Ihre Angst war indessen verfrüht. Eine Viertelstunde später ging die Fahrt weiter. Nur mit fünf Minuten Verspätung lief der Zug in Haydapassar ein, nachdem er die übrige Versäumnis im Lauf des Nachmittags wieder eingeholt hatte.

Der Bosporus zeigte sich rauh und unfreundlich, so daß Monsieur Poirot sich während der Überfahrt höchst unbehaglich fühlte. Von seinen Reisegefährten wurde er auf dem Dampfer getrennt und bekam sie nicht wieder zu Gesicht. Und als man drüben an der Galatabrücke anlegte, fuhr der kleine Belgier schnurstracks zum Tokatlian Hotel.

2

Er verlangte ein Zimmer mit Bad und erkundigte sich, ob Briefe für ihn eingetroffen seien.

»Ja, drei Briefe. Und außerdem ein Telegramm.«

Poirots Augenbrauen zogen sich ein wenig in die Höhe – ein Telegramm hatte er nicht erwartet. Trotzdem öffnete er es in seiner üblichen, gemessenen Art.

»Entwicklung, die Sie im Kassner-Fall voraussagten, unerwartet schnell eingetreten. Bitte sofort zurückkehren.«

»Ah, c'est embêtant!« murmelte Hercule Poirot verdrießlich. Er blickte auf die Uhr. Und sich an den Portier wendend: »Ich muß noch heute weiterreisen. Um wieviel Uhr fährt der Simplon ab?«

»Um neun, Monsieur.«

»Können Sie mir einen Schlafwagenplatz besorgen?«

»Sicher, Monsieur. Um diese Jahreszeit fällt das nicht schwer. Erste oder zweite Klasse?«

»Erste.«

»Très bien, Monsieur. Wie weit?«

»Nach London.«

»Dann werde ich Ihnen eine Fahrkarte bis London besorgen und ein Abteil in dem Istanbul-Calais-Waggon reservieren lassen.«

Wieder befragte Poirot seine Uhr. Zehn Minuten vor acht.

»Habe ich noch Zeit, zu Abend zu essen?«

»Aber gewiß, Monsieur.«

Der kleine Belgier nickte, widerrief seine Zimmerbestellung

und ging in den Speisesaal. Während er mit dem Kellner verhandelte, legte sich eine Hand auf seine Schulter.

»Ah, mon vieux, das nenne ich ein unerwartetes Vergnügen!« sagte eine Stimme hinter ihm. Der Sprecher war ein älterer, untersetzter Herr, der das Haar bürstenartig geschnitten trug. Poirot sprang auf.

»Monsieur Bouc!«

»Ja, ja, ich bin's, Monsieur Poirot.«

Mr. Bouc bekleidete die Stellung eines Direktors der Compagnie International des Wagons-Lits, und seine erste Bekanntschaft mit der einstigen Größe der belgischen Kriminalpolizei lag lange zurück.

»Sie befinden sich ja ziemlich weit weg von daheim, mon cher«, lächelte Mr. Bouc seinen Landsmann an.

»Eine kleine Angelegenheit in Syrien.«

»Ah! Und jetzt sind Sie auf der Rückreise?«

»Ja. Heute abend fahre ich.«

»Famos! Ich ebenfalls. Das heißt, ich fahre bis Lausanne, wo ich zu tun habe. Vermutlich benutzen Sie den Simplon-Expreß?«

»Ja. Ich habe gerade Anweisung gegeben, mir einen Bettplatz zu besorgen. Eigentlich war es meine Absicht, hier ein paar Tage herumzubummeln, doch ich erhielt aus England ein Telegramm, das meine sofortige Weiterreise erforderlich macht.«

»Ah, les affaires . . . les affaires!« seufzte Mr. Bouc; »aber Sie haben ja inzwischen den Gipfel der Berühmtheit erklommen, mon vieux.«

»Nun, ein paar kleine Erfolge hatte ich zu verzeichnen.« Hercule Poirot gab sich alle Mühe, bescheiden auszusehen, was ihm gründlich mißlang.

Bouc lachte.

»Wir werden uns nachher wiedersehen«, sagte er und ging davon.

Der kleine Detektiv widmete sich nun der Aufgabe, seinen Schnurrbart möglichst wenig mit Fleischbrühe zu benetzen. Nachdem dieses schwierige Werk vollbracht war, hielt er, auf den nächsten Gang wartend, im Speisesaal Umschau. Ein halbes Dutzend Gäste beherbergte er nur, und von diesem halben Dutzend interessierten Hercule lediglich zwei Herren.

Sie saßen an einem nicht sehr entfernten Tisch. Der jüngere, ein sympathischer Dreißigjähriger, offenbar ein Amerikaner, war es nicht, der Poirots Aufmerksamkeit erregt hatte, sondern vielmehr sein Gefährte, ein Mann zwischen Sechzig und Siebzig. Von weitem gesehen glich er einem abgeklärten Philanthropen. Sein etwas kahler Kopf, seine gewölbte Stirn, sein lächelnder Mund, der eine Reihe sehr weißer, falscher Zähne enthüllte – all das schien auf eine wohlwollende Persönlichkeit zu deuten. Nur die Augen straften diesen Eindruck Lügen. Kleine, tiefliegende, listige Augen. Und nicht nur das. Als der Fremde nach einer an seinen jungen Begleiter gerichteten Äußerung quer durch den Raum blickte, hafteten seine Augen sekundenlang an Poirot, und während dieser einen Sekunde glitzerte eine sonderbare Bösartigkeit, eine unnatürliche Spannung in ihnen. Gleich darauf erhob er sich.

»Begleichen Sie die Rechnung, Hector«, befahl er.

Seine Stimme klang leicht heiser, doch außerdem wohnte ihr eine verdächtige, gefährliche Sanftheit inne.

Als Poirot seinen belgischen Freund in der Halle wiedertraf, verließ das ungleiche Paar gerade das Hotel. Sein Gepäck wurde unter Aufsicht des Jüngeren nach draußen geschafft. Und jetzt öffnete er die Glastür und verkündete:

»Alles fertig, Mr. Ratchett.«

Der Ältere grunzte etwas und stelzte hinaus.

»Eh bien«, meinte Poirot, »was halten Sie von den beiden?«

»Es sind Amerikaner.«

»Fraglos sind es Amerikaner. Ich wollte wissen, was Sie von ihnen als Menschen halten.«

»Der junge Mann gefiel mir ganz gut.«

»Und der andere?«

»Offen gestanden stieß er mich ab. Geht es Ihnen ebenso?«

Hercule Poirot zauderte ein Weilchen.

»Als er im Restaurant an mir vorbeischritt«, erwiderte er endlich, »hatte ich einen merkwürdigen Eindruck. Es war, als sei ein wildes Tier, ein wildes, grausames Tier, an mir vorübergegangen.«

»Und dennoch sieht er durchaus redlich und achtbar aus.«

»Ganz gewiß! Der Körper, die Hülle – ich möchte sagen, der Käfig – wirkt absolut achtbar, aber durch die Stäbe blickt einen das wilde Tier an.«

»Sie sind phantasievoll, mon vieux«, sagte Mr. Bouc.

»Vielleicht. Doch ich konnte mich des Eindrucks nicht erwehren, daß in Gestalt jenes respektablen amerikanischen Bürgers das Böse dicht an mir vorbeigestrichen war.«

»Nun, es gibt ja allerhand Böses in der Welt«, meinte Mr. Bouc fröhlich.

In diesem Augenblick öffnete sich die Tür, und der Portier kam auf die beiden Belgier zu – ziemlich verlegen und betreten.

»Es ist kaum glaublich, Monsieur«, wandte er sich an Poirot. »Inzwischen sind sämtliche Schlafwagenabteile erster Klasse im Zug besetzt.«

»Comment?« rief Mr. Bouc dazwischen. »Um diese Jahreszeit? Ah, da reist sicher eine Gesellschaft von Journalisten oder Politikern ...«

»Keine Ahnung, Sir«, versicherte der Portier. »Ich kann nur die bedauerliche Tatsache melden.«

»Schon gut.« Mr. Bouc klopfte Poirot auf die Schulter. »Lassen Sie den Kopf nicht hängen, alter Freund. Ich weiß schon einen Ausweg. Es gibt immer ein Abteil – Nr. 16 –, das der Schaffner freihält!« Er lächelte vielsagend und fuhr nach einem Blick auf die Uhr fort: »Kommen Sie, es ist Zeit, daß wir aufbrechen.«

Auf dem Bahnhof wurde Mr. Bouc mit dienstwilligem Eifer von dem braununiformierten Schlafwagenkondukteur begrüßt. »Ihr Abteil ist Nr. 1, Monsieur.« Er winkte den Trägern, die ihre Last in den Waggon abluden, dessen Schilder die Aufschrift trugen:

ISTANBUL TRIESTE CALAIS

»Ich höre, Sie sind vollbesetzt?«

»Jawohl, Monsieur. Anscheinend zieht alle Welt das Reisen bei Nacht vor.«

»Einerlei – Sie müssen für meinen Freund hier Platz schaffen. Geben Sie ihm das Abteil Nr. 16.«

»Es ist bereits belegt, Monsieur.«

»Was? Die Nummer 16?«

Ein verständnissinniger Blick flog zwischen dem Direktor und seinem Untergebenen hin und her.

»Ja, auch die Nummer 16«, beteuerte der letztere, ein großer, blasser Mann mittleren Alters. »Wie gesagt, wir sind vollbesetzt, bis auf den letzten Winkel.«

Mr. Bouc ließ ein ärgerliches Schnalzen hören.

»In Belgrad stößt ja der Schlafwagen von Athen zu uns und nachher auch der Wagen Bukarest-Paris; doch wir erreichen Belgrad erst morgen gegen Abend. Was machen wir also heute nacht ...? Haben Sie denn ein Abteil zweiter Klasse frei?«

»Ja, Monsieur. Das heißt ein Abteil nicht, sondern nur noch ein Bett. Aber das andere Bett gehört einer Frau – der Kammerfrau einer mitreisenden Dame.«

»Verfluchtes Pech!« machte Mr. Bouc seinem Ärger Luft.

Jetzt mischte sich Poirot beschwichtigend ein.

»Regen Sie sich nicht auf, mon ami. Ich werde dann eben in einem gewöhnlichen Wagen die Nacht verbringen.«

»Nein, nein, davon kann keine Rede sein.« Wiederum wandte er sich an den Kondukteur. »Haben sich schon alle Reisenden eingefunden?«

»Einer fehlt noch. Bett Nr. 7 zweiter Klasse. Der Inhaber ist ein Engländer, Mr. Harris.«

»Bringen Sie Monsieur Poirots Gepäck in Nr. 7 unter«, entschied Mr. Bouc. »Wenn dieser Mr. Harris erscheint, werden wir ihm sagen, daß er zu spät kommt, daß die Betten nicht bis zur allerletzten Minute reserviert werden können – oder irgend etwas Ähnliches. Was kümmert mich schließlich irgendein beliebiger Mr. Harris?«

»Wie Monsieur befiehlt«, erwiderte der Kondukteur. Er drehte sich um, Poirots Träger die Richtung weisend, und trat dann beiseite, um dem kleinen Belgier den Vortritt zu lassen. »Tout à fait, au bout, Monsieur.«

Hercule Poirot schritt den Korridor entlang, ein etwas langwieriges Verfahren, da die meisten Reisenden außerhalb ihrer Abteile standen. Mit der Regelmäßigkeit eines Uhrwerks murmelte er ein höfliches »Pardon« und gelangte endlich ans Ziel, wo er den großen jungen Amerikaner aus dem Tokatlian Hotel antraf.

Er furchte die Stirn, als er Poirots ansichtig wurde.

»Verzeihung«, meinte er. »Ich glaube, Sie irren sich.« Dann setzte er in unbeholfenem Französisch hinzu: »Je crois, que vous avez un erreur.«

Der kleine Detektiv entgegnete auf englisch:

»Sind Sie Mr. Harris?«

»Nein. Mein Name ist MacQueen. Ich . . .«

Doch da sprach die Stimme des Schlafwagenkondukteurs über Poirots Schulter hinweg – eine um Entschuldigung bittende, ziemlich atemlose Stimme.

»Es ist kein anderes Bett im Zug mehr frei, Monsieur. Der Herr muß hier untergebracht werden.«

Poirot vernahm diese unverkennbare Entschuldigung mit stillem Ergötzen. Zweifellos war dem Mann ein gutes Trinkgeld versprochen worden, wenn er das Abteil ausschließlich dem anderen Reisenden zur Verfügung stellte. Doch selbst die freigebigsten Trinkgelder verlieren ihre Wirkung, wenn ein Direktor der Schlafwagengesellschaft im Zug weilt und Befehle erläßt.

»Voilà, Monsieur, jetzt ist alles untergebracht«, sagte der Kondukteur, indem er den letzten Handkoffer mit einem Schwung im Netz verstaute. »Ihnen gehört das obere Bett, Nr. 7. In einer Minute fahren wir ab.«

Und schon war er auf und davon.

»Ein Schlafwagenkondukteur, der sich herbeiläßt, eigenhändig die Gepäckstücke an Ort und Stelle zu legen – bei Gott, das ist ein Phänomen!« schmunzelte Hercule Poirot.

Sein Reisegefährte lächelte: Offenbar hatte er seinen Verdruß überwunden und eingesehen, daß es das beste sei, sich mit philosophischer Ruhe in das Unabwendbare zu schicken. »Der Zug ist ungewöhnlich besetzt«, warf er hin.

Ein Pfiff, dann ein langer, melancholischer Schrei der Lokomotive. Beide Herren traten in den Gang hinaus.

»En voiture!« rief draußen eine Stimme.

»Wir fahren ab«, sagte MacQueen.

Aber sie fuhren noch nicht ab. Zum zweitenmal schrillte die Pfeife.

»Wenn Sie lieber das untere Bett haben wollen, Sir«, begann der junge Amerikaner plötzlich, »ich stelle es Ihnen gern zur Verfügung.«

Poirot streifte den Sprecher mit einem wohlwollenden Blick, ehe er abwehrte:

»Nein, nein. Ich möchte Sie keinesfalls berauben . . .«

»Nicht der Rede wert . . .«

»Sie sind zu liebenswürdig . . .«

Weitere höfliche Proteste auf beiden Seiten.

»Es handelt sich ja nur um eine Nacht«, erläuterte Hercule Poirot. »In Belgrad . . .«

»Ah, ich verstehe! Sie steigen schon in Belgrad aus.«

»Das freilich nicht. Indes . . .«

Es gab einen heftigen Ruck. Beide, der hochgewachsene Amerikaner und der kleine Belgier, streckten ihre Köpfe zum Fenster hinaus und sahen den langen, hellerleuchteten Bahnsteig an sich entlanggleiten. Der Orient-Expreß hatte seine dreitägige Fahrt durch Europa angetreten.

3

Ein wenig spät fand sich Hercule Poirot am anderen Tag zum Lunch im Speisewagen ein. Er war früh aufgestanden, hatte beinahe allein gefrühstückt und dann die Vormittagsstunden damit zugebracht, die Notizen über den Fall, der ihn nach London zurückrief, durchzugehen. Seinen Reisegefährten hatte er kaum gesehen.

Mr. Bouc begrüßte seinen Landsmann mit lebhaftem Winken und deutete auf den leeren Platz an seinem Tischchen, das, wie Poirot bald merkte, von dem Kellner zuerst und mit besonderer Zuvorkommenheit versorgt wurde. Überhaupt mußte man das Mahl erstaunlich gut nennen.

Erst als sie einen delikaten Sahnenkäse aßen, schenkte Mr. Bouc seine Aufmerksamkeit etwas anderem als der Mahlzeit.

»Ah, wenn ich doch die Feder eines Balzac hätte!« seufzte er. »Wie wollte ich dann die gegenwärtige Szene beschreiben! Sehen Sie, mon ami, rund um uns sitzen Leute aller Klassen, aller Nationen, Leute jeden Alters. Für drei Tage sind diese sich völlig Fremden zusammengepfercht. Sie schlafen und essen unter demselben Dach, sie können einander nicht ausweichen. Nach Ablauf dieser drei Tage jedoch trennen sie sich, verstreuen sich in alle Winde, gehen ihren verschiedenen Geschäften nach und sehen sich niemals im Leben mehr.«

»Und dennoch – nehmen wir an, es geschähe ein Unglück«, begann Poirot.

»Ah nein, mein Lieber!«

»Gewiß, es wäre bedauerlich. Aber trotzdem wollen wir es einmal annehmen. Dann sind alle diese Menschen zusammengekettet – durch den Tod.«

»Noch etwas Wein«, lenkte Mr. Bouc ab. »Das sind ja krankhafte Einfälle, mein Lieber. Macht Ihnen vielleicht die Verdauung zu schaffen?«

»Kann sein, daß die Ernährung in Syrien meinem Magen nicht ganz behagte«, gab Poirot zu. Langsam nippte er an seinem Glas, und sein kluges Auge musterte dabei die Reisenden des Speisewagens. Dreizehn Personen waren es, und, wie Mr. Bouc sehr richtig geäußert hatte, waren alle Klassen und alle Nationen vertreten.

Am Tisch gegenüber saßen drei Männer. Das sichere, unfehlbare Urteil der Speisewagenbedienung mochte sie abgeschätzt und dann zu dieser Runde vereinigt haben. Ein dicker, schwärzlicher Italiener stocherte mit wahrer Wollust in seinen Zähnen. Ihm gegenüber der magere, saubere Engländer hatte das ausdruckslose Gesicht des wohlerzogenen Dieners, und neben ihm redete laut und ausgiebig ein stämmiger Amerikaner – möglicherweise ein Handelsreisender.

»Man muß es nur gründlich besorgen«, trompetete er mit tiefer, nasaler Stimme.

Der Italiener gestikulierte mit seinem Zahnstocher durch die Luft.

»Sicherlich«, stimmte er zu. »Das habe ich ja die ganze Zeit gesagt.«

Der Engländer aber schaute zum Fenster hinaus und hüstelte. Poirots Blicke schweiften weiter.

Kerzengerade saß an einem kleinen Tisch die häßlichste alte Dame, die er je gesehen hatte. Allerdings war es eine Häßlichkeit, die sich mit Vornehmheit paarte. Um den Hals der Dame legte sich eine Schnur sehr großer Perlen – echter Perlen, so unwahrscheinlich es auch anmutete. Zahlreiche Ringe sprühten und gleißten an ihren Händen, und der kostbare Zobelmantel war nachlässig von ihren Schultern zurückgeschlagen. Ein kleines, teures, fesches Käppchen wurde oberhalb des gelben, krötenähnlichen Gesichtes garstig unkleidsam.

Jetzt gab sie in klarem, höflichem, doch durchaus autokratischem Ton dem Kellner einige Anordnungen.

»Sie werden bitte so freundlich sein, mir eine Flasche Mineralwasser und ein großes Glas Orangensaft in mein Abteil zu stellen und ferner dafür zu sorgen, daß ich heute abend junges Hühnchen ohne Sauce bekomme, außerdem etwas gekochten Fisch.«

Der Kellner versicherte ehrerbietig, daß er ihren Wünschen Rechnung tragen werde, worauf sie leicht mit dem Kopf nickte und sich erhob. Ihr Blick traf Hercule Poirot und glitt über ihn hinweg mit der Gleichgültigkeit der uninteressierten Aristokratin.

»Das ist Prinzessin Dragomiroff«, sagte Mr. Bouc gedämpft. »Eine Russin, deren Gatte vor der Revolution seinen ganzen Besitz flüssigmachte und über die Grenze schaffte. Häßlich wie die Sünde, aber ungeheuer reich.«

Poirot nickte – er hörte von der Prinzessin nicht zum erstenmal.

An einem anderen der großen Tische speiste Mary Debenham

mit zwei anderen Frauen. Eine von ihnen war ein ältliches Wesen, in karierte Bluse und Tweedrock gekleidet. Sie trug das dichte Haar von verwaschenem Gelb straff zurückgekämmt und in einem großen Knoten zusammengedreht und hatte ein langes, sanftes Gesicht, das an ein Schaf gemahnte.

Geduldig lauschte sie der dritten Frau, deren Redefluß ohne Atempause dahinplätscherte.

». . . und daher sagte meine Tochter: ›Mama, du kannst in diesem Land keine amerikanischen Methoden anwenden; die Leute sind von Natur aus träge und faul.‹ Ja, so sagte sie. Desungeachtet würden Sie staunen, was unsere Schule dort vollbracht hat! Wirklich, sie verfügt über einen vortrefflichen Lehrerstab. Meiner Ansicht nach kommt nichts der Erziehung gleich. Wir müssen unseren westlichen Idealen treu bleiben und den Osten lehren, sie anzuerkennen.

Meine Tochter sagt . . .«

Der Zug tauchte in einen Tunnel, und die ruhige, monotone Stimme wurde übertönt.

Am Nachbartisch, einem kleinen, saß Oberst Arbuthnot – allein. Sein Blick ruhte auf Mary Debenhams Hinterkopf. Warum saßen die beiden nicht zusammen? Mit Leichtigkeit hätte es sich einrichten lassen. Warum?

Vielleicht, dachte Poirot, hatte Mary Einwendungen gemacht. Eine Erzieherin lernt es, auf der Hut zu sein, alles Verfängliche zu meiden. Auch Äußerlichkeiten sind für ein Mädchen, das sich sein Brot verdient, von Wichtigkeit.

Hercules Blick wanderte zur anderen Seite des Wagens hinüber. Dort saß ganz am äußersten Ende eine Matrone im schlichten schwarzen Kleid. Deutsche oder Skandinavierin, urteilte Poirot. Wahrscheinlich die deutsche Kammerfrau.

Dann kam ein Paar, das sich angeregt unterhielt. Der Herr trug einen bequemen englischen Tweedanzug, doch Engländer war er nicht. Obwohl Poirot ihn nur von hinten sehen konnte, verriet es ihm die Kopfform und der Bau der Schultern. Plötzlich drehte er den Kopf, so daß sein Profil sichtbar wurde.

Ein sehr schöner Mann von etwa dreißig Jahren, mit blondem Schnurrbart.

Die Frau ihm gegenüber hätte auch ein Mädchen sein können – knapp zwanzig Jahre schätzungsweise. Der schwarze Mantel und Rock, die weiße Satinbluse, die kleine schwarze Kappe, schief auf dem Kopf sitzend: alles verriet letzten Schick. Sie hatte ein schönes, fremdartiges Gesicht, eine schneeweiße Haut, große braune Augen, jettschwarzes Haar und rauchte eine Zigarette, die in einer langen Spitze steckte. Tiefrot waren die Nägel ihrer manikürten Hände lackiert, und die Linke zierte ein großer, platingefaßter Smaragd.

»Elle est jolie – et chic«, murmelte Poirot. »Ein Ehepaar, eh?«
Mr. Bouc nickte.

»Ungarische Diplomaten, glaube ich«, erklärte er.

Außerdem gab es noch zwei Gäste – Poirots Reisegefährte MacQueen und sein Brotgeber Mr. Ratchett. Dieser hatte das Gesicht dem kleinen Belgier zugekehrt, und abermals studierte Poirot jene wenig einnehmenden Züge und stutzte über die trügerische Güte der Stirn und die kleinen, grausamen Augen. Fraglos fiel Mr. Bouc der Wechsel in dem Ausdruck seines Freundes auf.

»Sind Sie auf Ihr wildes Tier gestoßen?« erkundigte er sich.
Hercule Poirot nickte.

Nach dem letzten Schluck Kaffee erhob sich Mr. Bouc. Da er mit dem Essen vor Poirots Erscheinen begonnen hatte, war er auch früher fertig.

»Ich gehe in mein Abteil zurück, mon ami. Kommen Sie mir nach, damit wir ein bißchen ungestört plaudern können.«

»Mit Vergnügen.«

Poirot trank langsam seinen Kaffee und bestellte anschließend einen Likör. Schon ging der Zahlkellner von Tisch zu Tisch, um die Beträge einzukassieren, und schrill und klagend tönte die Stimme der älteren Amerikanerin:

»Meine Tochter sagte: ›Nimm ein Heftchen mit Abonnementskarten für das Essen; dann hast du keinerlei Weiterungen.‹ Und jetzt soll ich noch zehn Prozent Trinkgeld zahlen? Und dann diese Flasche Mineralwasser! Welch scheußliches Wasser überdies! Warum führen Sie kein Vichy ...?«

»Weil sie einheimisches Wasser servieren müssen«, mischte sich die schafsgesichtige Dame ein.

»So ...? Nun, ich finde das sehr merkwürdig.« Verächtlich musterte die Empörte das Häufchen Wechselgeld auf dem Tischtuch. »Sehen Sie nur, was er mir da für Dinger gegeben hat! Dinare oder wie das Zeug heißt ... Auf den Kehricht möchte man es werfen! Meine Tochter sagte ...«

Mary Debenham stieß ihren Stuhl zurück und verließ mit einem flüchtigen Neigen des Kopfes die beiden anderen. Oberst

Arbuthnot erhob sich ebenfalls und folgte ihr. Das geschmähte Geld zusammenraffend, brach auch die Amerikanerin auf, begleitet von der Schafsgesichtigen. Das ungarische Ehepaar hatte sich bereits entfernt, so daß nur noch Poirot, MacQueen und Ratchett im Speisewagen verblieben.

Ratchett sagte etwas zu seinem jungen Begleiter, worauf dieser aufstand und von dannen ging. Dann stand auch er selbst auf, aber anstatt MacQueen zu folgen, ließ er sich unerwartet auf den leeren Stuhl an Poirots Tisch fallen.

»Können Sie mir mit einem Zündholz aushelfen?« fragte er. »Mein Name ist Ratchett.«

Poirot begnügte sich mit der Andeutung einer Verbeugung. Er holte aus der Rocktasche eine Streichholzschachtel hervor und reichte sie dem Fremden, der sie nahm, aber keine Miene machte, ein Hölzchen zu benutzen.

»Ich habe wohl das Vergnügen, mit Monsieur Hercule Poirot zu sprechen, nicht wahr?« fuhr er fort.

Wieder eine kaum merkliche Verbeugung von seiten Poirots.

»Man hat Sie richtig informiert, Monsieur.«

Der Detektiv wurde gewahr, wie jene sonderbaren, pfiffigen Augen sich an ihm festsaugten, ihn umfaßten, ehe der nächste Satz von den Lippen des anderen kam.

»In meinem Land pflegt man keine Umschweife zu machen, Mr. Poirot. Ich möchte, daß Sie eine Aufgabe für mich übernehmen.«

Hercule Poirots Brauen zogen sich ein wenig in die Höhe.

»Meine Klientel ist heutzutage beschränkt, Monsieur. Ich übernehme nur noch ganz wenige Fälle.«

»Das verstehe ich vollkommen. Aber hier dreht es sich um eine stattliche Summe, Mr. Poirot.« Und in seiner weichen, überredenden Stimme wiederholte er: »Eine stattliche Summe.«

Hercule Poirot betrachtete zwei Minuten lang das Muster des weißen Tischtuches.

»Was wünschen Sie, daß ich für Sie tun soll, Mr. ... Ratchett?«

»Ich bin ein reicher Mann, Monsieur Poirot, ein sehr reicher Mann. Und derartige Menschen haben Feinde. Ich habe einen Feind.«

»Nur einen ...?«

»Was meinen Sie mit dieser Frage?« klang es scharf zurück.

»Monsieur, derartige Menschen – um Ihre Worte zu gebrauchen – haben in der Regel nicht nur einen Feind, sondern mehrere.«

Bei dieser Antwort schien Mr. Ratchett erleichtert aufzuatmen. Und schnell erwiderte er:

»Nun, das mag stimmen. Aber ob einen Feind oder mehrere, darauf kommt es nicht an. Worauf es ankommt, ist meine Sicherheit.«

»Sicherheit?«

»Mein Leben ist bedroht worden, Monsieur Poirot. Freilich«, lachte er grimmig auf, »verstehe ich mich auch ganz gut selbst zu hüten.« Er schob die Hand in die Tasche und ließ flüchtig einen kleinen Browning sehen. »Ich bin wahrlich nicht der Mann, den man beim Schlummern abfängt. Doch ich denke, Sie kennen das Sprichwort: Doppelt genäht hält besser. Deshalb komme ich zu Ihnen, Monsieur Poirot. Und Sie können viel, viel Geld dabei verdienen.«

Der kleine Belgier sah sein Gegenüber grübelnd an, doch was er dachte, verrieten seine Züge nicht, sosehr der andere es auch zu ergründen trachtete.

»Ich bedaure, Monsieur«, klang es endlich. »Leider kann ich Ihnen nicht gefällig sein.«

»Nennen Sie nur Ihre Forderungen«, drängte der Amerikaner.

Poirot schüttelte den Kopf.

»Sie verstehen mich falsch, Monsieur. Ich bin in meinem Beruf ungemein vom Glück begünstigt gewesen und habe ein Vermögen erworben, das genügt, um meine Bedürfnisse und meine Launen zu befriedigen. Jetzt befasse ich mich nur noch mit Fällen, die mich interessieren.«

»Reizen Sie auch zwanzigtausend Dollar nicht?«

»Nein.«

»Wenn Sie etwa auf mehr spekulieren, so werden Sie eine Enttäuschung erleben, ich weiß den Wert einer Sache abzuschätzen.«

»Ich ebenfalls . . . Mr. Ratchett.«

»Was gefällt Ihnen denn an meinem Vorschlag nicht?«

Hercule Poirot erhob sich.

»Wenn Sie meinen Freimut entschuldigen, Mr. Ratchett – Ihr Gesicht gefällt mir nicht.«

Und mit diesem Ausspruch verließ der Kleine den Speisewagen.

4

Ein Viertel vor neun Uhr abends lief der Simplon-Expreß in Belgrad ein, und da die Weiterfahrt erst um 9.15 Uhr erfolgte, stieg Poirot auf den Bahnsteig hinab. Aber lange verweilte er dort nicht. Die Kälte war schneidend. Den Bahnsteig selbst schützte zwar ein Glasdach, doch draußen rieselte nach wie vor ein weißes Flockenheer nieder. Als der kleine Belgier sich anschickte, wieder in die Wärme des Waggons zurückzuflüchten, redete ihn der Kondukteur, der auf dem Bahnsteig mit den Füßen stampfte und die Arme bewegte, um sich warm zu halten, höflich an:

»Ihre Koffer sind in das Abteil Nr. 1 hinübergeschafft worden, Monsieur. Das Abteil, das bislang Mr. Bouc innehatte.«

»Aber wo ist denn Mr. Bouc geblieben?«

»Er ist in den eben angehängten Athener Wagen übergesiedelt, Monsieur.«

Hercule begab sich auf die Suche nach seinem Freund, der aber nichts von Dank wissen wollte.

»Mon ami, so ist das sehr zweckdienlich und bequem geregelt. Sie, der Sie nach England reisen, sind besser im durchgehenden Waggon nach Calais aufgehoben. Ich aber habe es herrlich hier. Also kein Wort des Dankes! Überzeugen Sie sich doch selbst, wie friedlich und still es hier ist. Der ganze Waggon ist leer; außer mir beherbergt er nur noch einen kleinen Arzt aus Athen. Ah, mon ami, was für eine Nacht! Man behauptet, es sei seit Jahrzehnten noch nicht soviel Schnee gefallen wie in diesem Winter. Hoffen wir, daß er uns nicht die Bahn verbarrikadiert. Das würde mir sehr wenig passen, kann ich Ihnen versichern!«

Pünktlich um 9.15 fauchte der Zug zum Bahnhof hinaus, und bald darauf wünschte Hercule Poirot seinem Landsmann gute Nacht und wanderte in seinen eigenen Waggon zurück, der auf den Speisewagen folgte.

Während des zweiten gemeinsamen Reisetages waren die Schranken zwischen den einzelnen Reisenden gefallen. Oberst Arbuthnot lehnte jetzt an der Tür seines Abteils und plauderte freundschaftlich mit MacQueen. Als der junge Amerikaner Poirot gewahrte, brach er vor Staunen mitten im Satz ab. »Nanu?« rief er dann. »Ich dachte, Sie hätten uns verlassen? Sagten Sie das nicht bei der Abfahrt?«

»Ah, richtig! Wir sprachen gerade davon, als der Zug sich in

Istanbul in Bewegung setzte«, lächelte Poirot. »Ich wurde dadurch abgelenkt, mich genauer zu erklären.«

»Aber Mann, Ihr ganzes Gepäck ist ja fort!«

»Nur in ein anderes Abteil getragen worden – das ist alles.«

»Na, Gott sei Dank!« Und MacQueen setzte seine Unterhaltung mit dem Offizier fort, während Poirot den Gang entlangschritt.

Zwei Türen von seinem eigenen Abteil entfernt stand die ältere Amerikanerin, Mrs. Hubbard, mit der schafähnlichen Dame, die eine Schwedin war. Mrs. Hubbard drängte der anderen gerade ein Magazin auf.

»Nein, nehmen Sie es, meine Liebe. Ich habe genügend Lesestoff in meinem Gepäck . . . Huh, ist es nicht grausig kalt?« Sie nickte Hercule Poirot freundschaftlich zu.

»Sie sind wirklich reizend«, lobte die Schwedin.

»Durchaus nicht. Ich hoffe, Sie werden diese Nacht gut ruhen und morgen ohne Kopfschmerzen erwachen.«

»Es ist vielleicht nur die Kälte. Eine Tasse heißer Tee wird schon helfen.«

»Haben Sie auch Aspirin? Sicher . . .? Sonst kann ich Ihnen damit aushelfen. Ich habe mich reichlich mit den verschiedensten Medikamenten versorgt. Also dann gute Nacht, meine Liebe.«

Als die Patientin verschwunden war, zog Mrs. Hubbard Poirot ins Gespräch. »Ein armes Geschöpf, diese Schwedin! Augenscheinlich eine Art Missionarin, soweit ich aus ihrem schlechten Englisch zu schließen vermochte. Was ich ihr über meine Tochter erzählte, hat sie aufs höchste gefesselt.«

Auch Poirot wußte über Mrs. Hubbards Tochter schon hinlänglich Bescheid, und mit ihm jedermann im Zug, der einigermaßen die englische Sprache verstand! Daß sie und ihr Gatte zu dem Lehrerkollegium einer großen amerikanischen Schule in Smyrna gehörten und daß dies Mrs. Hubbards erster Aufenthalt im Orient gewesen war, und was sie von den Türken und ihrer schlampigen Art hielt und von dem hanebüchenen Zustand ihrer Fahrstraßen.

Nun öffnete sich die nächstgelegene Tür, und der hagere, blasse Diener trat heraus. Flüchtig wurde Poirot Mr. Ratchetts ansichtig, der drinnen aufrecht in seinem Bett saß. Auch er sah Poirot, und in sein Gesicht schoß eine ärgerliche Röte.

Mrs. Hubbard zog den kleinen Belgier etwas zur Seite.

»Wissen Sie, mir graut vor diesem Mann. Oh, nicht den

Kammerdiener meine ich – den anderen, seinen Herrn. Es umwittert ihn etwas Unrechtes. Meine Tochter sagt immer, daß ich ein untrügliches Vorgefühl besitze. ›Wenn Mammi ein Schreck durch die Knochen fährt‹, sagte sie, ›ist etwas nicht geheuer.‹ Und mir ist ein Schreck in die Knochen gefahren. Er schläft Tür an Tür mit mir, dieser unheimliche Geselle, und vergangene Nacht schien es mir, als hörte ich ihn die Klinke probieren. Mich würde es keineswegs wundern, wenn der Mann sich als Mörder entpuppt oder als einer jener Zugbanditen, über die man so viel liest. Lachen Sie mich nicht aus; mir läuft bei seinem Anblick eine Gänsehaut über den Rücken! Meine Tochter sagte, ich würde eine ganz leichte, bequeme Reise haben, aber ich habe das Gefühl, daß das nicht stimmt, daß im Gegenteil sich unterwegs irgendwas ereignen wird. Mein Gott, wie kann dieser nette, sympathische junge Herr sich dazu hergeben, Sekretär bei ihm zu spielen . . .!«

Oberst Arbuthnot kam mit MacQueen den Korridor entlanggeschlendert.

»In meinem Abteil ist das Bett noch nicht zurechtgemacht«, sagte der junge Amerikaner. »Setzen wir uns dorthin. Was übrigens Ihre Politik in Indien anbetrifft . . .«

Die beiden Männer gingen vorüber und suchten MacQueens Abteil auf.

Mrs. Hubbard unterdrückte ein leichtes Gähnen.

»Ich werde mich jetzt hinlegen und ein bißchen lesen«, erklärte sie. »Gute Nacht.«

»Gute Nacht, Madame.«

Poirot schritt weiter zu seinem eigenen Abteil, das neben dem von Mr. Ratchett lag. Nachdem er sich ausgekleidet hatte, las er noch eine halbe Stunde und drehte dann das Licht aus.

Einige Stunden später erwachte er, und erwachte mit einem jähen Ruck. Er wußte, was ihn aus dem Schlaf gerissen hatte: ein lautes Ächzen, fast ein Schrei, irgendwo in nächster Nähe. Im gleichen Moment klang scharf das Klingeln einer Glocke.

Der Detektiv knipste das Licht an. Gleichzeitig merkte er, daß der Zug stillstand. Wahrscheinlich auf einer Station.

Aber was bedeutete jener Schrei . . .? Hercule Poirot erinnerte sich, daß es Ratchett war, der das benachbarte Abteil bewohnte. Er sprang aus dem Bett und öffnete die Tür gerade in der Sekunde, als der Kondukteur den Gang entlangeilte und bei Ratchett anklopfte. Poirot spähte weiter durch den Türschlitz.

Jetzt pochte der Kondukteur ein zweites Mal. Und nun läutete abermals eine Glocke und ließ ein Licht über einer anderen, entfernteren Tür aufglimmen, so daß der Kondukteur in schräger Richtung über seine Schulter blickte.

Aus Ratchetts Abteil aber drang eine Stimme:

»Ce n'est rien. Je me suis trompé.«

»Bien, Monsieur.« Der Mann machte kehrt, um an die andere Tür zu klopfen, wo das Licht glühte, während Poirot, erleichtert, sich wieder niederlegte. Er warf einen Blick auf seine Uhr: Ihre Zeiger wiesen auf dreiundzwanzig Minuten vor eins.

5

Doch der Schlaf wollte sich nicht wieder einstellen.

Poirot vermißte die Bewegungen des Zuges. Wenn sich draußen tasächlich ein Bahnhof befand, war es merkwürdig still; als Gegensatz wirkten die Geräusche im Zug ungewöhnlich laut. Der kleine Belgier konnte Ratchett hören, der nebenan hantierte – ein Klick, als er den Waschtisch öffnete, der Laut des rinnenden Hahns, ein Planschen und Plätschern, dann ein neuerlicher Klick, als das Waschgefäß wieder geschlossen wurde. Draußen im Gang tappten Schritte vorüber, die schlürfenden Tritte eines Menschen in Babuschen.

Hercule Poirot starrte wachend zur Decke empor. Warum herrschte solche Stille auf der Station ...? Er räusperte sich, fühlte ein trockenes Kitzeln im Hals. Ah, er hatte vergessen, seine gewohnte Flasche Mineralwasser zu verlangen! Wieder befragte er die Uhr. Just ein Viertel nach eins. Seine Finger tasteten nach der Klingel, um den Kondukteur um Mineralwasser zu bitten, doch es blieb vorderhand bei der Absicht, da jetzt schon eine andere Glocke anschlug. Der Mann konnte doch nicht gleichzeitig mehreren Glockenzeichen gerecht werden.

Ting ... ting ... ting ...

Wieder klingelte es. Jemand begann ungeduldig zu werden.

Ting ...

Des Ungeduldigen Finger verweilte hartnäckig auf dem Knopf. Plötzlich kam der Kondukteur herbeigestürzt, laut hallten seine Schritte im Seitengang wider. Und er klopfte an eine Tür, die sich nicht weit von Poirots Abteil befand.

Dann erklangen Stimmen ... der Baß des Schlafwagenbeamten, ehrerbietig, entschuldigend, und ein helles Frauenorgan, wortreich und beharrlich.

Mrs. Hubbard!

Hercule Poirot schmunzelte.

Der Wortwechsel – sofern ihm diese Bezeichnung gebührte – währte noch geraume Zeit, im Verhältnis von neunzig Prozent erregten Geschwabbels seitens Mrs. Hubbards und zehn Prozent besänftigenden Geflüsters seitens des Kondukteurs. Endlich schien die Angelegenheit eine Regelung erfahren zu haben, denn Poirot vernahm deutlich:

»Bonne nuit, Madame«, und das Schließen einer Tür. Nunmehr preßte er den Finger auf die eigene Klingel, die den Kondukteur prompt herbeirief. Erhitzt und bedrückt sah er aus.

»De l'eau minérale, s'il vous plaît.«

»Bien, Monsieur.« Vielleicht verführte ihn ein vergnügtes Zwinkern in Poirots Augen dazu, sein Herz zu erleichtern. »La dame americaine ...«

»Ja?«

Der Braununiformierte wischte sich die Schweißperlen von der Stirn.

»Malen Sie sich aus, Monsieur, was ich mit ihr auszustehen hatte! Sie behauptete steif und fest, daß sich in ihrem Abteil ein Mann befände! In einem Raum dieser Größe, Monsieur!« Er fuhr andeutend mit der Hand durch die Luft. »Wo sollte er sich verborgen halten ...? Ich diskutierte mit Madame, suchte ihr das Unmögliche klarzumachen. Sie beharrt auf ihrer Behauptung: sie sei aufgewacht und hätte einen Mann bemerkt. Und wie, frage ich, verließ er das Abteil und ließ die Tür verriegelt zurück ...? Doch für Vernunftgründe ist sie nicht zugänglich. Als ob wir nicht schon gerade genug Ärger hätten, Monsieur! Dieser Schnee ...«

»Schnee?«

»Aber ja, Monsieur. Ist es Monsieur entgangen, daß der Zug gestoppt hat? Wir sind in einer Schneewehe festgefahren. Der Himmel weiß, wie lange wir steckenbleiben werden! Ich erinnere mich, daß wir einmal sieben Tage von den Schneemauern gefangengehalten wurden.«

»Wo sind wir denn?«

»Zwischen Vincovci und Brod.«

»O la la«, sagte Hercule Poirot ärgerlich.

Der Mann zog sich zurück und erschien kurz darauf mit dem Wasser.

»Bon soir, Monsieur.«

Poirot trank ein volles Glas und streckte sich zum Schlafen aus. Doch gerade als er in die Bewußtlosigkeit des Schlummers unterzutauchen im Begriff stand, weckte ihn etwas von neuem. Diesmal war es, als sei etwas Schweres dumpf gegen seine Tür gepoltert.

Mit einem Sprung war er aus dem Bett, riß die Tür auf und schaute hinaus. Nichts! Nur zur Rechten ging eine Frau in scharlachrotem Kimono den Gang hinab. Am anderen Ende trug der Kondukteur, auf seinem kleinen Sitz hockend, Zahlen in die Rubriken eines großen Bogens ein. Überall herrschte Totenstille.

»Verdammt, meine Nerven werden ja aufsässig!« knurrte der Belgier, indem er sich abermals in seine Decke hüllte. Und jetzt schlief er durch bis zum anderen Morgen.

Als er erwachte, stand der Zug noch immer am selben Fleck; meterhohe Schneewälle umgaben ihn.

Poirot blickte auf seine Uhr, die neun anzeigte. Und um ein Viertel vor zehn schlug Hercule Poirot, der kleine, weltberühmte Detektiv, geschniegelt und schmuck wie immer, den Weg zum Speisewagen ein. Doch welch ein Stimmenwirrwarr schlug ihm hier entgegen! Wenn doch noch irgendwelche Schranken zwischen einzelnen Reisenden bestanden hatten, so waren sie jetzt restlos beseitigt. Alle fühlten sich geeint durch ein gemeinsames Mißgeschick. Gelegentlich drang Mrs. Hubbards Stimme siegreich aus dem Chor der anderen hervor:

»Meine Tochter sagte, es sei das einfachste Ding der Welt! Einfach im Zug sitzen bleiben bis Paris ...! Und jetzt? Tage und Tage können verstreichen, ehe wir des Schnees Herr werden! Ach herrjemine«, jammerte sie. »Mein Dampfer fährt doch übermorgen! Wie soll ich ihn denn erreichen ...? Noch nicht einmal telegrafieren kann ich, um die Kabinenbestellung rückgängig zu machen. Oh, ich möchte mir die Haare ausraufen!«

Der Italiener sagte, daß ihn dringende Geschäfte in Mailand erwarteten, und der große Amerikaner bedauerte »Ma'am« ausgiebig und ließ die Hoffnung durchblicken, daß der Zug die Verspätung durch doppelte Geschwindigkeit wieder einhole.

»Meine Schwester und ihre Kinder erwarten mich«, weinte die Schwedin. »Was sollen sie denken? Sie werden sich ja das Schlimmste ausmalen!«

»Wie lange werden wir hier bleiben?« forschte Mary Debenham. »Weiß das jemand?«

Ihre Stimme klang ungeduldig, doch Poirot vermißte in ihr die beinahe fiebernde Ängstlichkeit, die sie während des kurzen Halts des Taurus-Expreß offenbart hatte.

Wieder ließ sich Mrs. Hubbard hören.

»In diesem Zug weiß überhaupt niemand etwas. Und niemand bemüht sich, auch nur irgend etwas zu tun. Das hat man von dem faulen Ausländerpack! Ah, wenn diese Schneemassen drüben in Amerika einem Zug den Weg versperren würden, trachtete man unbedingt, irgend etwas zu tun.«

Arbuthnot wandte sich an Poirot und sprach in sorgfältig gedrechseltem Französisch:

»Vous êtes un directeur de la ligne, je crois, Monsieur. Vous pouvez nous dire ...«

Lächelnd klärte Hercule Poirot diesen Irrtum auf.

»Nein, nein«, erwiderte er auf englisch. »Sie verwechseln mich mit meinem Freund und Landsmann Mr. Bouc.«

»Oh, Pardon!«

»Der Irrtum ist durchaus erklärlich«, meinte der Kleine. »Ich bin jetzt in dem Abteil, das er früher innehatte, untergebracht worden.«

Mr. Bouc war nicht anwesend, und Poirot schaute umher, um festzustellen, wer sonst noch fehlte. Nun, zum Beispiel Prinzessin Dragomiroff und das ungarische Ehepaar. Desgleichen Ratchett, sein Diener und die deutsche Kammerfrau.

Die Schwedin betupfte sich die tränenfeuchten Lider.

»Ich bin töricht«, sagte sie reuevoll. »Diese Verzögerung wird wohl ihr Gutes haben, wie ja meistens alles zum Guten ausschlägt.«

Jedoch die anderen teilten diese christliche Denkart nicht.

»Das klingt sehr schön!« brummte MacQueen unruhig. »Doch wenn wir hier tagelang festsitzen?«

»In welchem Land befinden wir uns eigentlich?« erkundigte sich die verzweifelte Mrs. Hubbard. Und als man ihr Jugoslawien nannte, brach es erbittert von ihren Lippen: »Ah, einer von diesen Balkanstaaten ...! Nun, was kann man da anderes erwarten ...!«

»Sie sind die einzige Gefaßte, Mademoiselle«, wandte sich Hercule Poirot an Miss Debenham.

Sie zuckte leicht die Schultern.

»Was hilft's, sich aufzuregen?«
»Sehr philosophisch gedacht, Mademoiselle.«
»Es ist Selbstsucht, Monsieur, Selbsterhaltungstrieb. Ich habe gelernt, mich vor nutzlosen Aufregungen zu bewahren, die einen nur zermürben und aufreiben.«
Sie sagte es mehr zu sich selbst als zu ihm. Ja, sie schaute ihn nicht einmal an. Ihr Blick glitt über seine kleine Gestalt hinweg und ruhte auf den Schneemassen draußen.
»Sie sind ein starker Charakter, Mademoiselle«, versicherte Poirot liebenswürdig. »Meines Erachtens sogar der stärkste von uns allen.«
»O nein. Ich kenne einen, der viel stärker ist als ich.«
»Und das wäre ...?«
Plötzlich schien es ihr zum Bewußtsein zu kommen, daß sie mit einem Fremden und einem Ausländer sprach, mit dem sie bis zum heutigen Morgen knapp ein halbes Dutzend Sätze gewechselt hatte.
»Meinetwegen jene alte Dame«, lenkte sie ab, mit einem höflichen und dennoch abwehrenden Lachen. »Sie haben sie wahrscheinlich bemerkt, Monsieur. Eine sehr häßliche alte Dame. Und trotzdem braucht sie nur den kleinen Finger zu heben und in artigem Ton etwas zu verlangen, damit der ganze Zug läuft und rennt.«
»Er läuft und rennt auch für meinen Freund Mr. Bouc«, entgegnete Hercule Poirot. »Allerdings weil er Direktor der Internationalen Schlafwagengesellschaft ist, nicht etwa weil er einen herrischen, despotischen Charakter hat.«
Und Mary Debenham lächelte abermals.
Der Morgen schlich dahin. Verschiedene Reisende, unter ihnen auch der kleine Detektiv, blieben im Speisewagen – das Gemeinschaftsleben schien sich für die lästige Wartezeit besser zu eignen. Poirot erfuhr ein gut Teil mehr über Mrs. Hubbards Tochter; er wurde überdies mit den Gewohnheiten des verstorbenen Mr. Hubbard vertraut, angefangen mit dem morgendlichen Imbiß, zu dem ein reichlicher Teller Haferflocken gehört hatte, bis zu der Nachtruhe, der er sich in wollenen Bettsocken, von Mrs. Hubbard gestrickt, hinzugeben pflegte.
Doch als er hierauf einem etwas konfusen Bericht über die Missionsbestrebungen der schwedischen Dame lauschte, betrat einer der Schlafwagenkondukteure den Wagen und machte neben Poirot halt.

»Pardon, Monsieur.«

»Ja?«

»Eine Empfehlung von Mr. Bouc, und ob Sie wohl die Güte haben würden, umgehend für einige Minuten zu ihm zu kommen.«

Poirot trennte sich mit einer Entschuldigung von der Schwedin und folgte dem Kondukteur durch den Gang des nächsten Wagens und noch den halben Gang des übernächsten Wagens entlang. Das Abteil, an das der Mann endlich anklopfte, gehörte nicht Mr. Bouc. Es war ein Abteil zweiter Klasse – vermutlich wegen seiner etwas geräumigeren Ausmaße erkoren – und machte einen überfüllten Eindruck.

Mr. Bouc selbst saß auf dem kleinen Sitz in der entgegengesetzten Ecke. Ihm gegenüber blickte ein dunkelhäutiger Herr in den Schnee hinaus. Breitbeinig und Poirots Weg versperrend stand ein vierschrötiger Mann in blauer Uniform (der Zugführer), und neben ihm sah der kleine Belgier seinen eigenen Schlafwagenkondukteur.

»Ah, mein lieber Freund«, rief Mr. Bouc, »schnell, treten Sie näher. Wir bedürfen Ihrer.«

Der Dunkelhäutige unweit des Fensters rückte zur Seite, und Poirot nahm neben ihm Platz. Was fehlte seinem Landsmann? War es Grimm oder Bestürzung, was sein Antlitz entstellte ...? Jedenfalls aber unterlag es keinem Zweifel, daß sich etwas nicht Alltägliches ereignet hatte.

»Was ist geschehen?« forschte Hercule Poirot.

»Oh, allerhand, mon cher. Erst dieser Schneesturm, dieser unfreiwillige Aufenthalt. Und jetzt ...«

Er machte eine Pause, und aus dem Mund des Schlafwagenbetreuers stahl sich ein Aufjapsen.

»Und jetzt, was?«

»Und jetzt liegt ein Passagier tot in seinem Bett ... erstochen!« Mr. Bouc sagte es mit der Ruhe der Verzweiflung.

»Ein Passagier? Welcher?«

»Ein Amerikaner. Einer namens ... namens ...« Er zog einige vor ihm liegende Notizen zu Rate.

»Ratchett. Nicht wahr, Ratchett?«

»Ja, Monsieur«, würgte sein Untergebener hervor. Und Poirot wurde erst jetzt gewahr, daß der Mann weiß wie Kalk war.

»Lassen Sie ihn sich lieber setzen«, wandte sich der Detektiv mahnend an Mr. Bouc. »Er ist ja einer Ohnmacht nahe.«

Der Zugführer trat ein wenig zurück, und der Schlafwagenkondukteur sank erschöpft in die Ecke und vergrub das Gesicht in den Händen.

»Brr!« meinte Poirot. »Das ist ernst.«

»Gewiß ist es ernst, mon ami. Ein Mord an und für sich ist schon eine Kalamität erster Ordnung. Doch hier erschweren noch die Nebenumstände die Sache. Wir stecken fest. Vielleicht für Stunden, vielleicht für Tage. Und ferner haben wir, da wir mehrere Länder passieren, meist einen Polizeibeamten des jeweiligen Staates im Zug. In Jugoslawien jedoch nicht. Verstehen Sie?«

»Das ist ja eine verworrene Geschichte«, gab Poirot zu.

»Oh, es kommt noch schlimmer, mon cher. Dr. Constantine – pardon, ich vergaß, Sie vorzustellen – Dr. Constantine, Monsieur Poirot.« Der dunkelhäutige Mann verbeugte sich, und Hercule Poirot tat das gleiche. »Dr. Constantine ist der Meinung, daß der Tod gegen ein Uhr nachts erfolgte.«

»Einen genauen Zeitpunkt festzulegen, ist ungemein schwierig«, ergriff der griechische Arzt das Wort. »Indes halte ich mich für berechtigt zu behaupten, daß der Mann zwischen Mitternacht und zwei Uhr morgens den letzten Atemzug ausstieß.«

»Wann ist dieser Mr. Ratchett zuletzt lebendig gesehen worden?«

»Gesehen. Das weiß ich nicht«, erwiderte Mr. Bouc. »Aber um zwanzig Minuten vor eins ungefähr hat er noch mit dem Schlafwagenkondukteur gesprochen.«

»Richtig«, stimmte Poirot zu. »Ich habe dies selbst gehört. Das ist das letzte, was von ihm bekannt wurde?«

»Ja. Das Fenster von Mr. Ratchetts Abteil fand man weit geöffnet, so daß der Schluß nahelag, der Mörder sei auf diesem Weg entkommen. Meiner Meinung nach ist das aber eine Finte. Ein derartiges Entweichen hätte Spuren auf dem Schnee hinterlassen müssen; diese fehlen jedoch.«

»Und wann wurde das Verbrechen entdeckt?«

»Michel!«

Der Schlafwagenkondukteur fuhr empor, das Gesicht noch immer bleich und verstört.

»Berichten Sie dem Herrn ganz genau die Geschehnisse«, befahl Mr. Bouc.

Der Bericht erfolgte etwas stoßweise.

»Der Kammerdiener dieses Mr. Ratchett ... ja, er klopfte heute morgen an die Tür. Erhielt keine Antwort. Dann kam vor einer Stunde der Speisewagenkellner. Er wünschte zu wissen, ob Monsieur zum Déjeuner erscheinen würde. Es war inzwischen elf Uhr geworden. Ich öffnete ihm schließlich die Tür mit meinem Schlüssel. Aber von drinnen war die Kette vorgelegt. Und kalt war es drinnen – eisigkalt! Ungehemmt rieselte der Schnee durch das offene Fenster. Ich dachte, daß den Herrn ein Unwohlsein befallen hätte, und holte den Zugführer. Wir sprengten die Kette und gingen hinein. Er lag dort ... Ah! c'était terrible!«

Von neuem barg er sein Gesicht in den Händen.

»Die Tür war verschlossen und von drinnen durch die Kette gesichert?« wiederholte Poirot nachdenklich. »Selbstmord kann es nicht gewesen sein – eh?« Der kleine griechische Doktor stieß eine grelle Lache aus.

»Ersticht sich ein Mann, der Selbstmord begeht, an zehn, zwölf, fünfzehn Stellen?« fragte er schneidend.

Hercule Poirot riß entsetzt die Augen auf.

»Das ist ja eine barbarische Wildheit!«

Jetzt meldete sich der Zugführer zum erstenmal.

»Glauben Sie mir, das war eine Frau«, erklärte er. »Nur eine Frau kann derartig zustechen.«

Dr. Constantine rieb sich das dunkle Kinn. »Dann müßte sie über beträchtliche Kraft verfügen. Nichts liegt mir ferner, als mich hier in sozusagen technischen Einzelheiten zu ergehen – das würde nur verwirrend wirken; aber ich versichere Ihnen, daß zwei oder drei dieser Stiche mit einer solchen Wucht verabfolgt wurden, als sollten sie durch ein hartes Gefüge von Knochen und Muskeln dringen.«

»Ein spitzfindiges, wissenschaftliches Verbrechen war es also nicht«, urteilte Hercule Poirot.

»Nein. Sogar ein sehr unwissenschaftliches. Die Stiche scheinen aufs Geratewohl geführt zu sein, wie und wo es gerade traf. Etliche sind auch abgeglitten, haben kaum irgendwelchen Schaden angerichtet. Mir kommt es fast so vor, als habe jemand die Augen geschlossen und in wilder Raserei blindlings drauflosgewütet.«

»C'est une femme«, versicherte der Zugführer, diesmal auf französisch. »Wenn Frauen in Wut geraten, entwickeln sie erstaunliche Kräfte.« Er nickte dabei so weise, daß jedermann argwöhnte, sein Urteil gründe sich auf persönliche Erfahrung.

»Ich bin vielleicht imstande, Ihr Wissen, Messieurs, um einige

Punkte zu bereichern«, sagte jetzt Poirot. »Gestern hat Mr. Ratchett mit mir gesprochen. Wenn ich ihn recht verstand, besagten seine Worte nichts anderes, als daß er sich in Lebensgefahr befände.«

»Dann ist es keine Frau gewesen«, rief Mr. Bouc, »sondern irgendein Unhold der Verbrecherwelt. Ein Gangster, sagen die Amerikaner, nicht wahr?«

Den Zugführer schien es zu schmerzen, daß seine Theorie in nichts zerrann.

»Nun, dann war es aber ein recht stümperhafter Gangster.« In Poirots Ton lag fachmännischer Tadel.

»Wir haben da einen Hünen von Amerikaner im Zug«, entsann sich Mr. Bouc, an seiner Idee klebend. »Ein höchst ordinär aussehender Mann mit gräßlicher Kleidung. Er kaut Gummi, was doch wohl in guten Gesellschaftskreisen nicht üblich ist. Sie wissen, wen ich meine?«

Der Schlafwagenkondukteur, dem diese Frage galt, nickte.

»Ja, Monsieur. Die Nummer 16. Doch er scheidet als Täter aus. Ich würde es gesehen haben, wenn er das Abteil betreten und wieder verlassen hätte.«

»Vielleicht, Michel; vielleicht aber auch nicht. Doch lassen wir das einstweilen dahingestellt. Die Frage lautet: Was sollen wir beginnen?« Vielsagend blickte er Poirot an, und Poirot hielt dem Blick schweigend stand. »Mon cher, Sie verstehen mich sehr wohl. Warum also noch viele Worte verlieren? Nehmen Sie die Nachforschungen in die Hand! Nein, nein, keine Widerrede! Ich spreche jetzt für die Compagnie Internationale des Wagons-Lits. Wie einfach sich alles abwickelt, wenn wir der jugoslawischen Polizei bei ihrem Erscheinen die Lösung des Rätsels präsentieren können!

Im anderen Fall Verzögerungen, Verdrießlichkeiten, eine Million Weiterungen. Vielleicht sogar – wer weiß es! – ernstliche Belästigungen von gänzlich unschuldigen Personen. Statt dessen entschleiern Sie das Mysterium! Wir sagen kurzweg: Es ist ein Mord geschehen, und hier ist der Täter.«

»Und angenommen, ich entschleiere es nicht?«

»Ah, mon cher!« Mr. Boucs Stimme wurde weich und schmeichelnd. »Ich kenne Ihren Ruf. Ich weiß ein wenig über Ihre Methoden Bescheid. Hier wird Ihnen ein geradezu idealer Fall geboten. Das Vorleben all dieser Reisenden aufzustöbern, ihren Leumund zu prüfen – all das erfordert Zeit und führt zu Unzuträglichkeiten. Habe ich Sie nicht oft sagen hören, daß man, um einen Fall zu lösen, sich nur in seinen Sessel zurücklehnen und nachzudenken braucht ...? Tun Sie das, mon ami. Interviewen Sie die Reisenden des Zuges, besichtigen Sie die Leiche, prüfen Sie die vorhandenen Fingerzeige und dann ... nun, ich baue auf Sie! Ich bin überzeugt, daß es nicht leere Prahlerei von Ihnen ist: Legen Sie sich zurück und denken Sie nach. Gebrauchen Sie (ich führe jetzt Ihre eigenen Worte an) die kleinen grauen Zellen Ihres Hirnes – und Sie werden klarsehen!«

»Ihr Vertrauen rührt mich, mein Freund«, sagte Poirot bewegt. »Wie Sie sehr richtig bemerkten, kann dies kein schwieriger Fall sein. Ich selbst habe vergangene Nacht – doch das gehört vorerst nicht hierher. Tatsächlich, dies Problem reizt mich, mon vieux. Noch vor einer Stunde überlegte ich, wie ich mir über die Langeweile unseres erzwungenen Aufenthalts hinweghelfen könnte, und nun wird mir das herrlichste Problem beschert.«

»Sie nehmen also an?« fragte Mr. Bouc voll Eifer.

»C'est entendu.«

»Wunderbar! Und wir alle stehen Ihnen zur Verfügung.«

»Ich möchte, daß man mir einen Plan aufzeichnet von dem Wagen Istanbul–Calais unter Angabe der Personen, die die verschiedenen Abteile innehaben, und ferner würde ich gern ihre Pässe und ihre Fahrkarten sehen.«

»Michel, wollen Sie bitte Monsieurs Wünschen Rechnung tragen.«

Der Kondukteur verließ den kleinen Konferenzraum.

»Welche anderen Reisenden sind im Zug?« setzte Poirot seine Erkundungen fort.

»In diesem Wagen sind Dr. Constantine und ich die einzigen. Der von Bukarest kommende Wagen beherbergt einen alten, dem Schlafwagenbediensteten wohlbekannten Herrn mit einem lahmen Bein. Die übrigen gewöhnlichen Waggons kommen für uns nicht in Betracht, da nach dem Diner gestern abend die Verbindungstür abgeschlossen wurde. Und vor dem nach Calais bestimmten Wagen läuft lediglich noch der Speisewagen.«

»Dann müssen wir, so dünkt es mich, unseren Mörder in dem Wagen Istanbul–Calais suchen«, erklärte Hercule Poirot gedehnt. Und zu dem Arzt gewandt fragte er: »Nicht wahr, dahin zielten auch Sie?«

Der Grieche nickte.

»Eine halbe Stunde nach Mitternacht bohrte sich unsere Lokomotive rettungslos in den Schneemauern fest. Seitdem kann also niemand den Zug verlassen haben.«

»Der Mörder weilt mitten unter uns«, klang feierlich Mr. Boucs Stimme. »Er befindet sich noch jetzt im Zug.«

6

»Vor allem scheint es mir ratsam, dem jungen MacQueen ein bißchen auf den Zahn zu fühlen«, führte Hercule Poirot aus. »Es ist durchaus möglich, daß wir wertvolle Aufklärungen von ihm erhalten.«

»Gewiß«, pflichtete Mr. Bouc bei. »Bitte, holen Sie Mr. MacQueen hierher«, befahl er dann dem Zugführer, der das Abteil sogleich verließ. Eine Minute später kehrte der Schlafwagenkondukteur bereits mit einem Stapel von Pässen und Fahrkarten wieder. »Danke, Michel. Jetzt halte ich es für das beste, wenn Sie auf Ihren Posten zurückgehen. Ihre Aussagen werden wir später aufnehmen.«

»Sehr wohl, Monsieur.« Und Michel machte wieder kehrt.

»Nachdem wir den jungen MacQueen gehört haben, ist vielleicht Monsieur le docteur so liebenswürdig, mich zu dem Toten zu begleiten«, ließ sich Poirot hören.

»Gern.«

»Und nachdem wir dort fertig sind . . .«

Doch da traten schon der Zugführer und der junge Amerikaner über die Schwelle.

Mr. Bouc erhob sich.

»Wir sind ein bißchen arg eingeengt hier«, sagte er zuvorkommend. »Nehmen Sie meinen Platz, Mr. MacQueen. Dann sitzen Sie Mr. Poirot gerade gegenüber. So – ausgezeichnet.«

MacQueen ließ sich auf die Polster fallen, während Mr. Bouc dem Zugführer weitere Anordnungen erteilte: »Sorgen Sie dafür, daß der Speisewagen geräumt wird und Mr. Poirot zur Verfügung steht . . . Nicht wahr, mon cher«, er legte dem kleinen Belgier fast zärtlich die Hand auf die Schulter. »Sie werden Ihre Rücksprache mit den einzelnen Reisenden dort halten?«

»Das Zweckmäßigste wäre es freilich.«

MacQueens Augen wanderten zwischen den beiden Belgiern hin und her.

»Q'est-ce qu'il y a?« begann er. »Pourquoi ...«
Aber dann verfiel er in seine Muttersprache und fragte auf englisch: »Was ist denn los im Zug? Ist was passiert?«
»Jawohl«, nickte Poirot. »Bitte, machen Sie sich auf einen gewaltigen Schreck gefaßt. Ihr Brotgeber, Mr. Ratchett, ist tot.«
MacQueen spitzte die Lippen zu einem Pfeifen. Seine Augen wurden eine Nuance leuchtender, aber ein Zeichen von Schrekken oder Kummer zeigte er nicht.
»Also haben sie ihn doch erwischt!«
»Was meinen Sie mit diesem Satz, Mr. MacQueen?« Und als der Amerikaner zauderte, setzte Poirot hinzu: »Sie nehmen an, daß Mr. Ratchett ermordet wurde?«
»Ist das nicht der Fall?« Nunmehr zeigte MacQueen sichtliche Überraschung. »Ich hatte allerdings an einen Mord gedacht. Starb er während des Schlafes? Mein Gott, der alte Mann war doch so zähe ... so zähe wie ...« Er brach ab, aus Mangel an einem Gleichnis.
»Nein, nein«, berichtigte Poirot. »Sie haben das Rechte getroffen. Mr. Ratchett fiel einem Mord zum Opfer. Aber es interessiert mich sehr zu erfahren, weshalb Sie unverzüglich ein gewaltsames Ende annahmen.«
MacQueen blickte den Frager ein Weilchen grübelnd an.
»Ich muß klarsehen«, erklärte er dann. »Wer sind Sie eigentlich? Und was haben Sie damit zu schaffen?«
»Ich vertrete die Compagnie Internationale des Wagons-Lits.« Und nach etlichen Sekunden ergänzte Poirot diese Erläuterung: »Ich bin Detektiv. Mein Name ist Hercule Poirot.«
Doch die Wirkung, die er erwartet hatte, blieb aus. MacQueen beschränkte sich auf ein gleichgültiges: »Ach so!«
»Sie kennen den Namen vielleicht.«
»Ja, irgendwie kommt er mir bekannt vor – allerdings hielt ich ihn für den Namen eines Pariser Modekünstlers.«
Der kleine Belgier umfaßte sein Gegenüber mit einem giftigen Blick.
»Es ist unglaublich«, zischte er erbost.
»Was ist unglaublich?«
»Nichts! Kehren wir zur Sache zurück. Ich muß Sie bitten, Mr. MacQueen, uns alles, was Sie über den Toten wissen, mitzuteilen. Sind Sie mit ihm verwandt?«
»Nein. Ich bin ... war ... sein Sekretär.«
»Wie lange bekleideten Sie diesen Posten schon?«

»Etwas über ein Jahr.«

»Bitte geben Sie uns alle Informationen, über die Sie verfügen.«

»Ich traf Mr. Ratchett vor einem Jahr, als ich in Persien war.«

»Was trieben Sie dort?« fiel Poirot ein.

»Wegen einer Erdölkonzession hatte ich die Reise von New York dorthin gemacht. Ich glaube nicht, daß die Einzelheiten von Interesse für Sie sind. Jedenfalls gerieten meine Freunde und ich damit ziemlich in die Patsche. Mr. Ratchett war im selben Hotel abgestiegen, und da er sich just mit seinem Sekretär überworfen hatte, bot er mir die Stellung an, und ich griff zu.«

»Und seither?«

»Sind wir umhergereist. Mr. Ratchett wollte die Welt kennenlernen, doch haperte es bei ihm mit den fremden Sprachen. Eigentlich war ich mehr Reisemarschall als Sekretär und führte ein ganz angenehmes Leben.«

»Nun erzählen Sie mir so viel wie möglich über die Person Ihres Brotgebers.«

Der junge Mann zuckte die Schultern; auf seinem Gesicht spiegelte sich eine leichte Verwirrung wider. »Das ist leichter gesagt als getan«, meinte er.

»Wie hieß er mit vollem Namen?«

»Samuel Edward Ratchett.«

»Amerikanischer Staatsbürger?«

»Ja.«

»Aus welchem Teil Amerikas gebürtig?«

»Das weiß ich nicht.«

»Schön, dann erzählen Sie mir, was Sie wissen.«

»Kurz und bündig, Mr. Poirot: Ich weiß überhaupt nichts. Mr. Ratchett sprach niemals von sich selbst oder von seinem Leben in den Vereinigten Staaten.«

»Weshalb wohl nicht?«

»Keine Ahnung. Möglicherweise schämte er sich seiner Herkunft, der Grundlage seines Reichtums. Es gibt solche Menschen.«

»Dünkt Sie das eine befriedigende Erklärung?«

»Ehrlich gestanden, nein.«

»Hatte er irgendwelche Verwandte?«

»Er hat ihrer nie Erwähnung getan.«

Aber Poirot ließ noch nicht locker. »Sie müssen sich doch eine Meinung gebildet haben, Mr. MacQueen«, drängte er.

»Das freilich. Ich glaube, er hieß gar nicht Ratchett. Und ferner glaube ich, daß er Amerika auf der Flucht vor irgendwem oder irgendwas verließ. Diese Flucht scheint ihm bis vor wenigen Wochen geglückt zu sein.«

»Und dann?«

»Dann erhielt er öfter Briefe – Drohbriefe.«

»Haben Sie sie mit eigenen Augen gelesen?«

»Ja. Es gehörte zu meinen Obliegenheiten, seine Korrespondenz zu erledigen. Der erste Brief erreichte ihn vor vierzehn Tagen.«

»Sind diese Briefe vernichtet worden?«

»Nein. Einige müssen noch in meiner Aktentasche stecken; einen hat Ratchett allerdings in einem Wutanfall zerrissen. Soll ich sie holen?«

»Wenn ich bitten darf.«

MacQueen verließ das Abteil und war bald mit zwei ziemlich schmutzigen Briefbogen wieder zurück. Der erste Brief lautete:

»Nicht wahr, Sie meinten, Sie würden uns irreführen und uns entgehen ...? Vergebliches Bemühen! Wir sind Ihnen auf den Fersen, und wir werden Sie zur Strecke bringen, Ratchett.«

Eine Unterschrift war nicht vorhanden.

Mit einem kaum merklichen Emporziehen seiner Augenbrauen las Poirot das zweite Schriftstück:

»Bald geht die Jagd auf Sie los, Ratchett. Wir werden Sie kriegen, das sehen Sie doch ein?«

»Der Stil ist monoton!« erklärte Poirot, indem er den Brief niederlegte. »Nicht so die Handschrift.«

MacQueen starrte ihn an.

»Ihnen fällt das nicht auf«, meinte der kleine Belgier vergnügt »Aber ein geschultes Auge erkennt ohne weiteres, daß die Schrift nicht von einer einzigen Person stammt. Zwei oder auch mehrere sind daran beteiligt – jeder schrieb abwechselnd je einen Buchstaben. Außerdem sind die Buchstaben in Druckschrift aufs Papier gebracht, was das Erkennen der Handschrift erschwert. Wissen Sie übrigens, daß Mr. Ratchett mich um Hilfe gebeten hat?«

»Sie ...?« Das Staunen des jungen Mannes war unverfälscht.

»Jawohl, mich. Er fürchtete für sein Leben. Schildern Sie mir bitte, wie er sich beim Empfang des ersten Schreibens verhielt.«

MacQueen zauderte.

»Er ... er schob es mit dem ihm eigenen lautlosen Lachen beiseite. Aber irgendwie drängte sich mir die Vorstellung auf, daß es ihn mächtig mitgenommen hatte.«

Poirot nickte verstehend und stellte dann eine vollkommen unerwartete Frage:

»Mr. MacQueen, wollen Sie mir mal unverhohlen sagen, ob Sie Ihren Brotgeber gern leiden mochten?«

Wieder antwortete MacQueeen nicht sofort. Aber endlich gestand er:

»Nein, ich mochte ihn nicht.«

»Und weshalb nicht?«

»Gründe anzuführen fiele mir schwer. Mr. Ratchett hat mich immer nett behandelt.« Ein abermaliges Zögern. »Ich will Ihnen die Wahrheit sagen, Mr. Poirot: Ich hegte einen Widerwillen gegen ihn. Er war – dessen bin ich sicher – ein grausamer und gefährlicher Mensch. Indes muß ich beichten, daß ich für mein Urteil keine stichhaltigen Gründe ins Treffen führen kann.«

»Danke, Mr. MacQueen. Nun noch eine weitere Frage – wann haben Sie Mr. Ratchett zuletzt lebend gesehen?«

»Gestern abend gegen . . . nun, etwa gegen zehn Uhr. Ich ging in sein Abteil, um einige Aufzeichnungen von ihm zu holen.«

»Welchen Gegenstand betreffend?«

»Ziegel und antike Töpferwaren, die er in Persien gekauft hatte. Man hatte ihm nicht die von ihm gewählten Stücke geliefert. Und darüber entspann sich ein langer, ärgerlicher Briefwechsel.«

»Wissen Sie, wann Mr. Ratchett den letzten Drohbrief bekam?«

»Am Morgen unserer Abreise aus Istanbul.«

»Und nun verübeln Sie mir bitte nicht die Frage, Mr. MacQueen, ob Sie mit Ihrem Brotgeber auf gutem Fuß standen?«

»Ja, auf durchaus gutem Fuß.«

»Jetzt möchte ich noch Ihren genauen Namen sowie Ihre Adresse in Amerika wissen.«

»Hector Willard MacQueen, 215 Fourth Avenue, New York.«

»Verbindlichsten Dank.« Hercule Poirot lehnte sich gegen die Samtpolsterung zurück. »Mir wäre es lieb, wenn Sie über Mr. Ratchetts Tod noch ein Weilchen Schweigen bewahren würden.«

»Gewiß. Doch wird sein Kammerdiener bald davon erfahren.«

»Er weiß vielleicht bereits jetzt Bescheid«, gab Poirot zurück. »In diesem Fall versuchen Sie Ihr Bestes, damit er den Mund hält.«

In MacQueens Augen sprühten lustige Blitze auf.

»Das bietet keine Schwierigkeiten«, lächelte er. »Er ist ein Brite und hat eine geringe Meinung von den Amerikanern und eine noch geringere von allen anderen Nationalitäten. Infolgedessen würdigt er kaum jemand eines Wortes.«

»Danke, Mr. MacQueen.« Der Amerikaner verbeugte sich und ging.

»Nun?« forschte Mr. Bouc. »Glauben Sie ihm, mon ami?«

»Er macht einen rechtschaffenen Eindruck. Wäre er in das Verbrechen verstrickt, so würde er seine Abneigung gegen Ratchett schwerlich so offen bekannt haben. Gewiß, Mr. Ratchett verschwieg ihm seinen vergeblichen Versuch, mich für seine Angelegenheit zu werben, aber ich denke nicht, daß man dies als verdächtigen Umstand deuten muß. Wenn meine Menschenkenntnis mich nicht täuscht, ist Ratchett ein Gentleman gewesen, der bei jeder möglichen Gelegenheit seine Absichten für sich behielt.«

»Ah, dann erklären Sie eine Person wenigstens schon jetzt für unschuldig!« seufzte Mr. Bouc erleichtert auf.

»Ich?« Poirot warf ihm einen vorwurfsvollen Blick zu. »Mon ami, ich mißtraue jedem bis zur letzten Minute. Dessenungeachtet muß ich gestehen, daß ich mir nicht vorzustellen vermag, wie dieser nüchterne, langköpfige MacQueen die Überlegung verliert und auf sein Opfer zwölf- bis fünfzehnmal lossticht. Es paßt nicht zu seiner Psyche – nein, paßt ganz und gar nicht.«

»Richtig. Das ist die Handlung eines vor kochendem Haß beinahe um den Verstand gebrachten Mannes und deutet mehr auf ein südländisches Temperament. Oder auch, wie unser Freund, der Zugführer, behauptet, auf die hemmungslose Veranlagung einer Frau.«

7

Gefolgt von Dr. Constantine begab sich Poirot in den anderen Wagen, wo ihnen der Kondukteur das Abteil des Ermordeten aufschloß.

»Was ist hier drinnen verändert worden?« fragte der Belgier, als er den kleinen Raum betrat.

»Nichts«, versicherte der Arzt. »Bei meiner Untersuchung habe ich mich gehütet, den Toten zu bewegen.«

»Brr!« schauderte Poirot vor Kälte, denn der Wind pfiff schneidend in das weit offenstehende Fenster.

Der andere lächelte verstehend. »Ich wagte es nicht zu schließen.«

»Sie taten recht daran, Doktor. Im übrigen stimme ich mit Ihnen auch darin überein, daß das Fenster nur zum Schein geöffnet wurde, um eine Flucht des Mörders vorzutäuschen. Doch diese Täuschung vereitelte der Schnee.« Er untersuchte sorgfältig den Fensterrahmen, nahm dann ein kleines Schächtelchen aus seiner Tasche und blies ein wenig Puder über das Holz. »Nicht ein einziger Fingerabdruck, das heißt also, man hat es abgewischt. Doch auch etwaige Fingerspuren würden kaum aufschlußreich gewesen sein; sie hätten doch nur von Ratchett oder seinem Kammerdiener oder dem Schlafwagenkondukteur gestammt. Derartige Fehler unterlaufen heutzutage Verbrechern nicht. Und in Anbetracht dieser Tatsache dürfen wir mit gutem Gewissen das Fenster nunmehr schließen«, fügte er fröhlich hinzu. »Bei Gott, in einem Eiskeller kann es nicht viel kälter sein als hier!«

Er ließ die Tat unverzüglich dem Wort folgen und richtete erst jetzt seine Aufmerksamkeit auf die regungslose Gestalt im Bett.

Ratchett lag auf dem Rücken. Seine Pyjamajacke, mit rostfarbigen Flecken besät, war aufgeknöpft und zurückgeschlagen.

»Ich mußte die Art der Verwundung prüfen«, führte der Grieche entschuldigend an.

»Selbstverständlich.« Poirot beugte sich bereits über die Leiche. Als er sich endlich wieder aufrichtete, schnitt er eine kleine Grimasse. »Puh, das ist alles andere als hübsch! Wie viele Wunden sind es genau?«

»Zwölf habe ich einwandfrei festgestellt. Eine oder zwei verdienen allerdings nur den Namen Kratzer. Andererseits sind drei so schwer, daß jede von ihnen schon genügt hätte, um den Tod herbeizuführen.«

Es schien, als stutze Poirot über etwas in Dr. Constantines Ton. Er faßte den dunkelhäutigen Athener, der mit gefurchter Stirn auf den Toten hinabstarrte, schärfer ins Auge.

»Schenken Sie mir reinen Wein ein, mein Freund«, bat er freundlich. »Ist da vielleicht ein Umstand, der Sie merkwürdig berührt?«

»Ja. Sehen Sie diese beiden Schnitte . . . hier und hier. Sie sind tief, jeder hat fraglos wichtige Blutgefäße verletzt, und dennoch klaffen die Ränder nicht auseinander. Die Wunden haben nicht geblutet, wie man es erwarten könnte.«

»Das bedeutet?«

»Daß der Mann schon tot war – ganz kurze Zeit freilich –, als sie ausgeführt wurden. Und das ist doch absonderlich.«

»Gewiß«, meinte Poirot grübelnd, »sofern sich der Mörder nicht selbst einredete, er habe sein Werk nur ungenügend vollbracht, und noch einmal zurückkam, um ganz sicher zu gehen. Sonst noch etwas?«

»Ja. Bitte, betrachten Sie sich diese Wunde unter dem rechten Arm, unweit der rechten Schulter. Und nun nehmen Sie mal meinen Bleistift, weil wir kein Messer zur Hand haben. Wären Sie imstande, solch einen Stich auszuführen?«

Poirot machte eine entsprechende Bewegung.

»Ah, ich begreife, Doktor. Mit der rechten Hand ist es außerordentlich schwer, um nicht zu sagen unmöglich. Man müßte dann – wie der Tennisspieler sagt – backhanded zustechen. Wenn indes der Schlag mit der Linken ...«

»Richtig, Monsieur Poirot«, fiel der Arzt ein. »Ich möchte wetten, daß eine linke Hand die Waffe führte.«

»Mithin wäre unser Mörder ein Linkshänder? Nein, es ist wohl noch verzwickter, nicht wahr?«

»Viel verzwickter. Denn, sehen Sie, diese Wunden rühren unbedingt von einer rechten Hand her.«

»Also zwei Personen«, murmelte der Detektiv. Und ganz unvermittelt fragte er: »Hat das elektrische Licht gebrannt?«

»Das weiß ich nicht, da der Kondukteur morgens gegen zehn Uhr den Strom abstellt.«

»Die Schalter werden es uns verraten.«

Die Untersuchung ergab, daß der Schalter der Deckenbeleuchtung abgedreht und die Zuglampe am Kopfende des Bettes geschlossen war.

»Eh bien, da haben wir die Hypothese des ersten und des zweiten Mörders, wie der große Shakespeare sich ausdrücken würde. Der erste Mörder erstach sein Opfer und verließ das Abteil, nachdem er das Licht ausgeschaltet hatte. Der zweite schlich sich im Dunkeln hinein, nicht ahnend, daß das Werk bereits vollbracht war, und stach wenigstens zweimal auf eine Leiche los. Que pensez-vous de ça?«

»Wunderbar!« begeisterte sich der kleine Arzt.

»Ist das Ihre ehrliche Meinung?« Poirot zwinkerte mit den

Augen. »Dann freut es mich. Mir selbst klang es ein bißchen unsinnig.«

»Kann es denn eine andere Erklärung geben?«

»Ihrer Frage will ich ein paar andere anreihen: Haben wir es hier mit einem zufälligen Zusammentreffen zu tun? Stehen wir noch anderen Widersprüchen, anderen Ungereimtheiten gegenüber, die sich nur durch die Beteiligung zweier Personen erklären ließen ...«

»Das letztere möchte ich bejahen, Monsieur Poirot. Einige dieser Wunden deuten auf Schwäche – einen Mangel an Kraft oder einen Mangel an Entschlossenheit, wohingegen dieser Stich hier ... und dieser hier desgleichen ... eine brutale Wucht voraussetzen. Überzeugen Sie sich, wie sie die Muskeln glatt durchschnitten haben. Fraglos sind sie das Werk eines Mannes.«

»Kann es nicht auch eine Frau gewesen sein?«

»Eine junge athletische Frau wäre dazu imstande, besonders wenn sie durch eine heftige Gemütsbewegung aufgepeitscht wird. Und dennoch erscheint es mir unwahrscheinlich.«

Poirot starrte finster vor sich hin, so daß der Jüngere ängstlich fragte: »Verstehen Sie meinen Gesichtspunkt nicht?«

»Doch, vollkommen. Überhaupt beginnt sich das Dunkel erstaunlich zu lichten!« Sarkastisch lachte er auf. »Der Mörder war ein Mann von großer Stärke – er war schwach, mithin eine Frau; er war linkshändig, er war rechtshändig ... Ah, c'est ridicule, tout ça! Und das Opfer? Wie benimmt es sich bei alledem? Schrie es? Kämpfte es? Verteidigte es sich?« Während der letzten Frage schob er seine Hand unter das Kissen und zog den Browning, den Ratchett ihm tags zuvor gezeigt hatte, hervor.

»Voll geladen – sehen Sie«

An den Messinghaken der Wand hing Ratchetts Tageskleidung, und auf dem kleinen Tisch, durch den Deckel des Waschbeckens gebildet, stand ein Glas, das das Gebiß hütete, dann noch ein anderes, leeres Glas, eine Flasche Mineralwasser, eine große Phiole und ein Aschenbecher, der einen Zigarettenstummel, ein verkohltes Stück Papier und ferner zwei angebrannte Zündhölzer enthielt.

Der Doktor nahm das Glas und schnupperte daran. »Da haben wir die Erklärung für die Schlappheit des Überfallenen!«

»Betäubungsmittel?«

»Ja.«

Poirot hob die beiden Zündhölzer auf und prüfte sie eingehend.

»Sie sind von verschiedener Form«, meinte er endlich. »Eins ist flacher als das andere.«

»Die flachen kann man in Papierhüllen im Zuge kaufen, Monsieur Poirot.«

»Ja? Das wußte ich nicht.« Schon durchstöberte Hercule Poirot eifrig die Taschen von Ratchetts Anzug und förderte eine Zündholzschachtel zutage, deren Inhalt er sorgfältig mit den beiden Hölzchen des Aschenbechers verglich. »Das runde Streichholz stammt aus Mr. Ratchetts Schachtel«, entschied er sodann.

»Mal sehen, ob er auch flache Streichhölzer besaß.«

Doch die weitere Suche führte zu nichts.

Poirots Augen flogen im Abteil hin und her. Sie waren hell und scharf wie die Augen eines Raubvogels, und man hatte das Gefühl, daß ihnen nichts entgehen konnte. Jetzt beugte er sich mit einem Ausruf herab und hob etwas vom Boden auf.

Ein zierliches Viereck aus Batist, das in der einen Ecke den gestickten Buchstaben H trug.

»Ein Damentaschentuch!« staunte der Athener. »Schau, schau, da hatte der Zugführer, der durchaus die Sache einer Frau in die Schuhe schieben wollte, also doch recht!«

»Genau wie es sich in Romanen und im Film abspielt!«

»Welch ein unglaubliches Glück für uns, Mr. Poirot!«

»Meinen Sie ...?« Abermals beugte sich der kleine Belgier herab und bot dann dem Doktor auf die Handfläche einen zweiten Fund dar ... einen Pfeifenreiniger.

»Vielleicht gehört er dem Toten«, wagte der Arzt einzuwenden.

»Nachdem in den Taschen weder eine Pfeife noch ein Tabaksbeutel steckt?«

»Hm ... dann ist er ein unschätzbarer Fingerzeig.«

»Oh, unbedingt. Und eigens zu unserer Unterstützung zurückgelassen!« kam es spöttisch von Poirots Lippen. »Ein maskuliner Fingerzeig zur Abwechslung. Wahrlich, über einen Mangel an Fingerzeigen kann man sich in diesem Fall nicht beklagen – sie häufen sich geradezu ...! Wo haben Sie übrigens die Waffe gelassen?«

»Der Mörder muß sie mit sich genommen haben. Ich habe sie nicht gesehen.« Dr. Constantine machte sich an der Jacke des Pyjamas zu schaffen und entdeckte jetzt in der Brusttasche eine goldene Uhr. Die mörderische Klinge hatte das Gehäuse stark verschrammt und verbeult, und die Zeiger wiesen auf ein Viertel nach eins. »Nun wissen wir die genaue Stunde des Verbrechens, die sich mit meinen Berechnungen deckt. Zwischen Mitternacht und zwei Uhr lautete mein Urteil. Eh bien, da haben wir die Bestätigung. Ein Viertel nach eins. Das ist die Stunde, in der die ruchlose Tat geschah.«

»Es ist möglich, ja. Es ist zweifellos möglich.«

Der Doktor maß seinen Gefährten mit einem neugierigen Blick.

»Verzeihung, Monsieur Poirot, ich verstehe Sie nicht ganz.«

»Ich verstehe mich selbst nicht«, stieß Hercule Poirot hervor. »Ich verstehe überhaupt nichts, und das ärgert mich.« Er seufzte und neigte sich über den kleinen Tisch, um das verkohlte Papier zu begutachten. »Eine altmodische Damenhutschachtel – ja, das ist es, was ich in diesem Moment dringend brauche«, murmelte er.

Dr. Constantine wußte sich diese schnurrige Bemerkung nicht zu deuten. Doch Poirot ließ ihm nicht die Zeit, eine entsprechende Frage zu stellen. Er öffnete die Tür zum Gang und rief den Kondukteur, der dienstwillig herbeigerannt kam.

»Wieviel Damen reisen in diesem Wagen?«

Michel bewegte zählend die Finger.

»Eins, zwei, drei . . . sechs, Monsieur. Die alte amerikanische Dame, eine Schwedin, die junge Engländerin, die Gräfin Andrenyi, Madame la Princesse Dragomiroff und ihre deutsche Kammerfrau.«

Poirot überlegte. »Haben sie sämtlich Hutschachteln bei sich?«

»Ja, Monsieur.«

»Dann bringen Sie mir . . . halt, eine Sekunde! Ja, bringen Sie mir die Schachtel der Schwedin und der Kammerfrau. Auf diesen beiden beruht meine ganze Hoffnung. Erfinden Sie irgendein Märchen, weshalb Sie die Schachteln benötigen, schwindeln Sie das Blaue vom Himmel herunter!«

»Das wird mir erspart, Monsieur, da gegenwärtig sich keine der fraglichen Damen in ihrem Abteil befindet.«

»Herrlich! Dann sputen Sie sich. Schnell, schnell!«

Der Kondukteur raste davon und kehrte nach wenigen Minuten mit dem Verlangten zurück. Poirot riß zuerst die der Kammerfrau gehörende Schachtel auf und stieß sie als ungeeignet beiseite. Doch als er den Deckel der anderen aufklappte, frohlockte er: »Violà! Vor fünfzehn Jahren sahen alle Hutschachteln innen so wie diese aus. Kommen Sie, junger Freund, bereichern

Sie Ihre Kenntnisse!« Vorsichtig entfernte er die Hüte und legte runde Klumpen aus Drahtgeflecht bloß. »Vor fünfzehn Jahren spießte man die Damenhüte mit einer langen Hutnadel an solchen Drahtgebilden fest.«

Und nun löste er mit staunenswerter Geschicklichkeit zwei der Klumpen, packte die Hüte wieder ein und beauftragte Michel, die Schachteln dorthin zu tragen, wohin sie gehörten.

»Sehen Sie, lieber Doktor, ich bin im allgemeinen keiner der Kriminalisten, deren Arbeit sich auf Fingerspuren, Zigarettenasche und dergleichen aufbaut«, sagte er, als die Tür hinter dem Mann zuschnappte. »Ich werte die Psychologie höher. In diesem Falle jedoch würde ich eine kleine wissenschaftliche Unterstützung willkommen heißen. Dies Abteil hier strotzt förmlich von Fingerzeigen. Wer aber bürgt mir dafür, daß diese Fingerzeige wirklich das sind, was sie zu sein scheinen?«

»Pardon, Monsieur Poirot, ich sehe nicht ganz klar ...«

»Schön, dann werde ich mich durch ein Beispiel verständlicher machen. Wir finden ein Frauentaschentuch. Ließ es eine Frau fallen? Oder ein Mann, der sich bei Ausführung des Verbrechens sagte, ›Ich will ihm einen femininen Anstrich geben und werde daher meinem Feind eine unnötige Anzahl von Stichen beibringen, darunter etliche schwache und unwirksame, und hernach ein Taschentuch an eine Stelle legen, wo es unumgänglich in die Augen fällt‹? Das ist eine Möglichkeit. Und nun die andere. Beging eine Frau den Mord und ließ absichtlich einen Pfeifenreiniger zurück, um den Verdacht auf Männer zu lenken? Oder dürfen wir ernstlich annehmen, daß ein Mann und eine Frau getrennt sich Ratchett als Opfer auserkoren und jeder von ihnen so unachtsam vorging und einen Beweis für seine Identität fallen ließ? Parbleu, das deucht mich ein bißchen reichlich viel Koinzidenz!«

»Ja ... aber ... aber was hat das mit der Hutschachtel zu schaffen?« stammelte der Doktor verblüfft.

»Nicht so hitzig, junger Freund. Auch dahin kommen wir noch. Wie gesagt, diese Fingerzeige – wie die um ein Viertel vor eins stehengebliebene Uhr, das Taschentuch, der Pfeifenreiniger – können echt sein, aber ebensogut auch falsch. Doch auf die Echtheit eines Fingerzeiges möchte ich schwören – ich meine das flache Zündholz, Monsieur le docteur. Glauben Sie mir, jenes Hölzchen benutzte der Mörder und nicht Mr. Ratchett. Und zwar benutzte er es, um irgendein belastendes Papier zu verbrennen. Möglicherweise einen kurzen Brief. Dann aber enthielt dieser Brief etwas Verfängliches. Das auszukundschaften soll jetzt meine Aufgabe sein.«

Er ließ seinen Gefährten etliche Minuten allein, und als er das Abteil wieder betrat, trug er einen kleinen Spiritusbrenner und zwei Brennscheren in der Hand.

»Die brauche ich gewöhnlich für meinen Schnurrbart«, erklärte er dem Erstaunten.

Der Arzt beobachtete Poirots Tun mit größter Spannung, sah, wie er die beiden Drahthäuflein glatt drückte und das verkohlte Papier mit unendlicher Behutsamkeit auf die eine Drahtfläche legte und nachher die andere darüber deckte. Und nun packte er beide Stücke zusammen links und rechts mit je einer Brennschere und hielt das Ganze über die Spiritusflamme.

»Es ist ein kärglicher Notbehelf«, meinte er über die Schulter hinweg. »Hoffen wir, Doktor, daß er zum Ziele führt.«

Nun begann das Metall zu glühen, und plötzlich erschienen schwache Andeutungen von Buchstaben. Langsam formten sich Worte ... Worte in Feuerschrift.

Doch der Papierfetzen war schmal, und es zeigten sich nur fünf ganze Worte und ein verstümmeltes:

innern an die kleine Daisy Armstrong

»Ah ...!« stieß Hercule Poirot hervor.

»Sagt Ihnen das etwas?«

»Ja.« Poirots Augen funkelten, als er vorsichtig die Brennscheren niederlegte. »Jetzt weiß ich sowohl des Toten wirklichen Namen, als auch, weshalb er Amerika verließ.«

»Nennen Sie mir den Namen.«

»Cassetti.«

»Cassetti ...« wiederholte Constantine mit gerunzelten Brauen. »Da meldet sich irgendeine dunkle Erinnerung. Gab es nicht vor etlichen Jahren einen Kriminalfall in Amerika ...«

»Jawohl, einen Kriminalfall in Amerika.« Doch zu weiteren Mitteilungen fühlte sich Poirot nicht bemüßigt. »Das werden Sie später noch alles genau erfahren. Lassen Sie uns vorerst einmal hier erledigen, was zu erledigen ist«, fügte er hinzu, indem er von neuem Ratchetts Taschen durchging. Und da sie ihm nichts Wichtiges mehr zu bieten hatten, schenkte er seine Aufmerksamkeit der Verbindungstür, die ins Nachbarabteil führte. Aber sie war von drüben abgeriegelt.

»Erklären Sie mir das Folgende«, bat Dr. Constantine: »Wenn

der Mörder nicht durch das Fenster entfloh und wenn die Verbindungstür auf der anderen Seite durch den Riegel versperrt ist und wenn die Tür zum Korridor von drinnen nicht nur abgeschlossen, sondern auch noch durch eine Kette gesichert war – auf welche Weise verließ der Verbrecher dann den Schauplatz seiner Tat?«

»Genau dasselbe fragt sich bei einer Zaubervorstellung das Publikum, wenn eine an Händen und Füßen gefesselte Person in einem Schrank eingeschlossen wird – und verschwindet.«

»Sie meinen . . .?«

»Ich meine«, lächelte der Detektiv, »daß ein Mörder, der uns weismachen will, er sei durch das Fenster entflohen, selbstverständlich den Anschein erweckt, als ob die beiden anderen Ausgänge ganz unmöglich wären. Just wie die verschwindende Person im Zauberkabinett. Es steckt ein Trick dahinter, mon cher docteur, und an uns liegt es, herauszufinden, wie man den Trick ausführt.« Bei diesen Worten schloß er die Verbindungstür auch von dieser Seite ab, um schmunzelnd zu erläutern: »Damit es sich die vortreffliche Mrs. Hubbard nicht einfallen lassen kann, für die Briefe an ihre noch vortrefflichere Tochter auf eigene Faust unmittelbar Einzelheiten über das Verbrechen zu sammeln. Und nun gibt es meines Erachtens für uns hier nichts mehr zu tun. Kehren wir lieber zu Mr. Bouc zurück!«

8

Mr. Bouc verspeiste den letzten Bissen eines Omeletts. »Mir schien es am zweckmäßigsten, umgehend den Lunch im Speisewagen servieren zu lassen«, sagte er. »Hinterher soll er geräumt werden. Inzwischen habe ich für uns drei einen Imbiß nach hier beordert.«

»Eine ausgezeichnete Idee!« lobte Poirot.

Jedoch fehlte es allen dreien am rechten Appetit. Sie aßen schweigend und rasch, doch erst als sie den duftenden Mokka tranken, erwähnte Mr. Bouc das Thema, das alle ihre Gedanken in Anspruch nahm.

»Eh bien?«

»Eh bien«, gab Hercule Poirot zurück, »ich tappe hinsichtlich der Person des Ermordeten nicht mehr im dunkeln.«

»Nein ...? Wer ist es denn?«

»Entsinnen Sie sich der Zeitungsmeldungen über das Verschwinden der kleinen Daisy Armstrong? Der Tote in unserem Zug ist der Mann, der das Kind ermordete – Cassetti.«

»Natürlich erinnere ich mich jetzt. Die Einzelheiten sind mir freilich entfallen.«

»Oberst Armstrong war englischer Vizekonsul. Seine Mutter, eine Millionenerbin, stammte aus den Vereinigten Staaten. Armstrong selbst heiratete die Tochter Linda Ardens, der berühmtesten amerikanischen Tragödin, und lebte mit seiner Gattin in Amerika. Der Ehe entsprang ein Kind – ein kleines Mädchen, der Abgott seiner Eltern. Als die Kleine drei Jahre zählte, wurde sie entführt und eine phantastisch hohe Summe als Lösegeld verlangt. Mit den Verwicklungen, die nun folgten, will ich Sie nicht ermüden. Es genügt, wenn ich Ihnen mitteile, daß die verzweifelten Eltern schließlich zweihunderttausend Dollar bezahlten und man kurz darauf das Kind als Leiche entdeckte, in einem Zustand, der unzweideutig bewies, daß der Tod schon mindestens vor vierzehn Tagen eingetreten war. Doch noch weitere Schicksalsschläge trafen die Armstrongs. Mrs. Armstrong befand sich in anderen Umständen und erlitt infolge der Aufregungen eine Fehlgeburt, an der sie zugrunde ging, worauf sich der so schwer geprüfte Gatte aus Gram und Kummer erschoß.«

»Mon dieu, welch eine Tragödie! Aber soviel ich mich entsinne, wurde anschließend noch ein Menschenleben vernichtet, nicht wahr?«

»Ja – eine unglückselige französische oder Schweizer Bonne. Die Polizei vertrat den Standpunkt, sie habe von dem Verbrechen gewußt, und weigerte sich, ihrem hysterischen Leugnen Glauben zu schenken, bis sich die Ärmste in einem Anfall von Verzweiflung aus dem Fenster stürzte. Und nach ihrem Tod stellte sich die völlige Unschuld eindeutig heraus.«

»Da läuft einem vor Entsetzen ja jetzt noch eine Gänsehaut über den Rücken!« stöhnte der kleine griechische Doktor.

»Ungefähr sechs Monate später verhaftete die Polizei Cassetti als Haupt jener Bande, die das Kind entführt und ähnliche Methoden auch bei anderen Personen angewandt hatte. Sobald die Obrigkeit ihnen auf die Spur kam, wurde der jeweilige Gefangene getötet, aber von den Angehörigen bis zur zufälligen Auffindung der Leiche noch weiterhin so viel Geld wie eben möglich erpreßt.

Mit Hilfe seines zusammengeraubten, enormen Reichtums und geheimer Druckmittel verstand es Cassetti jedoch, wegen irgendeiner formellen Unstimmigkeit seine Freilassung zu erreichen. Nichtsdestoweniger würde ihn die empörte Bevölkerung gelyncht haben, wenn sie seiner habhaft geworden wäre. Was weiter geschah, entzieht sich meiner Kenntnis. Jedenfalls legte sich der Verbrecher einen anderen Namen zu, verließ den ihm zu heiß gewordenen Boden Amerikas und reiste beschaulich in der Welt umher, als ein begüterter Gentleman, der von seinen Renten lebt.«

»Ah, quel animal!« rief Mr. Bouc voll tiefstem Abscheu. »Ich vermag ihn wegen seines gewaltsamen Todes nicht zu bedauern.«

»Ich ebensowenig.«

»Tout de même, es war nicht nötig, daß er im Orient-Expreß getötet wurde. Es gibt genug andere Orte.«

Poirot lächelte flüchtig, da er sich vergegenwärtigte, daß Mr. Bouc in dieser Sache nicht objektiv denken konnte.

»Die Frage, die wir uns vorzulegen haben, lautet: Ist dieser Mord die Tat einer Verbrecherbande, die Cassetti vielleicht früher mal übers Ohr gehauen hat, oder ist er ein Akt privater Rache?« führte er aus. »Wenn mich meine Vermutung nicht trügt, verbrannte der Mörder den Brief, von dem ich die verkohlten Überbleibsel fand. Warum verbrannte er ihn? Weil das Wort Armstrong, das einen wichtigen Fingerzeig lieferte, darin vorkam.«

»Existieren noch lebende Mitglieder der Familie Armstrong?« begehrte Poirots Landsmann zu wissen.

»Darüber bin ich leider nicht unterrichtet, mon ami. Dunkel schwebt mir allerdings vor, als ob ich von einer jüngeren Schwester Mrs. Armstrongs gelesen hätte.« Und nach dieser Auskunft begann Poirot von der beschädigten und stehengebliebenen Taschenuhr des Ermordeten zu erzählen.

Mr. Boucs Gesicht erhellte sich zusehends.

»Prachtvoll! Somit wissen wir die genaue Zeit des Verbrechens«, triumphierte er. »Ein Viertel vor eins! Um zwanzig Minuten vor eins haben Sie ja Ratchett mit dem Kondukteur sprechen hören – damals lebte er also noch.«

»Dreiundzwanzig Minuten vor eins«, verbesserte Poirot.

»Meinetwegen auch das. Ah, da schält sich aus dem Dunkel bereits eine unumstößliche Gewißheit heraus.«

Poirot erwiderte nichts. Er saß in die Polster zurückgelehnt und stierte die Deckenmalerei an. Und erst ein Pochen an der Tür entriß ihn seiner Versunkenheit.

»Der Speisewagen ist jetzt frei, Monsieur«, meldete Michel, worauf sich Mr. Bouc sofort erhob.

»Dann wollen wir übersiedeln.«

»Darf ich Sie begleiten?« fragte Doktor Constantine bescheiden.

»Gewiß – sofern Monsieur Poirot nichts einzuwenden hat.«

»Keineswegs«, beeilte sich der kleine Belgier zu versichern. »Keineswegs.« Und mit einer höflichen Handbewegung ließ er den beiden anderen den Vortritt.

9

Im Speisewagen war alles vorbereitet.

Poirot und Mr. Bouc nahmen nebeneinander an einem der großen Tische Platz, während der Arzt sich an der Schmalseite niederließ. Vor Poirot lag ein Plan des Wagens Istanbul-Calais, auf dem in roter Tinte die Namen der Passagiere eingezeichnet waren, und daneben ein kleiner Stapel Pässe und Fahrkarten. Auch Schreibpapier, Tinte, Federhalter und Bleistifte fehlten nicht.

»Bravo, mon cher«, lobte Poirot. »Nun können wir ungesäumt mit dem Verhör beginnen. Als ersten möchte ich den Schlafwagenkondukteur vernehmen. Wahrscheinlich sind Sie imstande, mir vorher schon ein paar Winke über ihn zu geben. Ist er ein Mann, dessen Worten man trauen darf?«

»Nach meiner Meinung unbedingt. Pierre Michel, seit über fünfzehn Jahren bei der Compagnie beschäftigt, ist Franzose und in der Nähe von Calais ansässig. Es mag intelligentere Leute geben als ihn, doch ehrlichere und anständigere schwerlich.«

»Gut«, nickte Poirot. »Lassen Sie ihn also holen.«

Michel, obwohl ein wenig gefaßter als am Vormittag, machte immer noch einen äußerst nervösen Eindruck.

»Ich hoffe, Monsieur wird nicht denken, ich hätte mir eine Nachlässigkeit zuschulden kommen lassen«, sagte er besorgt, während sein Auge von Poirot zu seinem Vorgesetzten wanderte. Dieser beschwichtigte ihn, und dann kamen von Poirots Lippen die ersten Fragen. Sie bezogen sich auf Michels Alter und Adresse, die Zahl seiner Dienstjahre, die er auf der östlichen Route zugebracht hatte – alles Dinge, die Poirot bereits wußte. Aber diese schematische Fragestellung diente dazu, die Erregung des Mannes zu dämpfen.

»Und nun wollen wir uns den Ereignissen der letzten Nacht zuwenden«, fuhr der kleine Belgier fort. »Um wieviel Uhr begab sich Mr. Ratchett zur Ruhe?«

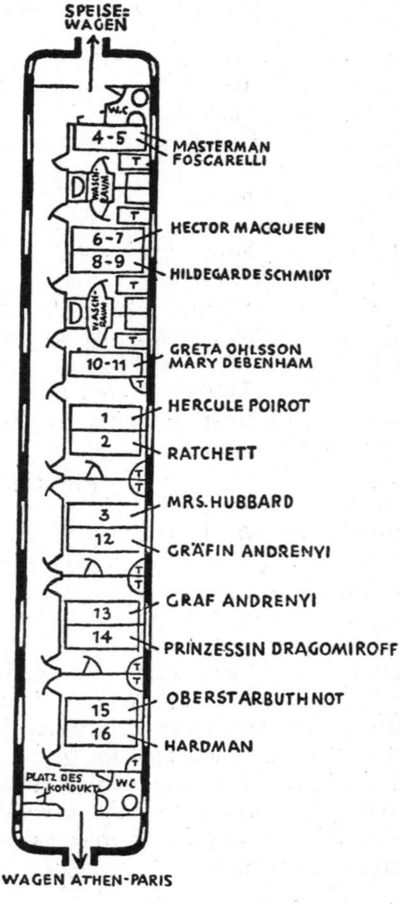

»Fast unmittelbar nach dem Diner, Monsieur. Das heißt also, bevor wir von Belgrad abfuhren. Die Nacht vorher ging er zur selben Zeit schlafen. Er hatte mich angewiesen, sein Bett zu richten, während er bei Tisch saß, und ich tat, wie er geheißen.«

»Betrat hernach jemand sein Abteil?«

»Sein Kammerdiener, Monsieur, und der junge Amerikaner, sein Sekretär.«

»Sonst niemand?«

»Nicht daß ich wüßte, Monsieur.«

»Schön. Und das ist das letzte, was Sie von ihm sahen oder hörten?«

»Nein, Monsieur; Sie vergessen, daß er gegen zwanzig vor eins – kurz nachdem wir festgefahren waren – klingelte.«

»Wie spielte sich dies genau ab?«

»Ich pochte an die Tür, aber er rief mir zu, daß er einen Irrtum begangen habe.«

»Auf englisch oder französisch?«

»Auf französisch!«

»Wiederholen Sie mir bitte den Wortlaut.«

»Ce n'est rien. Je me suis trompé.«

»Das stimmt«, erklärte Hercule Poirot. »Ich habe es mit eigenen Ohren gehört. Und hierauf entfernten Sie sich?«

»Ja. Monsieur.«

»Gingen Sie zu Ihrem Platz zurück?«

»Nein, Monsieur. Ich folgte erst noch dem Ruf einer anderen Klingel, die gerade geläutet hatte.«

»Michel, jetzt kommt eine sehr wichtige Frage: Wo befanden Sie sich um ein Uhr fünfzehn?«

»Ich, Monsieur? Ich war bei meinem kleinen Sitz am Ende des Ganges.«

»Sind Sie sicher?«

»Mais oui . . . wenigstens . . .«

»Ja?«

»Ich ging bis zum nächsten Wagen – dem Athener Wagen –, um ein paar Worte mit meinem Kollegen zu wechseln. Wir sprachen über den Schnee. Das ist kurz nach eins gewesen. Die genaue Minute vermag ich nicht anzugeben.«

»Und wann kehrten Sie in unsern Wagen zurück?«

»Als es abermals schellte – doch das habe ich Monsieur bereits nachts erzählt. Es war die amerikanische Dame, und sie schellte hastig hintereinander.«

»Jawohl, ich erinnere mich dessen«, gab Poirot zu. »Und weiter?«

»Nachher, Monsieur? Nun, da folgte ich doch Ihrem Klingelzeichen und brachte Ihnen das Mineralwasser. Eine halbe Stunde später machte ich dann das Bett in dem Abteil Mr. MacQueens zurecht.«

»War Mr. MacQueen allein?«

»Nein, der englische Oberst von Nr. 15 leistete ihm Gesellschaft.«

»Und wohin ging der Oberst, als er sich von Mr. MacQueen trennte?«

»Zu seinem eigenen Abteil.«

»Nr. 15 – sagten Sie. Ist das nicht dicht bei Ihrem Platz?«

»Ja, Monsieur. Es ist das zweite Abteil vom Ende des Ganges aus gerechnet.«

»Sein Bett war bereits für die Nacht vorbereitet?«

»Ja, Monsieur.«

»Wissen Sie, um wieviel Uhr sich die beiden Herren trennten?«

»Nicht genau, Monsieur. Doch möchte ich behaupten, daß es nicht später als zwei gewesen ist.«

»Und nachher?«

»Nachher saß ich bis zum Morgen auf meinem Platz.«

»Ein zweites Mal gingen Sie nicht in den Athener Wagen hinüber?«

»Nein, Monsieur.«

»Vielleicht haben Sie geschlummert?«

»Das glaube ich nicht. Das ungewohnte Stillstehn des Zuges hinderte mich wohl daran.«

»Haben Sie irgendeinen der Reisenden den Korridor hinauf- oder hinuntergehen sehen?«

Pierre Michel überlegte ein Weilchen.

»Eine der Damen ging zu der am anderen Wagenende gelegenen Toilette.«

»Welche Dame?«

»Das weiß ich nicht, Monsieur. Zwischen ihr und mir lag eine ziemliche Entfernung, und sie hatte mir den Rücken zugekehrt. Ich erinnere mich jedoch, daß sie einen scharlachroten, drachenbestickten Kimono trug.«

Poirot nickte.

»Und weiter?«

»Nichts, Monsieur. Bis zum Morgen ereignete sich nichts.«

»Irren Sie sich nicht, Michel?«

»Ah, pardon – Sie selbst, Monsieur, öffneten Ihre Tür und schauten eine Sekunde heraus.«

»Gut, mein Freund«, sagte Hercule Poirot. »Ich wollte nur wissen, ob Ihnen das entfallen war. Übrigens wurde ich durch einen Laut wach, der so klang, als sei etwas gegen meine Tür gepoltert. Haben Sie eine Ahnung, was das gewesen sein mag?«

Der Mann starrte ihn an. »Ich bin sicher, Monsieur, daß nichts dergleichen passiert ist«, beteuerte er endlich.

»Nein . . .? Nun, dann hat mich ein Alpdrücken heimgesucht«, erwiderte Poirot gleichmütig.

»Sofern das Geräusch nicht aus dem angrenzenden Abteil zu Ihnen drang«, ließ sich Mr. Bouc vernehmen.

Doch Hercule Poirot beachtete diesen Einwurf nicht – vielleicht veranlaßte ihn die Anwesenheit des Kondukteurs dazu.

»Dann möchte ich noch einen anderen Punkt mit Ihnen erörtern, Michel«, ergriff er von neuem das Wort. »Nehmen wir einmal an, der Mörder habe den Zug gestern abend bestiegen. Ist es ganz sicher, daß er ihn nach Verübung der Tat nicht wieder verlassen haben kann?«

»Ganz sicher, Monsieur.«

»Oder daß er nicht in irgendeinem Versteck sitzt?«

Wieder mischte sich Michels hoher Vorgesetzter ein.

»Man hat alles gründlich abgesucht, mon ami«, erklärte er. »Schalten Sie diese Idee aus.« Und Michel ergänzte:

»Überdies würde ich jeden, der den Schlafwagen betreten hätte, gesehen haben.«

»Wo hatten wir den letzten Aufenthalt?«

»In Vincovci.«

»Um wieviel Uhr?«

»Fahrplanmäßig sollten wir um 11.58 weiterfahren. Doch die Schneeverwehungen verursachten zwanzig Minuten Verspätung.«

»Vielleicht hat sich jemand aus den gewöhnlichen Personenwagen eingeschlichen?«

»Nein, Monsieur. Nach Beendigung des Diners wird die Verbindung zwischen den gewöhnlichen Wagen und den Schlafwagen abgesperrt.«

»Sind Sie selbst in Vincovci vom Zuge heruntergestiegen?«

»Ja, Monsieur. Wie gewöhnlich blieb ich auf dem Bahnsteig dicht bei den Stufen des Schlafwagens stehen. Die anderen Kondukteure taten dasselbe.«

»Und die vordere Tür? Ich meine jene unweit des Speisewagens?«

»Sie ist stets von drinnen abgeriegelt.«

»Jetzt ist sie nicht abgeriegelt.«

Michel stutzte, doch dann glättete sich sein verblüfftes Gesicht.

»Zweifellos hat einer der Reisenden sie geöffnet, um einen Blick auf die Schneemauern zu werfen.«

»Wahrscheinlich«, sagte Poirot.

Nachdenklich tippte er mit dem Bleistift auf die Tischplatte.

»Ah, da fällt mir noch etwas ein!« rief er, plötzlich aufblikkend. »Sie erwähnten vorhin, daß noch eine andere Klingel Sie gerufen habe, gerade als Sie an Mr. Ratchetts Tür gestanden hätten. Tatsächlich habe auch ich es gehört. Wer war es, der nach Ihnen schellte?«

»Madame la Princesse Dragomiroff. Sie wünschte, ich solle ihre Zofe zu ihr schicken.«

»Und Sie führten ihren Befehl aus.«

»Gewiß, Monsieur.«

Minutenlang widmete sich Hercule Poirot dem Studium des vor ihm liegenden Plans. Dann entschied er: »Das ist vorläufig alles, Michel. Ich benötige Sie nicht mehr.«

»Sehr wohl, Monsieur.« An der Tür drehte er sich verlegen um, den Blick auf Mr. Bouc geheftet.

»Grämen Sie sich nicht, Michel«, tröstete ihn dieser. »Sie haben Pech gehabt, daß der Mord gerade in dem Ihrer Obhut anvertrauten Wagen geschah. Eine Pflichtwidrigkeit Ihrerseits sehe ich jedoch nicht.«

Und befriedigt wandte sich Pierre Michel zum Gehen. Unter den Zurückbleibenden herrschte Schweigen.

10

Hercule Poirot, der weltberühmte kleine Detektiv, blickte mit leeren, ausdruckslosen Augen in die Luft, und keiner der beiden anderen wagte ihn zu stören. »Ich denke, daß in Anbetracht dessen, was wir jetzt wissen, eine abermalige Zwiesprache mit Mr. MacQueen nichts schaden kann«, brach er endlich die Stille. Der junge Amerikaner folgte dem Ruf sofort.

»Nun, wie lassen sich die Dinge an?« forschte er.

»Nicht übel. Seit unserer letzten Unterhaltung habe
erfahren . . . die Identität Mr. Ratchetts.«

»Ja?« Interessiert beugte sich MacQueen vor.

»Ratchett war, wie Sie vermuteten, nur ein Deckname, hint dem sich Cassetti verbarg, der Mann, der die berüchtigten Entführungen in Szene setzte, einschließlich des empörenden Raubes der kleinen Daisy Armstrong.«

Vor Erstaunen riß Hector MacQueen den Mund auf. Und dann färbte sich sein Gesicht dunkelrot.

»O dieses verdammte Stinktier!« fluchte er ingrimmig.

»Sie ahnten nicht das Geringste davon?«

»Nein, Sir«, versetzte der junge Amerikaner. »Hätte ich es geahnt, so würde ich mir eher die rechte Hand abgehauen haben, als Sekretärdienste bei dem Schuft zu verrichten.«

»Die Sache geht Ihnen anscheinend nahe, Mr. MacQueen.«

»Nicht ohne Grund. Mein Vater, Monsieur Poirot, war der Distriktsrichter, der den Fall bearbeitete. Ich habe Mrs. Armstrong mehr als einmal gesehen. Eine entzückende Frau und so niedergebrochen . . . Wenn je ein Mensch sein Schicksal verdiente«, grollte er, »so ist es Ratchett oder Cassetti. Mich freut sein Ende. Solch eine Bestie verdiente nicht zu leben!«

»Sie reden beinahe so, als würden Sie selber willens gewesen sein, das gute Werk zu vollbringen.«

»Möglich. Ich . . .« Hector MacQueen brach ab. »Mir scheint, ich bin auf dem besten Weg, mich verdächtig zu machen.«

»In meinen Augen würden Sie sich verdächtiger machen, wenn Sie einen unmäßigen Kummer wegen Mr. Ratchetts Tod heuchelten«, erwiderte der kleine Belgier.

»Das würde ich noch nicht einmal tun, um mich vor dem elektrischen Stuhl zu retten«, stieß der Amerikaner ergrimmt hervor. Und nach einem Weilchen setzte er hinzu: »Legen Sie es bitte nicht als zudringliche Neugier aus, wenn ich Sie frage, wie Sie dies auskundschafteten. Cassettis Identität, meine ich.«

»Durch das in seinem Abteil gefundene Bruchstück eines Briefes.«

»Aber das war doch . . . war doch eine sträfliche Nachlässigkeit von dem Alten!«

»Wie man es nimmt . . .!«

Der junge Mann schien diese Bemerkung ziemlich unklar zu finden, denn er sah Poirot an, als erhoffte er von ihm einen Hinweis.

…e besteht zunächst darin, Mr. MacQueen, mich …un und Lassen eines jeden Reisenden zu unter… …braucht sich niemand beleidigt zu fühlen, ver… …andle nur nach der in unserem Fach üblichen …

…nit fort, Monsieur Poirot, und prüfen Sie mich auf Herz und Nieren. Ich verarge es Ihnen gewiß nicht.«

»Über die Nummer Ihres Abteils brauche ich Sie nicht zu befragen«, lächelte Hercule Poirot, »weil ich es eine Nacht mit Ihnen teilte. Es ist das Abteil zweiter Klasse Nr. 6 und 7, das Ihnen nach meinem Verschwinden wieder allein gehörte.«

»Ganz recht.«

»Jetzt schildern Sie mir genau, wie Sie – nach Beendigung des Diners – die Stunden zubrachten.«

»Nichts einfacher als das. Ich ging in mein Abteil zurück, las ein bißchen, kletterte in Belgrad auf den Bahnsteig, fand, daß es grausig kalt sei, und kletterte in die Wärme zurück. Ein Weilchen plauderte ich hierauf mit der jungen Engländerin, meiner Nachbarin. Hernach entspann sich zwischen mir und Oberst Arbuthnot eine Unterhaltung – ah, Sie gingen ja an uns vorüber, Monsieur Poirot, und haben uns zusammen gesehen. Dann suchte ich Mr. Ratchett auf; wie gesagt handelte es sich um die Korrespondenz wegen der Antiquitäten. Nachdem ich ihm gute Nacht gewünscht hatte und wieder in den Gang hinaustrat, stieß ich dort abermals auf Oberst Arbuthnot. Sein Bett war schon für die Nacht gerichtet worden, so daß ich ihm vorschlug, mit in mein Abteil zu kommen. Wir rauchten und tranken und erörterten dabei die Weltpolitik, die Maßnahmen der indischen Regierung, unsere eigene finanzielle Lage und die Krisis in Wall Street. Im allgemeinen meide ich den Umgang mit Briten – sie sind eine halsstarrige Gesellschaft –, aber dieser Mann gefiel mir.«

»Wissen Sie, um wieviel Uhr er Sie verließ?«

»Reichlich spät. Zwei wird es wohl gewesen sein.«

»Hatten Sie bemerkt, daß der Zug hielt?«

»Natürlich. Wir wunderten uns ein wenig. Spähten auch hinaus und sahen weiße Schneewälle ringsumher. Doch wir maßen der Sache keine Bedeutung bei.«

»Was geschah, als Oberst Arbuthnot endgültig gute Nacht sagte?«

»Er ging in sein Abteil, und ich rief den Kondukteur.«

»Wo hielten Sie sich auf, während er Ihr Bett machte?«

»Ich stand rauchend im Gang, direkt vor meiner Tür.«

»Und dann?«

»Legte ich mich nieder und schlief bis zum Morgen.«

»Außer in Belgrad verließen Sie den Zug nirgends?«

»Arbuthnot und ich dachten, es wäre gut, wenn wir uns in Vin ... wie heißt doch das Nest? Vin ... Von ... ah Vincovci – also wenn wir uns in Vincovci ein bißchen Bewegung machten. Doch der wütende Schneesturm trieb uns bald wieder hinein.«

»Durch welche Tür kletterten Sie hinaus?«

»Durch jene, die unserem Abteil am nächsten lag.«

»Also unweit des Speisewagens?«

»Ja.«

»Entsinnen Sie sich, Mr. MacQueen, ob sie abgeriegelt war?«

Der junge Amerikaner antwortete nicht sofort.

»Ja, ja, jetzt fällt es mir ein«, versicherte er endlich; »es war eine Art Stange vorgelegt, die über die Klinke griff. Meinen Sie das?«

»Ja. Legten Sie bei Ihrer Rückkehr die Stange wieder vor?«

»N ... nein, ich glaube nicht. Ich stieg zwar als letzter ein, doch ich kann mich nicht erinnern, daß ich die Tür wieder sicherte.« Und plötzlich fügte er hinzu: »Ist das so wichtig?«

»Vielleicht. Nun vermute ich, Monsieur, daß die Tür Ihres Abteils offenstand, als Sie mit Oberst Arbuthnot plauderten?«

Hector MacQueen nickte.

»Sagen Sie mir bitte, ob nach der Abfahrt von Vincovci jemand den Gang entlangschritt.«

»Mir scheint, der Kondukteur ging einmal vorüber, aus der Richtung des Speisewagens kommend«, erwiderte der Gefragte mit nachdenklicher Miene. »Und dann auch eine Frau, jedoch in entgegengesetzter Richtung.«

»Wer war die Frau?«

»Ich gab nicht acht. Aber irgendein rotes Gewand glitt vorbei. Auch wenn ich weniger eifrig mit Arbuthnot disputiert hätte, würde ich das Gesicht der Betreffenden nicht gesehen haben, da eine in jener Richtung gehende Person sofort nach dem Passieren meiner Tür mir den Rücken zukehrt.«

»Vermutlich suchte sie die Toilette auf, wie?« meinte Hercule Poirot.

»Vermutlich.«

»Sahen Sie sie denn zurückkehren?«

»Donnerwetter, jetzt, da Sie es erwähnen, fällt es mir ein – nein, ich sah sie nicht wieder. Aber fraglos wird sie zurückgekehrt sein.«

»Nun werde ich Sie nicht mehr lange belästigen, Mr. MacQueen. Doch eine Frage gestatten Sie mir bitte noch: Rauchen Sie Pfeife?«

»Nein, Sir.«

»Hm . . .« Poirot überlegte. »Ich möchte Sie bitten, mir jetzt Mr. Ratchetts Kammerdiener zu schicken. Reisten Sie beide, er und Sie eigentlich immer zweiter Klasse?«

»Er ja. Ich jedoch fuhr erster – wenn möglich in einem Abteil, das dicht an jenes von Mr. Ratchett stieß. Er pflegte dann den größten Teil seines Gepäcks bei mir unterzubringen. Aber bei dieser Reise waren mit Ausnahme des einen Abteils, das er für sich belegte, alle Plätze erster Klasse schon vergeben.«

»Ich verstehe. Besten Dank, Mr. MacQueen.«

II

Den Amerikaner löste der blasse Engländer mit dem ausdruckslosen Gesicht ab, den Poirot bereits tags zuvor bemerkt hatte. In korrekter Haltung stand er abwartend da, bis der Detektiv ihn durch eine Handbewegung zum Sitzen einlud.

»Wenn man mich recht unterrichtete, sind Sie der Kammerdiener Mr. Ratchetts?«

»Ja, Sir.«

»Ihr Name, bitte?«

»Edward Henry Masterman.«

»Ihr Alter?«

»Neununddreißig.«

»Ihre Adresse daheim?«

»21 Friar Street, Cherkenwell.«

»Sie haben sicher bereits gehört, daß Ihr Herr ermordet wurde?«

»Ja, Sir. Ein schrecklicher Vorfall.«

»Wollen Sie mir bitte sagen, um welche Stunde Sie Mr. Ratchett zuletzt sahen?«

»Es muß gestern abend gegen neun gewesen sein«, erwiderte der Diener nach kurzem Überlegen. »Vielleicht auch etwas später. Ich ging wie gewöhnlich zu ihm hinein, um meine Pflichten zu erledigen.«

»Worin bestanden diese?«

»Seine Kleidungsstücke zusammenzufalten oder aufzuhängen, Sir. Das Gebiß in das Mundwasserglas zu legen und darauf zu achten, daß alles, was er für die Nacht benötigte, vorhanden war.«

»Benahm er sich wie sonst?«

»Ich glaube, er war aufgebracht.«

»Inwiefern? Weshalb?«

»Wegen eines Briefes, den er gelesen hatte. Er fragte mich, ob ich das Schreiben in sein Abteil gelegt habe, was ich natürlich verneinte. Doch er beschimpfte mich und fand an allem, was ich tat, etwas auszusetzen.«

»Nörgelte er sonst nie?«

»Oh, häufig. Er geriet sehr leicht in Wut.«

»Nahm Ihr Herr dann und wann ein Schlafmittel?«

»Bei Nachtfahrten immer. Er behauptete, er könne sonst bei dem Geräusch der Räder nicht schlafen.«

»Wissen Sie, welches Mittel er für gewöhnlich nahm?«

Jetzt beugte sich Dr. Constantine etwas vor, begierig auf die Antwort.

»Das weiß ich nicht, Sir. Der Name des Mittels steht nicht auf dem Etikett.«

»Nahm er es auch gestern abend?«

»Ja, Sir. Ich goß es in ein Glas, das ich ihm in Reichweite hinstellte.«

»Aber Sie sahen nicht mit eigenen Augen, wie er es trank?«

»Nein, Sir. Ich fragte dann, ob er am anderen Morgen geweckt zu werden wünschte, worauf er erwiderte, ich solle ihn nicht stören, bis er läuten würde.«

»Liegt darin etwas Ungewöhnliches?«

»Durchaus nicht, Sir. Er pflegte den Kondukteur durch das Glockenzeichen zu rufen und diesen dann nach mir zu schicken.«

»So daß Sie nicht stutzten, als der Morgen vorschritt und keine Klingel ertönte?«

»Nein, Sir. Mr. Ratchett erhob sich je nach Laune, manchmal früh, manchmal auch erst zum Lunch.«

»Ist es Ihnen bekannt, daß Ihr Herr Feinde hatte?«

»Ja, Sir«, gab der Mann unumwunden zu.

»Woher wissen Sie es?«

»Ich hörte, wie er mit Mr. MacQueen über gewisse Briefe sprach.«

»Waren Sie Ihrem Herrn zugetan, Masterman?«

Wenn möglich, wurde Mastermans Gesicht noch ausdrucksloser als zuvor.

»Die Frage ist mir peinlich, Sir. Denn Mr. Ratchett war ein großzügiger Chef.«

»Aber Sie mochten ihn trotzdem nicht, wie?«

»Ich habe überhaupt für Amerikaner nicht viel übrig, Sir.«

»Sind Sie jemals in Amerika gewesen?«

»Nein, Sir.«

»Erinnern Sie sich, daß Sie vor Jahren Zeitungsberichte über den Raub eines kleinen Mädchens Daisy Armstrong gelesen haben?«

»Ja, Sir.« Jetzt stieg ein wenig Farbe in die blassen Wangen. »Solch eine gräßliche Geschichte gräbt sich fest ins Gedächtnis ein.«

»Wissen Sie, daß Mr. Ratchett der Anstifter dieser Schandtat war?«

»Nein, wahrlich nicht, Sir«, versicherte der Mann, und zum ersten Male schwang ein wärmeres Gefühl in seiner Stimme. »Das vermag ich auch kaum zu glauben, Sir.«

»Und trotzdem verhält es sich so. Nun schildern Sie mir – der Ordnung halber – den weiteren Verlauf des Abends. Was taten Sie, nachdem Sie Ihren Herrn allein ließen?«

»Ich teilte Mr. MacQueen mit, daß Mr. Ratchett nach ihm verlangte, ging dann in mein eigenes Abteil und las.«

»Ihr Abteil liegt . . .?«

»Unmittelbar am Speisewagen.«

Poirot verglich die Angabe mit seinem Plan. »Richtig. Und welches ist Ihr Bett?«

»Das untere, Nr. 4.«

»Und wer schläft in dem oberen?«

»Ein dicker Italiener, Sir.«

»Spricht er englisch?«

»Nun, so eine Art Englisch«, klang es verächtlich zurück. »Der Mann ist in Amerika gewesen, in Chicago, scheint mir.«

»Unterhalten Sie sich viel mit ihm?«

»Nein, Sir. Ich ziehe ein Buch der Unterhaltung vor.«

Nur mit Mühe unterdrückte Poirot ein Lächeln. Er glaubte die Szene vor sich zu sehen: den großen, wortreichen Italiener und die schnöde Abfertigung, die ihm der steife Brite zuteil werden ließ!

»Und was lesen Sie jetzt, wenn ich fragen darf?«

»›Fesseln der Liebe‹ von Arabelle Richardson.«

»Ein schönes Buch?«

»Ich finde es sehr spannend.«

»Schön. Sie kehrten also in Ihr Abteil zurück und lasen ›Fesseln der Liebe‹ . . . bis wann?«

»Gegen zehn Uhr dreißig äußerte dieser Italiener den Wunsch zu Bett zu gehen, worauf der Kondukteur erschien und die Betten zurechtmachte.«

»Und dann gingen Sie zu Bett und schliefen?«

»Ich legte mich hin – ja, Sir. Aber ich schlief nicht.«

»Warum nicht?«

»Ich hatte Kopfschmerzen, Sir.«

»Oh, oh – das tut mir leid. Nahmen Sie nichts dagegen ein?«

»Ich benutzte ein wenig Nelkenöl, was den Schmerz zwar ein bißchen linderte, aber an Schlaf war trotzdem nicht zu denken. Infolgedessen drehte ich das Licht über meinem Kopf an und fuhr in meiner Lektüre fort.«

»Stellte sich der Schlaf denn überhaupt nicht ein?«

»Doch, Sir. Gegen vier Uhr morgens.«

»Und Ihr Gefährte?«

»Dieser Italiener . . .? Oh, der schnarchte nicht schlecht!«

»Er verließ das Abteil während der Nacht nicht?«

»Nein, Sir.«

»Und Sie?«

»Auch nicht.«

»Haben Sie im Lauf der Nacht irgend etwas gehört?«

»Nichts Ungewöhnliches, Sir.«

»Zu der Tragödie können Sie keinerlei Angaben machen?«

»Leider nein.«

»Bestanden zwischen Ihrem Herrn und Mr. MacQueen Mißhelligkeiten?«

»O nein, Sir. MacQueen ist ein sehr angenehmer Gentleman.«

»Wo waren Sie in Stellung, ehe Sie von Mr. Ratchett engagiert wurden?«

»Bei Sir Henry Tomlinson, Sir. In Grosvenor Square.«

»Warum verließen Sie ihn?«

»Er ging nach Ostafrika und benötigte meine Dienste nicht länger. Ich war mehrere Jahre bei ihm.«

»Und wie lange waren Sie bei Mr. Ratchett?«

»Etwas mehr als neun Monate, Sir.«

»Ich danke Ihnen, Masterman. Sind Sie übrigens Pfeifenraucher?«

»Nein, Sir. Ich rauche nur Zigaretten.«

»Danke. Das genügt.«

Der Kammerdiener zauderte.

»Verzeihung, Sir – aber die ältere Amerikanerin erzählte beim Lunch, daß sie genau über den Mord Bescheid wisse.«

»So?« lächelte Hercule Poirot. »Dann wollen wir von ihrem Wissen profitieren.«

»Soll ich sie herschicken, Sir? Sie verlangt unentwegt, von irgendeinem behördlichen Vertreter angehört zu werden, und der Kondukteur plagt sich vergeblich, sie zu beruhigen.«

»Bitte, senden Sie sie her, mein Freund. Ich werde mir ihre Geschichte mit Vergnügen erzählen lassen.«

12

Mrs. Hubbard stob in solch atemloser Erregung in den Speisewagen, daß sie kaum imstande war, deutlich zu sprechen.

»Schnell . . . schnell, sagen Sie mir . . . wer vertritt hier die Obrigkeit? Ich verfüge über sehr, sehr wichtige Nachrichten und wünsche, sie dem behördlichen Vertreter so bald wie möglich zu erzählen. Wenn Sie, meine Herren . . .« Ihr flackernder Blick zuckte zwischen den drei Männern hin und her.

»Erzählen Sie mir, Madame«, schlug Hercule Poirot vor. »Aber zuerst machen Sie es sich bitte hier bequem.«

Mrs. Hubbard plumpste schwer auf den Stuhl, der Poirot gegenüberstand.

»Was ich Ihnen zu erzählen habe, ist das folgende: Diese Nacht wurde im Zug ein Mord verübt, und der Mörder befand sich direkt in meinem Abteil!« Sie machte halt, um die Wirkung ihrer Offenbarung nicht zu beeinträchtigen.

»Madame, vielleicht irren Sie sich!«

»Irren? Pah . . .! Ich weiß, was ich sage. Und ich will Ihnen auch die näheren Einzelheiten nicht verhehlen. Ich hatte bereits geschlafen und wachte wieder auf. Dunkel war es im Abteil, und desungeachtet wußte ich, daß sich drinnen ein Mann befand. Der

Schreck lähmte mir die Zunge – ich vermochte weder zu rufen noch zu schreien. Stocksteif lag ich da und dachte: ›Gerechter Gott, jetzt werde ich getötet.‹ Ach, die Ängste, die ich ausstand, kann ich Ihnen gar nicht beschreiben! Alle Geschichten, die ich je von Überfällen in Eisenbahnzügen gelesen hatte, wurden wieder lebendig. Und dann dachte ich wiederum: ›Nun, meinen Schmuck wird er jedenfalls nicht finden.‹ Denn sehen Sie, meine Herren, den hatte ich in einen Strumpf gesteckt und unter meinem Kopfkissen verborgen. Sehr bequem war das zwar nicht, der entstandene Höcker drückte mich . . . Doch das gehört nicht zur Sache. Ja, wo war ich doch stehengeblieben?«

»Sie vergegenwärtigten sich, Madame, daß sich in ihrem Abteil ein Mann befand.«

»Ja, richtig. Mit geschlossenen Augen lag ich da und dachte: Dem Himmel sei Dank, daß meine Tochter nichts von der Klemme weiß, in der ich stecke! Und dann kehrte plötzlich irgendwie meine Tatkraft zurück. Vorsichtig tastete ich mit der Hand nach der Klingel und fand sie. Aber der Kondukteur kam nicht, so fest ich auch drückte und drückte. Ach Monsieur, ich kann Ihnen versichern, daß mein Herz mir bis zum Halse schlug. Gerechter Gott, sagte ich mir, vielleicht sind die übrigen Insassen des Zuges schon allesamt ermordet worden. Doch ich klingelte weiter, immer weiter, und o welche Seligkeit, als ich dann im Korridor draußen herbeieilende Schritte vernahm! Und dann klopfte es. ›Kommen Sie herein!‹ kreischte ich und knipste gleichzeitig das Licht an. Und ob Sie es glauben oder nicht, Monsieur – da war keine Menschenseele!«

»Und was ereignete sich dann, Madame?« antwortete Poirot.

»Ich berichtete dem Kondukteur mein Erlebnis, der mir offenbar keinen Glauben schenkte. Er bildete sich wohl ein, mich habe ein Traum genarrt. Doch sein Unglauben half ihm nichts: Ich ließ ihn unter das Bett gucken, obwohl er mir versicherte, der Raum sei zu klein, um einem Menschen als Versteck dienen zu können. Tatsächlich erwies es sich, daß der Eindringling nicht mehr da war; aber daß er dagewesen war, unterliegt keinem Zweifel, und bei dem Versuch des Kondukteurs, mir das Ganze auszureden, geriet ich in einen unbeschreiblichen Zorn. Was denkt sich der Einfaltspinsel? Ich bin kein hysterisches Frauenzimmer, das Gespenster sieht, Mr. – pardon, wie lautet Ihr Name?«

»Poirot, Madame. Und dies ist Mr. Bouc, ein Direktor der Schlafwagengesellschaft, und dies Dr. Constantine.«

»Freut mich, Ihre Bekanntschaft zu machen«, murmelte Mrs. Hubbard ziemlich geistesabwesend und stürzte sich dann von neuem in ihre Erzählung.

»Mir kam dann der Einfall, es sei der Mann von nebenan gewesen – der arme Teufel, der ermordet worden ist. Daher befahl ich dem Kondukteur, die Verbindungstür nachzusehen, und natürlich war sie nicht abgeriegelt. Auf mein Geheiß riegelte er sie dann ab, und nach seinem Fortgang verbarrikadierte ich sie noch mit einem Koffer.«

»Um welche Zeit trug sich dies alles zu, Mrs. Hubbard?«

»Das weiß ich nicht. Meinen Sie, meine Aufregung hätte mir erlaubt, mich um Zeit und Stunde zu kümmern?«

»Und welche Deutung geben Sie Ihrem Erlebnis jetzt?«

»Welche überflüssige Frage, Monsieur Poirot! Das liegt doch auf der Hand! Wer soll es anders gewesen sein als der Mörder . . .?«

»Sie meinen, er wäre in das anstoßende Abteil zurückgehuscht?«

»Weiß ich, was er tat? Ich hatte doch die Augen geschlossen.«

»Er muß durch die Tür in den Korridor entwichen sein.«

»Ich kann mich dazu nicht äußern. Wie gesagt, lag ich mit fest geschlossenen Augen, Monsieur Poirot.« Mrs. Hubbard seufzte. »Herrgott, war ich erschrocken! Wenn meine Tochter . . .«

»Glauben Sie nicht, Madame, daß jemand, der sich im Abteil des Ermordeten bewegte, das von Ihnen gehörte Geräusch verursachte?«

»Nein, nein. Der Mann befand sich im selben Raum wie ich – nicht nebenan. Ich habe ja Beweise dafür.«

Siegesbewußt begann sie im Innern einer riesigen Handtasche zu wühlen. Sie entnahm ihr zwei große, saubere Taschentücher, eine Hornbrille, ein Röhrchen Aspirin, ein Paket Glaubersalz, eine Zelluloidtube mit grasgrünen Pfefferminzplätzchen, ein Bund Schlüssel, eine Schere, ein Heft mit American Expreß-Schecks, eine Momentaufnahme von einem sehr reizlosen Kind, etliche Briefschaften, fünf Stränge falsche Orientperlen und einen kleinen metallischen Gegenstand – einen Knopf.

»Sehen Sie hier diesen Knopf? Nun, mir gehört er nicht. Er ist von keinem meiner Kleider abgerissen, und dennoch fand ich ihn heute morgen in meinem Abteil.«

Als sie ihren Fund auf den Tisch legte, schnellte Mr. Bouc nach vorn und stieß einen Ruf des Erstaunens aus.

»Das ist ja ein Knopf von der Jacke eines Schlafwagenangestellten!«

Hercule Poirot wandte sich mit der ihm eigenen Liebenswürdigkeit an die aufgeregte Dame:

»Den Knopf kann der Kondukteur verloren haben, Madame, entweder als er in Ihrem Abteil den Eindringling suchte oder als er abends Ihr Bett zurechtmachte.«

Doch seine Worte erregten merklichen Unwillen.

»Ich weiß wahrhaftig nicht, was ich von Ihnen allen halten soll!« entrüstete sich Mrs. Hubbard. »Es scheint, als ob Sie nichts anderes können, als Einwände vorzubringen. Sie zwingen mich dadurch noch zu weiteren Erläuterungen. Also hören Sie: Bevor ich das Licht ausdrehte, legte ich jenes Magazin auf eine Schachtel, die unweit des Fensters stand. Haben Sie mich verstanden?«

Einmütig versicherten die drei, daß sie verstanden hätten.

»Gut, dann hören Sie weiter! Der Kondukteur schaute von der Tür aus unter das Bett und trat hierauf an die Verbindungstür, um abzuriegeln. Dem Fenster näherte er sich nicht. Nichtsdestoweniger lag dieser Knopf heute früh genau oben auf meinem Magazin. Jetzt möchte ich gern wissen, wie Sie das nennen?«

»Das nenne ich ein Beweismaterial«, erwiderte Poirot und besänftigte damit die empörte Dame.

»Ich werde wild wie eine Hornisse, wenn jemand mir nicht glaubt«, erklärte sie.

»Madame, wir sind Ihnen zu großem Dank verpflichtet. Was Sie uns mitteilten, ist ebenso interessant wie wertvoll«, schmeichelte der kleine Belgier. »Darf ich Sie jetzt noch mit einigen Fragen behelligen?«

»Mit Vergnügen werde ich Rede und Antwort stehen.«

»Wie kam es, daß Sie nicht bereits früher die Tür abgeriegelt hatten, da Ihnen dieser Ratchett doch so mißfiel?«

»Ich hatte es getan.«

»Wie? Wie?«

»Um ganz genau zu sein, muß ich allerdings gestehen, daß ich diese sympathische Schwedin fragte, ob abgeriegelt sei, was sie bejahte.«

»Weshalb überzeugten Sie sich nicht selber davon, Madame?«

»Weil ich bereits im Bett lag, und mein Schwammbeutel an der Türklinke hing.«

»Wie spät war es, als Ihnen die schwedische Dame diese Versicherung gab?«

»Warten Sie – lassen Sie mich überlegen. Gegen halb elf oder ein Viertel vor elf, denke ich. Sie kam wegen eines Aspirins, die Ärmste, und nachdem ich ihr gesagt, wo ich es aufbewahrte, holte sie es sich selbst aus meiner Tasche.«

»Sie selbst blieben im Bett?«

»Ja.« Plötzlich lachte Mrs. Hubbard. »Die gute Seele war ganz verdattert. Sie hatte zuerst versehentlich die Tür des Nachbarabteils geöffnet.«

»Mr. Ratchetts Abteil?«

»Ja. Sie wissen ja wohl aus eigener Erfahrung, wie schwierig es ist, sich zu orientieren, wenn man den Zug entlanggeht und alle Türen geschlossen sind. Wie gesagt, öffnete sie irrtümlicherweise die seinige. Und er hat anscheinend gelacht und ihr eine nicht sehr geschmackvolle Bemerkung zugerufen. Gott, wie dies arme Geschöpf aufgeregt war! ›Ich schäme mich schlimm über Irrtum‹, stieß sie in ihrem schlechten Englisch hervor. ›Er ist kein netter Mann, sagte zu mir: Sie, Madame, zu alt!‹«

Dr. Constantine kicherte, was Mrs. Hubbard unverzüglich rügte. »Über solch eine freche Antwort lacht man nicht, mein Herr!«

Und Dr. Constantine beeilte sich, eine Entschuldigung zu stammeln.

»Drang nachher aus Mr. Ratchetts Abteil irgendein Geräusch zu Ihnen?« nahm Poirot nun wieder das Wort.

»Eigentlich nicht.«

»Eigentlich? Was heißt das?«

»Nun ... er schnarchte. Sogar fürchterlich. Die Nacht zuvor konnte ich deswegen kein Auge schließen.«

»Doch nach Ihrem Schrecken über den Eindringling hörten Sie ihn wohl nicht mehr schnarchen?«

»Aber mein verehrter Monsieur Poirot! Wie konnte er schnarchen, wenn er bereits tot war?«

»Ah, richtig.« Der kleine Belgier schien ein bißchen beschämt zu sein. »Erinnern Sie sich des Raubs und der Ermordung der kleinen Armstrong, Mrs. Hubbard?«

»Ja, natürlich. Und der Missetäter ging frei aus. Oh, wenn er in meine Hand geraten wäre, würde er nicht entwischt sein.«

»Er ist der Vergeltung nicht entwischt, Mrs. Hubbard. Er ist tot – starb vergangene Nacht.«

»Was? Sie meinen doch nicht etwa ...« Vor Erregung schoß Mrs. Hubbard halb von ihrem Sitz empor.

»Ja, ja. Ratchett war der Mann.«

»Sehen Sie, wie recht ich mit meiner Abneigung hatte!« trompete die Dame. »Ah, das muß ich unbedingt meiner Tochter schreiben. ›Wenn Mammi ein Vorgefühl hat‹, sagt sie immer ...«

Doch Poirot gestattete ihr kein Abschweifen.

»Waren Sie mit irgendeinem Glied der Familie Armstrong bekannt, Mrs. Hubbard?« unterbrach er sie.

»Nein. Die Armstrongs waren sehr exklusiv in ihrem Verkehr. Doch ich habe stets gehört, Mrs. Armstrong sei eine entzückende Dame gewesen und von ihrem Gatten angebetet worden.«

»Ich möchte Ihnen noch einmal versichern, daß wir Ihnen für Ihre Hilfe ungemein dankbar sind. Vielleicht haben Sie die Güte, mir Ihren vollen Namen zu sagen?«

»Warum nicht? Caroline Martha Hubbard.«

»Wollen Sie bitte Ihre Adresse hier notieren?«

Mrs. Hubbard erfüllte sein Begehr, ohne mit Schwatzen innezuhalten.

»Gott, o Gott – darüber komme ich noch nicht hinweg! Cassetti – in diesem Zug ...! Erinnern Sie sich meines Mißtrauens, Monsieur Poirot?«

»Wie sollte ich nicht, Madame ...! Besitzen Sie übrigens ein scharlachrotes, seidenes Morgengewand?«

»Welch drollige Frage! Selbstverständlich nein! Ich habe zwei Morgenröcke bei mir, einen aus schönem, warmem Flanell, gerade für eine Schiffsreise geeignet, und dann noch einen türkischen, den mir meine Tochter schenkte. Doch was in aller Welt kümmern Sie meine Morgenröcke?«

»Irgend jemand in einem scharlachroten Kimono betrat vergangene Nacht entweder Ihr oder Mr. Ratchetts Abteil. Wie Sie vorhin sehr richtig bemerkten, ist es bei durchweg geschlossenen Türen nicht leicht, das betreffende Abteil genau zu erkennen.«

»Mein Abteil betrat niemand im scharlachroten Kimono.«

»Dann muß die Betreffende zu Mr. Ratchett gegangen sein.«

Mrs. Hubbard kräuselte verächtlich die Lippen und sagte abfällig:

»Das sollte mich wahrscheinlich nicht wundern!«

»Dann hörten Sie also eine Frauenstimme im Nachbarabteil?« fragte Hercule Poirot eifrig.

»Wie Sie das aus meinen Worten erraten konnten, verstehe ich nicht! Aber ich will es nicht leugnen – ja, ich hörte sie.«

»Aber Madame! Als ich mich kurz zuvor nach etwaigen Geräuschen in Mr. Ratchetts Abteil erkundigte, gaben Sie nur das Schnarchen an.«

»Und ich log damit nicht. Er schnarchte tatsächlich einen Teil der Zeit. Was aber den anderen Teil betrifft . . .« Mrs. Hubbard schoß das Blut in die Wangen. »Monsieur, eine Dame spricht über dergleichen Dinge nicht gern.«

»Um wieviel Uhr hörten Sie die Frauenstimme?«

»Das weiß ich nicht. Ich wachte nur eine Minute auf und hörte sie sprechen. ›Das sieht dem unsympathischen Gesellen ähnlich!‹ dachte ich und drehte mich auf die andere Seite, um weiterzuschlafen. Nie und nimmer würde ich dieses Intermezzo freiwillig vor drei fremden Gentlemen erwähnt haben, Monsieur Poirot. Doch Sie haben es aus mir herausgequetscht!«

»War das vor oder nach Ihrem Schrecken über den Mann in Ihrem Abteil?«

»Aber, Monsieur Poirot, schon wieder stellen Sie eine solch unsinnige Frage! Kann ein Toter sich noch mit einer Frau unterhalten . . .?«

»Pardon. Sie müssen mich wirklich für sehr dumm halten, Madame.«

»Ich denke, Sie sind nur manchmal etwas zerstreut. Doch dieses Ungeheuer von Cassetti . . . daß der hier im Zug war! Da steht einem ja fast der Verstand still! Wenn ich das meiner Tochter schreibe . . .«

Geschickt und hilfsbereit half Hercule Poirot der guten Dame, den vielseitigen Inhalt wieder in die Handtasche zu verstauen, und geleitete sie hierauf zur Tür. Und dann, im allerletzten Augenblick, sagte er:

»Sie haben Ihr Taschentuch fallen lassen, Madame.«

Mrs. Hubbard betrachtete das feine Leinentüchlein, das er ihr hinhielt.

»Das gehört nicht mir, Monsieur Poirot.«

»O pardon. Der eingestickte Buchstabe H . . .«

»Trotzdem gehört es mir nicht. Meine Wäsche ist C.M.H. gezeichnet. Außerdem habe ich vernünftige, haltbare Taschentücher und nicht solch teuren Pariser Flitterkram. Taugt ein derartiger Lappen für irgendeinen richtigen Schnupfen?«

Keiner der drei Männer wagte diese Frage zu bejahen, und so segelte Caroline Martha Hubbard als Siegerin davon.

13

Kopfschüttelnd drehte Mr. Bouc den von Mrs. Hubbard zurückgelassenen Knopf zwischen den Fingern hin und her.

»Was bedeutet dieser Knopf?« fragte er. »Besagt er, daß Pierre Michel doch in das Verbrechen verstrickt ist?« Er blickte seinen Landsmann antwortheischend an, doch da Poirot dieser stummen Aufforderung nicht nachkam, drängte er: »Warum halten Sie mit Ihrer Meinung hinter dem Berg?«

»Weil der Knopf allzu viele Möglichkeiten zuläßt, mon ami. Ich meine, es wäre besser, erst die schwedische Dame zu interviewen, ehe wir irgendwelche Schlußfolgerungen ziehen.« Aus dem Häuflein von Pässen suchte er den schwedischen heraus. »Da haben wir sie. Greta Ohlsson, Alter neunundvierzig.«

Mr. Bouc gab dem Speisewagenkellner entsprechende Anweisungen, und kurz darauf wurde die Dame mit dem gelblichgrauen Haarschopf und dem langen, milden Schafsgesicht hineingeleitet. Ihre kurzsichtigen Augen starrten Poirot durch die Brillengläser an, doch eine besondere Erregung war ihr nicht anzumerken. Es ergab sich, daß sie Französisch verstand und sprach, so daß die Unterhaltung in dieser Sprache geführt wurde. Poirot begann mit den Fragen, von denen er bereits die Antwort kannte, Name, Alter und Adresse. Und anschließend erkundigte er sich nach Greta Ohlssons Beruf.

Sie sei Hausmutter in einer Missionsschule unweit Istanbuls, erwiderte sie, und gelernte Krankenpflegerin.

»Es ist Ihnen natürlich zu Ohren gekommen, Mademoiselle, was letzte Nacht hier im Zug geschah?«

»Ja. Es ist fürchterlich. Und die Amerikanerin erzählte mir, der Mörder habe sich in ihr Abteil eingeschlichen.«

»Man berichtete mir, Mademoiselle, daß Sie als letzte Mr. Ratchett lebend gesehen hätten.«

»Das mag stimmen. Durch einen peinlichen Irrtum öffnete ich die Tür seines Abteils. Mr. Ratchett las ein Buch. Ich stammelte schnell eine Entschuldigung und zog mich zurück.«

»Sagte er etwas?«

Eine schamhafte Röte färbte das Gesicht der ehrenwerten Dame. »Er lachte und sagte ein paar Worte, die – die ich nicht ganz verstand.«

»Und was taten Sie dann, Mademoiselle«, forschte Poirot taktvoll die heikle Angelegenheit fallenlassend.

»Ich bat Mrs. Hubbard, die Amerikanerin, um eine Tablette Aspirin, die sie mir bereitwillig gab.«

»Fragte sie, ob die Verbindungstür abgeriegelt sei?«

»Ja.«

»War sie abgeriegelt?«

»Ja.«

»Und nachher?«

»Nachher nahm ich in meinem Abteil das Aspirin und legte mich nieder.«

»Um wieviel Uhr?«

»Als ich zu Bett ging, war es fünf Minuten vor elf, wie ich beim Aufziehen meiner Uhr bemerkte.«

»Hatte der Zug sich schon festgerannt, ehe Sie einschliefen?«

»Ich glaube nicht. Als ich schläfrig zu werden begann, hielten wir wohl auf einer Station.«

»Das kann nur Vincovci gewesen sein. Ihr Abteil ist dieses hier, nicht wahr, Mademoiselle?« Poirot tippte auf eine Stelle seines Planes. »Schlafen Sie in dem unteren oder oberen Bett?«

»Im unteren. Nr. 10.«

»Und wer schläft in dem anderen?«

»Eine junge Engländerin, sehr nett, sehr freundlich. Sie kommt aus Bagdad.«

»Hat Ihre Gefährtin nach dem Aufenthalt in Vincovci das Abteil verlassen?«

»Sicherlich nicht.«

»Wieso können Sie das mit solcher Bestimmtheit sagen?«

»Weil ich sehr leise schlafe. Wenn sie von oben heruntergeturnt wäre, würde ich bestimmt aufgewacht sein.«

»Verließen Sie selbst das Abteil?«

»Nicht vor dem Morgen.«

»Haben Sie einen scharlachroten Seidenkimono, Mademoiselle?«

»Solch einen Luxusgegenstand besitze ich nicht. Ich habe einen molligen Morgenrock aus Trikotstoff.«

»Und die andere Dame? Miss Debenham?«

»Eine matt lila Hülle, wie man sie im Osten kauft.«

»Warum unternehmen Sie diese Reise? Ein Urlaub?«

»Ja. Aber ehe ich nach Schweden fahre, will ich zusammen mit meiner Schwester eine Woche in Lausanne verbringen.«

»Vielleicht haben Sie die Freundlichkeit, mir Namen und Adresse Ihrer Schwester aufzuschreiben, Mademoiselle.«

»Gern.« Sie nahm den Bleistift aus seiner Hand entgegen und schrieb, ohne zu zaudern, das Gewünschte nieder.

»Sind Sie jemals in Amerika gewesen?«

»Nein. Beinahe freilich wäre ich hingekommen. Ich sollte eine kranke Dame begleiten, doch im letzten Augenblick zerschlug es sich – zu meinem großen Bedauern. Sie sind praktisch und gut, die Amerikaner, und spenden viel Geld für Schulen und Spitäler.«

»Entsinnen Sie sich, ob Sie einmal von dem Armstrong-Fall hörten?«

»Nein. Um was handelt es sich dabei?«

Poirot gab die nötigen Erklärungen. Und Greta Ohlsson flammte entrüstet auf, so daß ihr gelber Schopf ins Rutschen geriet.

»Barmherziger, welch abgefeimte Bösewichter wandeln in dieser Welt! Man sollte an der Menschheit schier verzweifeln. Die arme Mutter! Kein Wunder, daß ihr das Herz brach.«

Die blonde Tochter Skandinaviens ging in ihr Abteil zurück, das sanfte Gesicht von zorniger Röte übergossen, die Augen in Tränen.

»Was notieren Sie da, mon cher?« forschte Mr. Bouc, als Hercule Poirot eifrig Reihe nach Reihe auf einen Bogen schrieb.

»Es ist mir zur zweiten Natur geworden, stets systematisch und ordentlich zu Werke zu gehen. Ich mache hier eine kleine Tabelle der chronologischen Ereignisse.« Und nach dem letzten Federstrich reichte er das Papier seinem Landsmann.

9.15: Der Zug fährt von Belgrad ab.

Gegen 9.40: Der Kammerdiener verläßt Ratchett, mit dem Schlaftrunk in Reichweite.

Gegen 10: MacQueen verläßt Ratchett.

Gegen 10.40: Greta Ohlsson sieht Ratchett (zum letztenmal wird er lebend gesehen). Er las ein Buch.

0.10: Der Zug fährt von Vincovci ab (verspätet).

0.30: Der Zug bleibt in den Schneewehen stecken.

0.37: Ratchetts Glocke läutet. Der Kondukteur folgt dem Klingelzeichen. Ratchett ruft ihm durch die Tür zu: »Ce n'est rien. Je me suis trompé.«

Gegen 1.17: Mrs. Hubbard wähnt, es sei ein Mann in ihrem Abteil. Klingelt nach dem Kondukteur.

Mr. Bouc nickte beifällig.

»Das ist bewunderungswürdig klar.«

»Irgend etwas Sonderbares fällt Ihnen dabei nicht auf, nein?«

»Nein. Mir scheint alles schlicht und klar. Und aus allem erhellt, daß das Verbrechen um 1.15 Uhr verübt wurde. Die beschädigte Uhr zeigt es uns, und Mrs. Hubbards Geschichte greift passend darin ein. Und wenn Sie meine Meinung hören wollen, mon ami, so sage ich Ihnen es, es ist der dicke Italiener. Er kommt aus Amerika – von Chicago. Bedenken Sie auch, daß die Lieblinsgwaffe der Italiener das Messer ist. Mit ihr sticht er nicht einmal, sondern verschiedentlich zu, weil sein südländisches Temperament nicht Maß noch Ziel kennt.«

»Hm ... das klingt ganz glaubhaft.«

»Zweifellos ist das die Lösung!« versicherte Mr. Bouc. »Zweifellos steckten diese beiden Brüder, ich meine Ratchett und er, bei der Entführungsaffäre unter einer Decke. Cassetti ist ein italienischer Name. Und dann wird der eine Schurke den anderen betrogen haben, worauf der Dicke hinter dem anderen herspioniert, ihn schließlich aufspürt, ihn mit Drohbriefen bombardiert und endlich auf brutale Art seine Rache kühlt. Ach, es ist ja so einfach!«

»Allzu einfach – und das stimmt mich bedenklich«, murmelte Poirot, den Kopf wiegend.

»Pah, ich bin überzeugt, daß es den Nagel auf den Kopf trifft«, sagte Mr. Bouc, sich mehr und mehr für seine Theorie erwärmend.

»Und der Kammerdiener mit der Migräne, der da hoch und heilig schwört, der dicke Italiener habe das Abteil keine Minute verlassen?«

»O verflucht!«

Poirot zwinkerte amüsiert. »Nicht wahr, das ist peinlich? Ein Pech für Ihre Theorie, mein Bester, und ein unsagbares Glück für unseren Italiener, daß Ratchetts Kammerdiener von Kopfschmerzen geplagt wurde!«

»Ach was – diese kleine Unstimmigkeit wird sich schon aufklären«, meinte Mr. Bouc mit wiederkehrender großartiger Gewißheit.

Aber Poirot murmelte unter seinem gewaltigen Schnurrbart: »Nein, es ist allzu einfach!«

14

»Wir wollen hören, wie sich Pierre Michel zu dem Knopf stellt.«

Und zum zweitenmal mußte der Schlafwagenkondukteur erscheinen.

Mr. Bouc räusperte sich.

»Michel«, begann er dann, »hier haben wir einen Knopf von Ihrer Jacke, den man im Abteil der amerikanischen Dame fand. Was haben Sie dazu zu sagen?«

Automatisch tastete Michels Hand die Knopfreihe ab.

»Ich habe keinen Knopf verloren, Monsieur. Das muß ein Irrtum sein.«

»Merkwürdig!«

»Ich vermag es mir auch nicht zu erklären, Monsieur.«

Der Mann machte einen erstaunten, aber keineswegs einen schuldigen oder bestürzten Eindruck.

»Mit Rücksicht auf die Umstände, unter denen er gefunden wurde«, fuhr Mr. Bouc nachdrücklich fort, »ist es ziemlich gewiß, daß der Mann, der sich nachts in Mrs. Hubbards Abteil eingeschlichen hatte, den Knopf verlor.«

»Aber Monsieur, in Mrs. Hubbards Abteil war ja gar kein Mann. Die Dame hat es sich eingebildet.«

»Sie hat es sich nicht eingebildet, Michel. Der Mörder Mr. Ratchetts wählte diesen Weg, um zu seinem Opfer zu gelangen – und der Mörder verlor diesen Knopf.«

Als Michel den ganzen Umfang von Mr. Boucs Worten zu begreifen begann, geriet er in eine unbeschreibliche Erregung.

»Es ist nicht wahr, Monsieur, es ist nicht wahr!« schrie er heraus. »Mich beschuldigen Sie des Verbrechens? Mich? Ich bin unschuldig. Vollkommen unschuldig. Weshalb hätte ich einen Herrn, den ich nie zuvor gesehen, töten sollen?«

»Wo waren Sie, als Mrs. Hubbard schellte?«

»Ich sagte es bereits, Monsieur – im Nachbarwagen unterhielt ich mich mit meinem Kollegen.«

»Wir werden ihn holen lassen.«

»Tun Sie es, Monsieur. Ich bitte darum.«

Der Kondukteur des Athener Wagens wurde herbeordert und bestätigte Pierre Michels Behauptung. Auch der Kollege des Bukarester Wagens sei bei ihnen gewesen, und zu dritt hätten sie die durch den Schnee verursachte Lage erörtert. Vielleicht zehn Minuten später glaubte Michel eine Glocke in seinem Wagen zu hören. Man habe daraufhin die Verbindungstür geöffnet, und deutlich sei jetzt das unaufhörliche Läuten einer Glocke zu hören gewesen, so daß Michel Hals über Kopf davonstürzte.

»Sehen Sie, Monsieur, ich bin nicht schuldig!« versicherte Michel ängstlich.

»Und wie erklären Sie diesen von der Schlafwagenuniform stammenden Knopf?«

»Das ist mir ein unerklärliches Rätsel, Monsieur. Meine sämtlichen Knöpfe sitzen tadellos fest.«

Und auch die beiden anderen Kondukteure beteuerten, daß sie keinen Knopf verloren und ferner Mrs. Hubbards Abteil überhaupt nicht betreten hätten.

»Beruhigen Sie sich, Michel, und rufen Sie sich mal den Augenblick, als Sie Mrs. Hubbards Glockenzeichen Folge leisteten, ins Gedächtnis zurück. Sind Sie irgendwem im Gang begegnet?«

»Keinem, Monsieur.«

»Haben Sie irgendwen in gleicher Richtung wie Sie den Gang hinabgehen gesehen?«

»Niemanden, Monsieur.«

»Sonderbar!«

»Nicht so sehr«, griff Hercule Poirot jetzt ein. »Es ist nur eine Frage der Zeit. Mrs. Hubbard wacht auf und fühlt die Anwesenheit eines Fremden in ihrem Abteil. Eine oder zwei Minuten lang liegt sie wie gelähmt, die Augen fest zugekniffen. Und in dieser kurzen Zeitspanne schlüpft der Verbrecher in den Korridor hinaus. Dann rafft sich die erschreckte Dame endlich auf zu läuten. Aber der Kondukteur kommt nicht sofort; erst das dritte oder vierte Läutesignal hört er. Ich sollte meinen, die Zeit genügte ...«

»Für was? Für was, mon cher? Erinnern Sie sich, daß der Zug eingekeilt zwischen hohen Schneewällen steckt.«

»Zwei Schlupfwinkel stehen dem geheimnisvollen Mörder offen«, erwiderte der Detektiv langsam. »Er kann in eine der Toiletten flüchten oder in eins der Abteile verschwinden.«

»Aber die waren sämtlich belegt.«

»Ja.«

»Ah, Sie wollen andeuten, er habe sich in sein eigenes Abteil zurückgezogen?« Poirot nickte stumm.

»Das stimmt, das stimmt«, flüsterte Mr. Bouc, heiser vor Erregung. »Während des zehn Minuten dauernden Fernseins Michels kommt der Mörder aus seinem Abteil heraus, sucht das Mr.

Ratchetts auf, tötet ihn, sichert die Tür durch Schloß und Kette von der Innenseite, entfernt sich durch das Abteil Mrs. Hubbards und befindet sich zur Zeit, als der Kondukteur auf das Klingeln hin herbeiläuft, schon wieder in seinem eigenen Abteil.«

Doch abermals erhob Hercule Poirot Einwände.

»Daß es sich nicht ganz so einfach abwickelte, wird Ihnen unser verehrter Doktor auseinandersetzen, mon ami.«

Durch eine Handbewegung verabschiedete Mr. Bouc seine drei Untergebenen, und Poirot fuhr fort:

»Es fehlen noch die Aussagen von acht Reisenden. Fünf aus der ersten Klasse: Prinzessin Dragomiroff, Graf und Gräfin Andrenyi, Oberst Arbuthnot und Mr. Hardman. Drei aus der zweiten Klasse: Miss Debenham, Antonio Foscarelli und die Kammerfrau Fräulein Schmidt.«

»Wen wünschen Sie zuerst zu sehen? Den Italiener?«

»Wie hartnäckig Sie auf Ihrem Italiener herumreiten! Nein, wir werden mit der Spitze des Baumes beginnen. Vielleicht wird Madame la Princesse die Gewogenheit haben, uns ein paar Minuten ihrer Zeit zu schenken. Michel, bitten Sie die Dame hierher«, rief er dem Kondukteur nach, der gerade hinausging.

»Oui, Monsieur.«

»Sagen Sie ihr, daß wir sie auch in ihrem Abteil sprechen können, falls sie die Mühe scheut, hierher zu kommen«, ergänzte Mr. Bouc.

Doch Prinzessin Dragomiroff geruhte, sich dieser Mühe zu unterziehen. Sie erschien im Speisewagen, neigte grüßend leicht das Haupt und nahm Poirot gegenüber Platz.

Ihr kleines, krötenähnliches Antlitz sah noch gelber aus als tags zuvor. Schaurig häßlich war sie, und dennoch hatte sie, wie die Kröte, Augen wie Juwelen, dunkel und herrisch, eine geheime Energie und eine Geistesstärke verratend, von der sie sofort eine Probe ablegte.

Kurzerhand schnitt sie mit tiefer, deutlicher, doch leicht heiserer Stimme eine gespreizte Entschuldigungsfloskel Mr. Boucs ab.

»Sie können sich das sparen, Messieurs. Ich begreife ohne weiteres, daß man, da im Zug ein Mord geschah, alle Reisenden verhören muß. Ich werde mich freuen, Ihnen jede in meiner Kraft stehende Unterstützung angedeihen zu lassen.«

»Sehr gütig, Madame«, sagte Poirot.

»Das ist meine Pflicht – nicht mehr. Was wünschen Sie nun zu wissen?«

»Ihren Vornamen und Ihre Adresse, Madame. Vielleicht ziehen Sie vor, sie eigenhändig niederzuschreiben?« Er bot ihr ein Blatt Papier und einen Bleistift, doch sie schob beides zur Seite.

»Sie können es geradesogut schreiben, Monsieur. Es bestehen keine orthographischen Schwierigkeiten irgendwelcher Art – Natalia Dragomiroff, 17 Avenue Kleber, Paris.«

»Sie reisen von Istanbul heim, Madame?«

»Ja. Ich weilte als Gast auf der Österreichischen Botschaft. Mein Mädchen begleitet mich.«

»Würden Sie uns wohl eine kurze Schilderung Ihrer Beschäftigung vom Diner ab geben?«

»Gern. Ich beauftragte den Schlafwagenkondukteur, während des Abendessens mein Bett zu bereiten, und legte mich nach Tisch sofort nieder. Bis gegen elf Uhr las ich und drehte dann das Licht aus. Jedoch infolge von rheumatischen Schmerzen, die mich öfter heimsuchen, vermochte ich nicht einzuschlafen. Gegen ein Viertel vor eins schellte ich meiner Kammerfrau, die mich massierte und mir hierauf vorlas, bis ich schläfrig wurde. Um wieviel Uhr sie mich verließ, kann ich nicht mit Bestimmtheit sagen.«

»Hielt der Zug bereits?«

»Ja, er hielt.«

»Und während der ganzen Zeit vernahmen Sie keinerlei ungewöhnliches Geräusch, Madame?«

»Nein.«

»Wie heißt Ihre Zofe?«

»Hildegarde Schmidt.«

»Halten Sie sie für vertrauenswürdig?«

»Durchaus. Fünfzehn Jahre steht sie schon in meinen Diensten und stammt von einem in Deutschland gelegenen Gut meines verstorbenen Mannes.«

»Ich vermute, Sie waren auch in Amerika, Madame?« Bei dem unvermittelten Gesprächswechsel hob die alte Dame die Brauen.

»Waren Sie mit einer Familie namens Armstrong bekannt – einer Familie, die ein tragisches Geschick erlitt.«

Mit bewegter Stimme entgegnete die alte Dame:

»Sie sprechen von Freunden von mir, Monsieur.«

»Ah, Sie kannten Oberst Armstrong also gut?«

»Ihn kannte ich nur oberflächlich. Doch seine Frau, Sonja Armstrong, war mein Patenkind. Mit ihrer Mutter, der Schauspielerin Linda Arden, verband mich eine innige Freundschaft. Linda Arden war eine der größten tragischen Darstellerinnen, die die Welt gehabt hat. Als Lady Macbeth, als Magda wird sie niemand erreichen. Doch ich bin nicht nur ein Bewunderer ihrer Kunst, sondern eine persönliche Freundin.«

»Ist sie tot?«

»Nein, nein, sie lebt. Jedoch in tiefster Zurückgezogenheit. Von schwächlicher Gesundheit, muß sie die meiste Zeit liegen.«

»Hatte sie nicht noch eine Tochter?«

»Ja. Bedeutend jünger als Mrs. Armstrong.«

»Auch sie lebt?«

»Gewiß.«

»Wo hält sie sich auf?«

Die alte Dame musterte Poirot mit stechendem Blick.

»Ich bitte, mir den Grund dieser Fragen zu nennen. Was haben sie mit der vorliegenden Sache – dem Mord im Zug – zu schaffen?«

»Es besteht eine Verbindung, Madame. Der Ermordete war der Mann, der die Entführung und den Tod von Mrs. Armstrongs kleinem Mädchen verschuldete.«

»Ah . . . !«

Prinzessin Dragomiroff reckte sich, und ihre Augenbrauen wurden zu einem einzigen waagrechten Strich.

»Dann ist dieser Mord eine gute Tat!« rief sie. »Ich hoffe, Sie werden meinen etwas subjektiven Standpunkt verzeihen.«

»Madame, ich kann ihn durchaus verstehen«, versicherte Hercule Poirot. »Und jetzt bitte zu der Frage zurück, die Sie noch nicht beantworteten. Wo hält sich die jüngere Tochter von Linda Arden, die Schwester von Mrs. Armstrong, auf?«

»Darüber vermag ich Ihnen, offen gestanden, keine Auskunft zu geben, Monsieur. Mit der jüngeren Generation habe ich die Fühlung verloren. Ich glaube, sie heiratete vor einigen Jahren einen Engländer und ging nach England; aber auf den Namen ihres Gatten kann ich mich nicht besinnen.« Dann machte Prinzessin Dragomiroff eine Pause, um endlich gleichgültig hinzuwerfen: »Haben Sie mich noch etwas zu fragen, Gentlemen?«

»Nur eins noch, Madame. Entschuldigen Sie, wenn etwas Persönliches damit berührt wird. Die Farbe Ihres Kimonos?«

»Wenn ich nicht voraussetzte, daß zwingende Gründe für diese Frage vorliegen, würde ich sie nicht beantworten, Monsieur. Er ist aus blauem Crepe Satin.«

»Verbindlichsten Dank, Madame, für Ihre Bereitwilligkeit, mir so ausführlich zu antworten.«

Sie machte eine abwehrende Geste mit ihrer schwerberingten Hand. Dann, als sie sich erhoben hatte, und die drei Herren desgleichen, hielt sie plötzlich inne.

»Pardon, Monsieur, darf ich mich nach Ihrem Namen erkundigen? Irgendwie kommt mir Ihr Gesicht bekannt vor.«

»Poirot, Madame – Hercule Poirot.«

Sie schwieg eine Minute, ehe sie bemerkte: »Hercule Poirot. Ja, jetzt erinnere ich mich. Das ist Schicksal.« Und nun ging sie davon, sehr aufrecht, ein wenig steif in ihren Bewegungen.

»Voilà une grande dame«, sagte Mr. Bouc. »Was halten Sie von ihr, mon vieux?«

Doch Hercule Poirot schüttelte nur den Kopf. »Ich möchte wissen, was sie mit dem Schicksal meinte ...«

15

Als nächste wurden Graf und Gräfin Andrenyi gerufen. Statt dessen betrat der Graf den Speisewagen allein. Kein Zweifel – er war eine vorzügliche Erscheinung. Wenigstens 1.90 m groß, breit in den Schultern und schmal in den Hüften.

»Messieurs, womit kann ich Ihnen dienen?«

»Sie werden es begreiflich finden, daß ich infolge der schweren Bluttat genötigt bin, allen Reisenden gewisse Fragen vorzulegen.«

»Durchaus, durchaus. Ich verstehe Ihre Lage völlig und fürchte nur, daß weder meine Frau noch ich Ihnen irgendwie helfen können. Wir schliefen und hörten gar nichts.«

»Sie wissen, Monsieur, wer der Getötete ist?« lautete Hercule Poirots nächste Frage.

»Der ältere Amerikaner – ein Mann übrigens mit sehr abstoßendem Gesicht. Er nahm die Mahlzeiten an jenem Tisch dort ein.«

Graf Andrenyi deutete mit einer Kopfbewegung zu dem Tisch, an dem Ratchett mit seinem Sekretär gesessen hatte.

»Ja, ja, Monsieur. Das ist alles richtig. Ich meinte aber, ob Ihnen der Name des Mannes bekannt wäre?«

»Nein.« Der Graf blickte Poirot verwundert an.

»Wenn Sie den Namen wissen wollen, brauchen Sie doch nur in seinem Paß nachzusehen«, riet er.

»Der Paß ist auf den Namen Ratchett ausgestellt worden, der

unrichtig ist. In Wirklichkeit hieß der Mann Cassetti und war der Urheber einer scheußlichen Kindesentführung in Amerika.« Poirot beobachtete den Grafen unter den halbgesenkten Lidern hervor, aber die Eröffnung schien ihn ziemlich gleichgültig zu lassen.

»Ah, dies Amerika ist ein unglaubliches Land!« meinte er.

»Haben Sie es aus eigener Anschauung kennengelernt, Monsieur le Comte?«

»Ich war ein Jahr in Washington.«

»Dann kennen Sie vielleicht auch die Armstrongs?«

»Armstrong ... Armstrong – es hält schwer, alle Namen zu behalten. Man lernt als Diplomat allzuviel Menschen kennen«, lächelte Andrenyi entschuldigend. »Aber zur Sache, Gentlemen. Womit kann ich Ihnen dienen?«

»Wann zogen Sie sich gestern abend zurück, Monsieur le Comte?« Verstohlen huschten Poirots Augen über seinen Plan. Das ungarische Ehepaar hatte Abteil 12 und 13 belegt.

»Während wir bei Tisch saßen, ließen wir das eine Abteil für die Nacht vorbereiten und nahmen nach der Rückkehr noch ein Weilchen in dem anderen Platz.«

»In welchem?«

»In Nr. 13. Wir spielten eine Partie Piquet. Gegen elf Uhr begab sich meine Frau zur Ruhe, und der Kondukteur machte dann auch mein Bett. Ich schlief bis zum Morgen fest wie ein Murmeltier.«

»Haben Sie das Anhalten des Zuges nicht bemerkt?«

»Nein. Erst morgens merkte ich unseren unfreiwilligen Aufenthalt.«

»Und Ihre Gattin?«

»Meine Frau nimmt in der Eisenbahn stets ein Schlafmittel. So auch gestern. Trional heißt es, glaube ich.« Und nach einer Pause setzte er bedauernd hinzu: »Tut mir leid, daß ich Ihnen nicht helfen kann.«

Hercule Poirot schob ihm einen Bogen und einen Federhalter hin.

»Eine Formsache, Monsieur le Comte – würden Sie bitte Namen und Adresse notieren?«

Langsam und sorgfältig kam der Ungar dieser Bitte nach.

»Ist es deutlich?« fragte er liebenswürdig. »Die Schreibweise meines Gutes bereitet in der Regel den mit unserer Sprache nicht Vertrauten etwas Schwierigkeiten ... Übrigens erübrigt es sich, meine Frau kommen zu lassen; sie kann Ihnen nicht mehr sagen als ich.«

Ein kleiner Funke sprühte in Poirots Augen auf.

»Unzweifelhaft, unzweifelhaft. Trotzdem wäre mir eine kurze Unterhaltung mit Madame erwünscht.«

»Ich versichere Ihnen, es ist unnötig«, betonte der andere schroff.

Aber Poirot blickte ihn freundlich an.

»Muß ich hervorheben, daß es eine reine Formalität sein wird?« sagte er. »Doch wegen der Vollständigkeit meines Berichtes ist es unumgänglich.«

»Wie Sie wollen.« Grollend gab der Graf nach, machte eine kurze, kühle Verbeugung und ging hinaus.

Der kleine Belgier griff nach einem Paß. Er enthielt Namen und Titel des Grafen, und darunter stand: begleitet von seiner Ehefrau; Taufname Elena Maria; Mädchenname Goldenberg; Alter zwanzig Jahre. Irgendwann hatte ein nachlässiger Beamter ihn durch einen Fettfleck beschmutzt.

»Ein Diplomatenpaß«, mahnte Mr. Bouc. »Wir müssen uns hüten, einen Verstoß zu begehen. Diese Menschen können mit dem Mord nichts zu tun haben.«

»Keine Sorge, mon ami, ich werde den nötigen Takt walten lassen. Eine reine Formsache ...« Seine Stimme brach ab, da Gräfin Andrenyi in der Tür sichtbar wurde – schüchtern und bezaubernd.

»Sie wünschen mich zu sprechen, Messieurs?«

»Eine reine Formsache, Madame la Comtesse«, wiederholte Hercule Poirot, indem er sich galant erhob. »Ich möchte Sie nur fragen, ob Sie während der Nacht irgend etwas hörten oder sahen, das geeignet ist, Licht in diese mysteriöse Angelegenheit zu bringen?«

»Ich hörte nichts, Monsieur, denn ich hatte ein Schlafmittel genommen.«

»Ah, ich verstehe. Dann ist Ihnen selbstverständlich auch das Hin und Her im Nachbarabteil entgangen. Die amerikanische Dame, die es bewohnte, bekam einen hysterischen Anfall und schellte wild nach dem Kondukteur. Nun, dann brauche ich Sie nicht länger zu bemühen, Madame.« Und als sie sich von ihrem Sitz erhob, fügte er schnell hinzu: »Diese Einzelheiten – Ihr Mädchenname, Alter und dergleichen – sind doch richtig?«

»Absolut richtig, Monsieur.«

»Vielleicht unterzeichnen Sie dann diese Anmerkungen?«

Mit schnellen Zügen setzte sie schräg ihren Namenszug darunter: Elena Andrenyi.

»Haben Sie Ihren Herrn Gemahl nach Amerika begleitet, Madame?«

»Nein, Monsieur.« Sie lächelte, errötete ein wenig. »Damals waren wir noch nicht verheiratet; unsere Hochzeit fand erst vor einem Jahr statt.«

»Ah, dann freilich ... Raucht Ihr Gatte übrigens, Madame?«

»Ja.«

»Pfeife?«

»Nein, Zigaretten und Zigarren.«

»Danke, Madame.«

Sie zögerte. Ihre Augen beobachteten ihn mit unverkennbarer Neugier. Liebliche Augen waren es, dunkel, mandelförmig, mit langen, schwarzen Wimpern, die die marmorblassen Wangen streiften. Die Lippen, hochrot gefärbt, standen ein wenig auseinander – und das Ganze war ein exotisch wirkendes, schönes Bild.

»Warum fragen Sie danach, Monsieur?«

»Madame« – Poirot schnippte leichthin mit der Hand – »Detektive stellen oft die absonderlichsten Fragen. Zum Beispiel interessiert mich sogar die Farbe Ihres Morgengewandes.«

»Es ist weizengelb«, gab sie lachend zurück. »Haben Sie denn nichts Wichtigeres zu fragen?«

»Mich dünkt es wichtig genug, Madame.«

»Sind Sie wirklich ein Detektiv?« forschte sie plötzlich.

»Zu Befehl, Madame.«

»Ich dachte, während der Durchfahrt durch Jugoslawien befänden sich keine Polizeibeamten im Zug. Erst in Italien wieder.«

»Ich bin kein jugoslawischer, sondern ein internationaler Detektiv.«

»Gehören Sie der League of Nations an?«

»Ich gehöre der Welt an, Madame«, versetzte Hercule Poirot mit Pathos. »In der Hauptsache arbeite ich in London. Sprechen Sie englisch?« fügte er in dieser Sprache hinzu.

»Ein bißchen spreche ich es.« Ihr Akzent war reizend.

Und Poirot verneigte sich von neuem.

»Wir wollen Sie nicht länger aufhalten, Madame.«

Lächelnd wandte sie sich dem Ausgang zu.

»Quelle femme!« begeisterte sich Mr. Bouc. »Ravissante! Aber geholfen hat sie uns nicht.«

»Nein. Ein Ehepaar, das nichts sah und hörte.«

»Wollen wir uns jetzt den Italiener vornehmen?«

Hercule Poirot ließ eine beträchtliche Weile verstreichen, ehe er antwortete: Er beschäftigte sich mit einem Fettfleck auf einem ungarischen Diplomatenpaß.

16

Mit einem Ruck riß sich der kleine Belgier endlich los. Seine Augen zwinkerten vergnüglich, als sie den drängenden, begierigen Augen Mr. Boucs begegneten.

»Ah, mein lieber teurer Freund, ich bin auf meine alten Tage ein Snob geworden! Nach meiner Meinung sollte man die erste Klasse vor der zweiten erledigen. Nein, jetzt möchte ich den schneidigen Oberst Arbuthnot interviewen.«

Da er das Französisch des englischen Offiziers recht kärglich fand, führte Poirot das Verhör in englischer Sprache. Und nachdem Name, Alter, heimatliche Adresse und genauer militärischer Rang ermittelt worden waren, hieß die nächste Frage:

»Sie kommen auf Urlaub von Indien – wie wir es nennen, en permission?«

Oberst Arbuthnot, den es nicht im mindesten interessierte, wie ein hergelaufener Ausländer ein Ding nannte, erwiderte mit echt britischer Kürze:

»Ja.«

»Aber Sie kommen ja nicht, wie sonst die beurlaubten Offiziere aus Indien, mit einem Dampfer der Peninsular and Oriental Navigation Company heim!«

»Nein.«

»Warum nicht?«

»Ich wählte den Landweg aus Gründen, die nur mich angehen.« Und das mag dir genügen, du unverschämter kleiner Naseweis, besagten Haltung und Gebärde.

Doch der Naseweis ließ nicht locker.

»Fuhren Sie von Indien direkt durch?«

»Ich gönnte mir eine Unterbrechung von einer Nacht, um Ur in Chaldäa zu sehen, und einen dreitägigen Aufenthalt in Bagdad.«

»Ach, in Bagdad. Soviel ich weiß, kommt auch die junge Miss

Debenham von Bagdad. Vielleicht begegneten Sie ihr dort bereits?«

»Nein. Ich begegnete Miss Debenham zum ersten Male, als sie und ich von Kirkuk nach Nissibin denselben Eisenbahnwagen benutzten.«

Poirot beugte sich nach vorn. Er versuchte es mit einschmeichelnder Überredungskunst und wurde mehr Gallier, als nötig war.

»Monsieur, jetzt flehe ich Sie an! Sie und Miss Debenham sind die beiden einzigen britischen Reisenden im Zug. Ich kann nicht umhin, jeden nach seinem Urteil über den anderen zu fragen.«

»Höchst überflüssig«, urteilte Arbuthnot kalt.

»Nein, nein. Sehen Sie, diesen Mord beging aller Wahrscheinlichkeit nach eine Frau. Der Tote weist zwölf Stichwunden auf. Sogar der Zugführer sagte sofort: Es ist eine Frau gewesen. Worin besteht also meine erste Aufgabe? Mir über sämtliche weiblichen Passagiere ein Bild zu machen. Doch nichts ist schwerer, als eine Engländerin zu beurteilen. Sie sind sehr reserviert, die englischen Damen. Und deshalb flehe ich Sie an, Monsieur – im Namen der Justiz. Was für ein Mensch ist diese Miss Debenham? Was wissen Sie von ihr?«

»Miss Debenham ist eine Lady«, versicherte Oberst Arbuthnot voll Wärme.

»Ah . . .!« seufzte Poirot mit allem Anschein tiefster Dankbarkeit. »Sie meinen also, sie sei nicht in das Verbrechen verwickelt?«

»Blödsinn! Der Mann war ihr ein vollkommen Fremder – sie hatte ihn nie zuvor gesehen.«

»Erzählte sie Ihnen das?«

»Ja. Als sie eine Bemerkung über das unerquickliche Gesicht des Mannes fallenließ. Wenn eine Frau ihre Hand im Spiel hat, wie Sie glauben, so kann ich Ihnen versichern, daß Miss Debenham diese Frau nicht ist.«

»Wie warm Sie sie verteidigen!« meinte Poirot mit einem Lächeln.

Oberst Arbuthnot maß ihn mit eisigen Blicken, unter denen sich Poirot offenbar verlegen wand. Er senkte die Lider und machte sich an den Papieren zu schaffen.

»Beschäftigen wir uns mit den nackten Tatsachen«, hob er wieder an. »Wir sind zu der Annahme berechtigt, daß das Verbrechen um ein Viertel nach eins verübt wurde, und die üblichen

Untersuchungsmethoden fordern, daß man jede Person fragt, was sie um diese Zeit getan hat.«

»Zugegeben. Meines Wissens plauderte ich zur fraglichen Stunde mit dem jungen Amerikaner, dem Sekretär des Toten.«

»War er in Ihrem Abteil? Oder waren Sie in dem seinigen?«

»Ich war bei ihm.«

»Ist er ein Freund oder alter Bekannter von Ihnen?«

»Ganz und gar nicht. Rein zufällig entwickelte sich zwischen uns beiden eine Unterhaltung. Im allgemeinen mag ich die Amerikaner nicht – weiß nichts mit ihnen anzufangen ...«

Mit geheimem Vergnügen erinnerte sich Poirot an MacQueens Urteil über die Briten. »Aber dieser junge Mann gefällt mir«, fuhr der Oberst fort. »Irgendwer hat ihm alberne, idiotische Ideen über die Lage in Indien in den Kopf gesetzt – das ist das Schlimmste bei den Amerikanern: Sie sind so sentimental und idealistisch angehaucht. Nun, was ich ihm dank meiner beinahe dreißigjährigen Kenntnis des Landes erzählte, fesselte ihn sehr. Als Gegenleistung berichtete er mir über die finanziellen Verhältnisse Amerikas. Dann berührten wir die Weltpolitik im allgemeinen, so daß ich schließlich ganz überrascht war, als meine Uhr plötzlich ein Viertel vor zwei anzeigte.«

»Um diese Zeit brachen Sie die Unterhaltung ab?«

»Ja.«

»Was taten Sie hierauf?«

»Ich ging in mein Abteil.«

»Das ist nach meinem Plan Abteil Nr. 15, das vorletzte, vom Speisewagen aus gerechnet.«

»Ja.«

»Wo befand sich der Kondukteur, als Sie durch den Korridor gingen?«

»Er saß ganz am Ende an seinem winzigen Tisch. Das heißt, MacQueen rief ihn dann, damit er ihm das Bett zubereite.«

»Nun bitte ich Sie herzlichst, Oberst Arbuthnot, genau nachzudenken: Ging, während Sie mit Mr. MacQueen plauderten, irgend jemand an der Tür vorüber?«

»Vermutlich eine ganze Menge Leute. Ich achtete nicht darauf.«

»Mir kommt es nur auf die letzten anderthalb Stunden Ihres Gesprächs an. Nicht wahr, in Vincovci stiegen Sie aus?«

»Ja. Doch nur ganz kurz. Sie haben keine Ahnung, wie der Schneesturm wütete! Man war froh, als man sich wieder unter Dach und Fach befand, obwohl diese Züge so überheizt sind.«

Mr. Bouc seufzte.

»Es ist schwer, es aller Welt recht zu machen«, klagte er. »Da sind die Engländer, die alle Fenster aufreißen, und wiederum die anderen, die alles hermetisch verschlossen haben wollen.«

Weder Poirot noch Oberst Arbuthnot achteten seiner Klagen.

»Also, es war bitter kalt draußen«, sagte der kleine Belgier aufmunternd. »Und nun sind Sie wieder im Zug. Sie setzen sich behaglich nieder, Sie rauchen – vielleicht eine Zigarette, vielleicht ein Pfeifchen ...« Er pausierte für den Bruchteil einer Sekunde, und schon fiel der andere ein:

»Eine Pfeife für mich. MacQueen rauchte Zigaretten.«

»Dann fährt der Zug weiter. Sie rauchen Ihre Pfeife, Sie erörtern dabei die klägliche Lage Europas, die Weltlage. Unterdes ist es spät geworden. Die Mehrzahl der Reisenden hat sich schon niedergelegt. Ging nun irgendwer an der Tür vorüber ... denken Sie bitte nach!«

Arbuthnot furchte grübelnd die Stirn.

»Verdammt schwierig! Verstehen Sie doch, ich gab nicht im geringsten darauf acht.«

»Aber Sie haben unbedingt die dem Soldaten eigene Beobachtungsgabe für Einzelheiten. Sie beobachteten sozusagen, ohne zu beobachten.«

Wieder strengte der Oberst sein Hirn an und schüttelte dann den Kopf.

»Ich erinnere mich wirklich nicht, daß außer dem Kondukteur jemand vorüberging. Oder ...? Halt! War da nicht eine Frau ...?«

»Haben Sie sie gesehen? Ja? War sie alt – jung?«

»Ich sah sie nicht. Guckte nach der anderen Seite. Nichts als ein Rascheln von Frauenkleidern und ein Hauch von Parfüm.«

»Parfüm? Gutes Parfüm?«

»Ein obstartiges möchte ich sagen, obgleich ich nicht weiß, ob das Wort dem Begriff ganz gerecht wird. Ich meine, Sie hätten es schon in hundert Meter Entfernung gerochen. Doch weiß der Kuckuck«, setzte der Oberst hastig hinzu, »möglicherweise ist dies schon viel früher am Abend gewesen. Sehen Sie – da haben Sie Ihre Beobachtungen, ohne zu beobachten ...! Irgendwann im Lauf des Abends sagte ich zu mir selbst: eine Frau ... Parfüm ... wie hübsch das ist! Aber wann? Wann? Doch es muß unbedingt nach Vincovci gewesen sein, fällt mir jetzt ein.«

»Warum?«

»Weil ich mich jetzt dunkel erinnere, daß wir über den Stalinschen Fünfjahresplan diskutierten. Die Idee Frau löste in meinem Hirn die Idee der Stellung der russischen Frau aus. Und ich weiß, daß wir bei Rußland erst ziemlich am Ende unserer Unterhaltung anlangten.«

»Stand denn der Zug bereits?«

»Ja. Das glaube ich mit Bestimmtheit versichern zu können.«

»Das muß genügen. Und entschuldigen Sie, wenn ich Sie so plagte . . .! Waren Sie je in Amerika, Oberst Arbuthnot?«

»Nie. Es lockt mich auch nicht.«

»Haben Sie einen Oberst Armstrong gekannt?«

»Armstrong? Ich habe zwei oder drei Armstrongs gekannt. Tommy Armstrong vom 60. Regiment – meinen Sie den? Und Selby Armstrong, den eine Granate an der Somme in Fetzen riß.«

»Ich meine den Oberst Armstrong, der eine Amerikanerin heiratete und dessen Kind entführt und getötet wurde.«

»Ach ja, ich erinnere mich der aufregenden Zeitungsberichte – scheußlich. Nein, dieser Armstrong ist mir wohl nicht in die Quere gelaufen, wenngleich ich ihn vom Hörensagen kannte. Toby Armstrong. Prächtiger Mensch, behauptete man allgemein. Hatte eine glänzende Karriere gemacht.«

»Der Mann, der vergangene Nacht hier im Zug getötet wurde, hatte Oberst Armstrongs Kind auf dem Gewissen.«

»Dann ist ihm heute nacht recht geschehen«, sagte Oberst Arbuthnot. »Obwohl ich vorgezogen haben würde, ihn am Galgen baumeln oder auf dem elektrischen Stuhl enden zu sehen. So ein hundsgemeiner Schurke!«

»Demnach ziehen Sie Gesetz und Ordnung der privaten Rache vor?«

»Nun, man kann sich doch nicht Blutfehde ansagen und sich gegenseitig erstechen wie die Korsen oder die Mafia. Sie mögen sagen, was Sie wollen – die Verurteilung durch Geschworene ist ein gesundes System.«

Hercule Poirot betrachtete zwei Minuten lang das kantige, energische Gesicht des Briten.

»Ja, Oberst Arbuthnot, einen anderen Standpunkt hätte ich von Ihnen auch nicht erwartet. Ich glaube, meine Fragen an Sie sind bereits erschöpft. Oder erinnern Sie sich an irgend etwas, das Ihnen vergangene Nacht verdächtig vorkam oder jetzt nachträglich verdächtig vorkommt?«

»Nein. Das heißt, wenn nicht . . .«

»Bitte, sprechen Sie weiter«, drängte der kleine Belgier.

»Oh, ich denke, es hat keinerlei Bedeutung. Als ich nämlich in mein Abteil zurückkehrte, bemerkte ich, daß die Tür des allerletzten Abteils nicht ganz geschlossen war und daß der Insasse scheu und verstohlen hinausspähte. Und dann drückte er schleunigst die Tür wieder zu. Gewiß, es ist nichts dabei, wenn man den Kopf zur Tür hinausstreckt, doch diese verstohlene Art berührte mich sonderbar.« Er stand auf. »Wenn Sie mich jetzt nicht mehr brauchen, möchte ich mich verabschieden.«

»Danke, Oberst Arbuthnot. Es ist alles erledigt.«

Trotzdem zauderte der Offizier. Seine erste, angeborene Abneigung, sich durch »Ausländer« aushorchen zu lassen, hatte sich verflüchtigt.

»Hinsichtlich Miss Debenham«, begann er linkisch und brach ab, um einen neuen Satz zu bilden. »Ich bürge für ihre Lauterkeit. Sie ist ein pukka sahib.« Mit einer leichten Röte im Gesicht zog sich Oberst Arbuthnot zurück.

»Was bedeutet ein pukka sahib?« forschte Dr. Constantine.

»Es bedeutet, daß Miss Debenhams Vater und Brüder Schüler derselben Schule waren wie Arbuthnot.«

»Weiter nichts?« meinte der Arzt enttäuscht. »Mit dem Verbrechen hat es nichts zu tun?«

»Nichts«, antwortete Poirot und versank in Träumerei, zu der seine Finger eine Melodie auf der Tischplatte trommelten. Und plötzlich blickte er auf: »Oberst Arbuthnot raucht Pfeife, und Mr. Ratchett rauchte nur Zigarren. Nichtsdestoweniger wurde in seinem Abteil ein Pfeifenreiniger gefunden.«

»Wie? Sie meinen . . .«

»Daß Arbuthnot vorläufig der einzige Reisende ist, der sich als Pfeifenraucher bekannte. Zwar leugnete er, Oberst Armstrongs persönliche Bekanntschaft gemacht zu haben – doch weiß man, ob das stimmt . . .?«

»Sie denken also, es sei möglich . . .«

Heftig wehrte Hercule Poirot mit beiden Händen ab. »Das plagt mich ja eben – nein, es ist unmöglich, ganz unmöglich, daß ein ehrenhafter, leicht beschränkter, aufrechter Engländer auf einen Feind zwölfmal mit dem Messer lossticht! Fühlen Sie nicht selbst, meine Freunde, wie unmöglich das ist?«

»Jetzt reiten Sie wieder Ihr Steckenpferd – die Psychologie«, lächelte Mr. Bouc.

»Die Psychologie, mon ami, muß man respektieren. Dies Verbrechen hat eine Signatur und ganz gewiß nicht die Signatur Oberst Arbuthnots. Doch nun zu dem nächsten Verhör!«

Diesmal schlug Mr. Bouc nicht den Italiener vor, obwohl sich seine Gedanken nach wie vor mit ihm beschäftigten.

17

Der einzige Reisende erster Klasse, der noch übrigblieb, war Mr. Hardman, der vierschrötige Amerikaner, den Poirot im Speisewagen als Tischgenossen des Italieners und des Kammerdieners erblickt hatte. Er trug, als er den Speisewagen betrat, einen etwas aufdringlich karierten Anzug, ein rotes Hemd, eine blitzende Krawattennadel und wälzte etwas in seinem Munde umher.

»Morning, Gentlemen«, schnarrte er. »Was kann ich für Sie tun?«

»Sie haben von dem Mord gehört, wie, Mr. Hardman?«

»Versteht sich!« Hurtig wechselte er den Kaugummi von links nach rechts hinüber.

»Zu unserem Bedauern sehen wir uns genötigt, sämtliche Reisende einem Verhör zu unterziehen.«

»Das finde ich höchst vernünftig. Es dürfte das einzige Mittel sein, der Untersuchung Erfolg zu bescheren.«

Poirot zog den vor ihm liegenden Paß zu Rate.

»Sie sind Cyrus Bethman Hardman, amerikanischer Staatsbürger, einundvierzig Jahre alt und Vertreter für Schreibmaschinenbänder.«

»All right.«

»Sie fahren von Istanbul nach Paris.«

»Jawohl.«

»Zweck der Reise?«

»Geschäfte.«

»Reisen Sie stets erster Klasse, Mr. Hardman?«

»Ja, Sir. Die Firma trägt die Reisekosten.«

»Nun zu den Vorkommnissen der vergangenen Nacht! Sind Sie imstande, uns etwas darüber zu sagen?«

»Rein gar nichts!«

»Oh, wie schade! Vielleicht berichten Sie uns, Mr. Hardman, womit Sie sich vom Diner ab beschäftigten?«

Zum ersten Male erfolgte die Antwort nicht Schlag auf Schlag. Vielmehr stellte der Yankee eine Gegenfrage:

»Verzeihung, Gentlemen, wer sind Sie eigentlich? Lassen Sie mich mal in Ihre Karten gucken.«

»Dies ist Mr. Bouc, ein Direktor der Compagnie des Wagons-Lits, und dies ist der Arzt, der den Leichnam untersuchte.«

»Und Sie selbst?«

»Ich bin Hercule Poirot. Die Gesellschaft beauftragte mich mit der Aufklärung des Falles.«

»Monsieur Hercule Poirot – soso. Ihr Name ist mir nicht fremd.« Ein Weilchen überlegte Mr. Hardman. »Mir scheint's das beste, frei von der Leber weg zu reden.«

»Dazu möchten wir Ihnen auch raten«, erwiderte Poirot.

»Was das Verbrechen anbetrifft, so weiß ich nichts. Rein gar nichts, wie ich vorhin schon bemerkte. Aber ich sollte etwas wissen, und das nagt an mir. Ich sollte.«

»Wollen Sie nicht lieber etwas unverblümter reden, Mr. Hardman?«

Der Amerikaner seufzte, wälzte seinen Kaugummi und wühlte in seiner Tasche. Gleichzeitig ging mit der ganzen Persönlichkeit eine Veränderung vor sich. Er verlor das Bühnenhafte und wurde mehr ein Mensch von Fleisch und Blut. Sogar die widerhallenden, nasalen Töne seiner Stimme erfuhren eine Mäßigung. »Der Paß da streut ein bißchen Sand in die Augen«, lächelte er. »Lesen Sie, wer ich wirklich bin.«

Hercule Poirot nahm die weiße Visitenkarte auf, die vor ihn auf die Tischplatte geflogen war, und Mr. Bouc spähte ihm über die Schulter.

Mr. Cyrus B. Hardman,
McNeils Detektiv Agentur
New York

Es war die bekannteste Detektivagentur New Yorks, die einen vorzüglichen Ruf genoß.

»Ich hatte ein paar Gauner, die übrigens nichts mit diesem Mord zu tun haben, quer über den Ozean verfolgt und schließlich in Istanbul zur Strecke gebracht. Nachdem ich dem Chef meinen Erfolg gekabelt hatte, packte ich meine Koffer zur Heimreise nach New York, als ich dies hier empfing.«

Die Visitenkarte wurde durch einen Brief ergänzt, einen Bogen des Tokatlianhotels.

Geehrter Herr,
man hat mir gesagt, Sie seien ein Angestellter der McNeils Detektiv Agentur. Bitte suchen Sie mich um vier Uhr heute nachmittag in meinem Hotel-Appartement auf.

Hochachtungsvoll S. E. Ratchett

»Eh bien?«

»Zur angegebenen Stunde ließ ich mich melden, und Mr. Ratchett weihte mich unter Vorlage einiger Briefe in die Sache ein.«

»War er sehr beunruhigt?«

»Er spielte den Gleichmütigen, aber in Wirklichkeit machte es ihm arg zu schaffen. Und dann rückte er mit dem Vorschlag heraus, ich sollte bis Paris denselben Zug benutzen wie er und über ihn wachen. Nun, Gentlemen, ich benutzte denselben Zug, aber meine Wachsamkeit nützte nichts: Sie haben ihn doch erwischt! Also ein klägliches Fiasko, das ich zu verzeichnen habe!«

»Gab er Ihnen irgendwelche Verhaltungsmaßregeln?«

»Gewiß. Er hatte sich ausgeklügelt, ich sollte in dem benachbarten Abteil reisen. Doch schon hier wurde ihm ein Strich durch die Rechnung gemacht. Mit Mühe und Not bekam ich überhaupt noch ein Bett. Nr. 16. Der Kondukteur scheint es immer bis zur letzten Minute freizuhalten – für unvorhergesehene Fälle. Es lag zwar von Mr. Ratchetts Abteil ziemlich weit entfernt, dennoch gefiel es mir vom strategischen Gesichtspunkt aus nicht schlecht. Vor uns lief nur der Speisewagen, dessen Verbindungstür zu den anderen gewöhnlichen Wagen nachts abgesperrt wird. Mithin konnte Gefahr nur von hinten drohen, und jeder fremde Eindringling mußte an mir vorüber.«

»Vermutlich tappten Sie über die Persönlichkeit des möglichen Angreifers im dunkeln, nicht?«

»Nicht ganz. Mr. Ratchett beschrieb ihn mir.«

»Was? Was? Was?« Drei Kehlen riefen es gleichzeitig.

»Ein kleiner Mann, dunkel, mit frauenhafter Stimme – so drückte sich der alte Herr aus. Außerdem fügte er hinzu, er glaube nicht, daß man für den Anschlag die erste Nacht wählen würde; eher die zweite oder dritte.«

»Aha, er wußte also Genaueres!« meinte Mr. Bouc.

»Bestimmt wußte er mehr, als er seinem Sekretär verriet«, äußerte Poirot nachdenklich. »Hat er Ihnen auch anvertraut, weshalb der Feind ihm nach dem Leben trachtete, Mr. Hardman?«

»Nein. Hierüber war er sehr zugeknöpft.«

»Hm ... ein kleiner Mann ... dunkel ... mit frauenhafter Stimme«, murmelte der Belgier, mehr zu sich selbst. Dann richtete er seine scharfen Augen voll auf den Amerikaner: »Sie wußten natürlich, wer er wirklich war?«

»Wer?«

»Ratchett. Sie erkannten ihn wieder?«

»Ich verstehe Sie nicht, Mr. Poirot.«

»Ratchett war Cassetti, der Mörder im Fall Armstrong.«

Mr. Hardman stieß eine ganze Skala von Pfeiftönen aus.

»Hol mich der Teufel! Das nenne ich eine Überraschung! Nein, Sir, ich erkannte ihn nicht wieder. Als der Fall verhandelt wurde, hatte ich gerade einen Auftrag im Westen der Staaten zu erledigen. Wahrscheinlich habe ich Bilder von ihm in den Zeitungen gesehen; aber auf einem Bild, das so'n Pfuscher von Pressefotograf macht, kann man ja seine eigene Mutter nicht erkennen.«

»Ist Ihnen irgend jemand aus dem Armstrong-Fall bekannt, auf den die Beschreibung klein, dunkel und frauenhafte Stimme zutrifft?«

Hardman überlegte.

»Eigentlich nein. Zudem sind ja beinahe alle Beteiligten tot.«

»Erinnern Sie sich, daß sich eine junge, fälschlich bezichtigte Bonne aus dem Fenster stürzte?«

»Richtig – jetzt fällt's mir wieder ein. Irgendeine Ausländerin. Sollte sie Verwandte haben, die diesen Tod nach Jahren noch nicht verwunden haben und ihn an dem eigentlichen Urheber rächten: ... Andererseits dürfen wir nicht vergessen, daß neben dem Armstrong-Fall noch andere Fälle herliefen. Cassetti hatte sein infames Entführungsgewerbe geraume Zeit betrieben, so daß sich der Kreis bedeutend erweitert.«

»Zugegeben, Mr. Hardman. Jedoch haben wir triftige Gründe für die Annahme, daß Cassettis Ermordung mit dem Armstrong-Fall verknüpft ist.«

Der Amerikaner schielte, als wolle er um Aufklärung bitten, zu Poirot hinüber, der ihn aber nicht zu beachten schien.

»Nein, ich vermag mich wirklich an keinen aus dem Armstrong-Fall zu erinnern, der jener Beschreibung entspricht«, versicherte er dann abermals. »Freilich habe ich mich nicht in ihm betätigt und weiß daher nicht viel mehr als die breite Öffentlichkeit.«

»Gut. Fahren Sie bitte in Ihrer Erzählung fort, Mr. Hardman.«

»Es bleibt nicht viel zu erzählen. Ich verschaffte mir die nötigen Stunden Schlaf tagsüber und lag nachts brav auf der Lauer. In der ersten Nacht ereignete sich nichts Auffälliges. Und in der vergangenen Nacht ebenfalls nicht, soweit ich in Frage komme. Ich hatte meine Tür nur angelehnt und beobachtete den Gang: Ein Fremder ist nicht vorbeigegangen.«

»Können Sie dafür bürgen, Mr. Hardman?«

»Ja. Niemand kam von draußen in den Waggon herein und niemand von den rückwärtigen Wagen. Das will ich mit meinem Eid erhärten.«

»Können Sie von Ihrem Beobachtungsposten aus den Kondukteur sehen?«

»Natürlich. Er sitzt ja auf dem kleinen Platz, beinahe vor meiner Tür.«

»Hat er diesen Sitz nach Abfahrt von Vincovci verlassen?«

»Vincovci? Hieß so die letzte Station ...? Ja, er folgte ein paar Klingelzeichen, und zwar muß das nach meiner Meinung kurz nach unserem endgültigen Steckenbleiben im Schnee gewesen sein. Als er diese Wünsche befriedigt hatte, ging er an mir vorbei in den Athener Wagen, wo er etwa eine Viertelstunde verblieb. Was ihn zurückrief, war eine Glocke, die wie besessen spektakelte. Ich ging, ein bißchen nervös wegen der übernommenen Verantwortung, in den Korridor hinaus; doch das ungestüme Läuten kam von meiner Landsmännin, Mrs. Hubbard, die sich wegen irgendeiner Sache in höchster Aufregung befand. Nachdem der Kondukteur sie beschwichtigt hatte, ging er zu einem anderen Abteil, kam zurück und holte eine Flasche Mineralwasser. Hierauf nahm er auf seinem Sitz Platz, bis er spät in der Nacht ganz am anderen Ende des Wagens für jemanden das Bett bereitete. Nachher hat er sich meines Erachtens bis fünf Uhr morgens nicht von seinem Platz fortgerührt.«

»Schlummerte er?«

»Das vermag ich weder mit Nein noch mit Ja zu beantworten.«

Poirot strich mechanisch die Papiere auf dem Tisch glatt, und jetzt nahm er die offizielle Visitenkarte Mr. Hardmans noch einmal auf.

»Wollen Sie bitte die Wahrheit dieser Angaben durch Ihre Unterschrift bekräftigen«, sagte er.

Und der andere willfahrte seinem Wunsch.

»Kann etwa sonst noch jemand für Sie gutsagen, Mr. Hardman?«

»Hier im Zug? Nein, schwerlich. Es sei denn der junge MacQueen. Ich kenne ihn gut genug, habe ihn mehr als einmal in seines Vaters Büro in New York gesehen, aber daß ihm unter der Menge von Beamten, die dort ein- und ausgingen, gerade mein Gesicht im Gedächtnis haftengeblieben sein sollte, scheint mir unwahrscheinlich. Nein, Monsieur Poirot, Sie müssen sich schon gedulden und nach New York kabeln, wenn der Schnee uns wieder freiläßt. Aber ich schwindele Ihnen nichts vor – es stimmt alles, was ich sage, bis auf den I-Punkt. Also auf Wiedersehen, Gentlemen. Freut mich, Sie persönlich kennengelernt zu haben, Monsieur Poirot.«

Hercule Poirot hielt ihm in kollegialer Liebenswürdigkeit sein Zigarettenetui hin.

»Oder ziehen Sie vielleicht das Pfeifenrauchen vor?«

»Beileibe nicht!« entsetzte sich der andere und nahm dankend eine Zigarette.

Als er gegangen war, sahen sich die drei Männer an.

»Glauben Sie an die Wahrheit seiner Worte?« sagte endlich Dr. Constantine.

»Ja, ja«, versicherte der Detektiv. »Ich kenne diesen Typ. Überdies ist es eine Geschichte, deren Schwindel zu schnell an den Tag käme.«

»Jedenfalls war seine Aussage sehr aufschlußreich«, ließ sich Mr. Bouc vernehmen.

»Ja.«

»Ein kleiner Mann, dunkel, mit der hohen Stimme einer Frau ...«

»Eine Beschreibung, die für keinen unserer Reisenden paßt«, entschied Hercule Poirot.

18

»Und nun«, erklärte er, während der Schalk in seinen klugen Augen spukte, »wollen wir das Herz Mr. Boucs erfreuen und den Italiener vornehmen.«

Mit behendem, katzenartigem Gang kam Antonio Foscarelli

in den Speisewagen. Sein Antlitz strahlte. Es war ein typisch italienisches Gesicht, heiter und schwärzlich.

»Ihr Name ist Antonio Foscarelli?«

»Oui, Monsieur.«

»Aber Sie besitzen die amerikanischen Staatsbürgerrechte?«

»Oui, Monsieur«, grinste er zurück. »Es erwies sich für mein Geschäft als vorteilhafter.«

»Sie sind Vertreter für Fordwagen?«

»Ja. Sie sehen, Monsieur ...«

Es folgte eine wortreiche Erläuterung in fließendem Französisch. An ihrem Schluß durfte man alles, was die drei über Foscarellis Geschäftsgepflogenheiten, seine Reisen, sein Einkommen, seine Ansichten über die Vereinigten Staaten und die meisten europäischen Länder nicht wußten, einen nebensächlichen Umstand nennen. Antonio Foscarelli war nicht der Mann, aus dem man Auskünfte herausquetschen mußte. Nein, er sprudelte sie hervor.

Und als er endlich mit einer beredsamen Geste innehielt und seine Stirn mit dem Taschentuch abwischte, glänzte sein gutmütiges, kindliches Gesicht vor Befriedigung. Dann schöpfte er noch einmal Atem und setzte hinzu:

»Sehen Sie, Messieurs, ich mache große Abschlüsse, bin bis in die Fingerspitzen ein moderner Kaufmann und verstehe mein Fach.«

»Also weilten Sie während der letzten zehn Jahre immer mit Unterbrechungen in den Vereinigten Staaten?«

»Ja, Monsieur. Ah, wie gut entsinne ich mich noch des Tages, als ich die Deckplanken des Dampfers betrat, der mich zum ersten Male hinüberfahren sollte! Amerika! Ein Land, so weit, weit fort ...! Meine Mutter, meine kleine Schwester ...«

Unerbittlich hemmte Hercule Poirot diese Erinnerungsfluten.

»Sind Sie während Ihres Aufenthaltes in den Vereinigten Staaten jemals dem Toten begegnet?«

»Nie, nie! Aber ich kenne die Sorte. O ja!« Bedeutsam schnippte er mit den Fingern. »Unter dem ehrbaren Äußern, unter der makellosen Kleidung ist alles mehr als faul. Auf Grund meiner gesammelten Erfahrungen möchte ich sagen, daß er ein Schurke war, der aber nur Schurkereien im großen Stil betrieb. Und Sie dürfen auf meine Erfahrung bauen, Messieurs.«

»Sie hat Sie nicht betrogen«, entgegnete Poirot. »Ratchett war Cassetti, der Entführer und Erpresser.«

»He! Was habe ich gesagt ...? Ja, ja, ich habe gelernt, in Gesichtern zu lesen. Nur in Amerika lernt man diese Kunst und richtet sich dann bei seinen Geschäften danach ein.«

»Erinnern Sie sich des Armstrong-Falles?«

»Nur verschwommen. Des Namens – ja. War da nicht ein kleines Mädchen, ein Baby, im Spiel?«

»Ja, eine sehr traurige Angelegenheit. Tragisch, im höchsten Grade tragisch.«

Dem Italiener schien diese Ansicht nicht einzuleuchten.

»Ah, derartige Dinge geschehen nun einmal«, meinte er weise. »In einer großen Zivilisation, wie sie in Amerika herrscht ...«

Abermals schnitt Poirot ihm das Wort ab.

»Hat Ihr Weg Sie jemals mit irgendeinem Mitglied der Familie Armstrong zusammengeführt?«

»Meines Wissens nicht. Aber ... unter den vielen Hunderten, ja Tausenden ... Damit Sie einen Begriff bekommen, will ich Ihnen sagen, daß sich vergangenes Jahr allein mein Verkauf ...«

»Monsieur, wir möchten nicht in Ihre Geschäftsgeheimnisse dringen!«

Jetzt flogen beide Hände des Italieners in einer Geste der Entschuldigung durch die Luft. »Pardon! Tausendmal Pardon!«

»Beschreiben Sie mir bitte ausführlich Ihr Tun und Treiben in der vergangenen Nacht. Vom Diner an gerechnet.«

»Mit Vergnügen. So lange wie eben möglich blieb ich hier im Speisewagen – es ist unterhaltsamer. Ich plauderte mit dem amerikanischen Herrn, meinem Tischgenossen. Er verkauft Schreibmaschinenbänder. Dann ging ich zu meinem Abteil zurück. Keine Menschenseele befand sich darin. Dieser blöde, langweilige John Bull, der es mit mir teilt, wartete seinem Herrn auf. Endlich kommt er zurück, so hochmütig und unnahbar wie gewöhnlich. Außer ja und nein hat der Kerl noch keine Silbe gesprochen. Eine elende Rasse, diese Engländer, aufgeblasen, unsympathisch! Stocksteif setzt er sich in seine Ecke und steckt die Nase in ein Buch. Nachher erscheint der Kondukteur und macht unsere Betten.«

»Nr. 4 und 5«, warf Hercule Poirot ein.

»Ganz recht. – Das am äußersten Ende gelegene Abteil. Oder auch das erste – wie man es rechnet. Jedenfalls dicht beim Speisewagen gelegen. Ich schlafe oben, klettere hinauf, rauche und lese. Den Engländer plagen, glaube ich, Kopfschmerzen. Er kramt eine kleine Flasche mit irgendeinem stark riechenden Inhalt hervor und liegt stöhnend und ächzend im unteren Bett. Schließlich schlafe ich ein, doch immer wenn ich aufwache, höre ich sein Stöhnen.«

»Wissen Sie, ob er während der Nacht das Abteil verließ?«

»Das glaube ich nicht. Da wäre ich sicher wach geworden. Unwillkürlich wacht man auf, sobald das Licht des Korridors hereinfällt, weil man eine Zollrevision oder Paßkontrolle vermutet.«

»Hat er sich jemals über seinen Herrn ausgelassen? Einem Groll gegen ihn Luft gemacht?«

»Monsieur, ich sagte Ihnen ja, er ist stumm wie ein Fisch. Stumm und kalt wie ein Fisch! Ein gruseliger Geselle!«

»Rauchen Sie vielleicht, Monsieur Foscarelli? Pfeife, Zigaretten oder Zigarren?«

»Nur Zigaretten.«

»Dann darf ich Ihnen wohl eine anbieten?« Und während Poirot ihm das Etui hinhielt, forschte Mr. Bouc:

»Sind Sie auch in Chicago gewesen?«

»O ja. Eine feine Stadt! Doch am besten kenne ich New York, Washington, Detroit. Waren Sie mal drüben überm Wasser? Nein? Versäumen Sie es nicht. Es lohnt sich, denn, sehen Sie ...«

Poirot, der Unbarmherzige, schob dem Redseligen ein Blatt Papier hin.

»Wenn Sie bitte dies hier unterschreiben und Ihre ständige Adresse hinzusetzen möchten.«

Der Italiener schrieb und malte zuletzt einen wilden Schnörkel. Dann erhob er sich – mit einem Lächeln, verbindlicher als je. »Das ist alles? Weiteres verlangen Sie von mir nicht? Auf Wiedersehen dann, Messieurs. Ich wünschte, wir wären erst mal aus diesem verflixten Schnee heraus! Eine Verabredung in Mailand ...« Traurig schüttelte er den schwarzen Kopf. »Das Geschäft wird mir durch die Lappen gehen!«

Und er machte kehrt.

Als die Tür hinter ihm zuschnappte, griff Mr. Bouc Poirots Arm.

»Er hat sich lange in Amerika aufgehalten, mon ami«, flüsterte er aufgeregt, »und überdies ist er Italiener. Die Italiener greifen leicht zum Messer! Und große Lügner sind sie obendrein. Schon aus diesen Gründen mag ich die Italiener nicht.«

»Ça se voit«, sagte Poirot mit vergnügtem Lächeln. »Möglicherweise haben Sie recht, aber ich kann Ihnen nicht verhehlen, mein Freund, daß auch nicht das geringste gegen den Mann spricht.«

»So? Und wo bleibt die Psychologie? Sticht der Italiener nicht eins, zwei, drei zu?«

»Sicherlich. Besonders in der Hitze des Streits. Aber wir stehen einem anders gearteten Verbrechen gegenüber. Mir will es scheinen, als sei dieses sorgfältig geplant und in Szene gesetzt. Es ist ein weitsichtiges, langausholendes Verbrechen. Nicht – wie soll ich mich ausdrücken? – ein romanisches. Es ist ein Verbrechen, das Spuren eines kalten, findigen, überlegenden Hirns zeigt. Ich denke an ein angelsächsisches Hirn.«

Er nahm die beiden letzten Pässe auf.

»Hören wir uns nun an, was Miss Debenham zu sagen hat.«

19

Als Mary Debenham den Speisewagen betrat, erhielt Poirots frühere Achtung vor ihr eine Bestätigung.

Sehr adrett gekleidet, im schwarzen Rock und grauer Crêpe-de-Chine-Bluse, trug sie eine ruhige Gelassenheit zur Schau.

Sie nahm Poirot und Mr. Bouc gegenüber Platz und schaute sie fragend an.

»Ihr Name ist Mary Hermoine Debenham«, begann Hercule Poirot. »Ihr Alter sechsundzwanzig Jahre. Stimmt das?«

»Ja.«

»Engländerin?«

»Ja.«

»Ich bitte, Mademoiselle, daß Sie mir hier Ihre ständige Adresse aufschreiben.«

Sie tat es, mit klarer, lesbarer Schrift.

»Und nun, Mademoiselle, was haben Sie uns hinsichtlich des Ereignisses der vergangenen Nacht zu eröffnen?«

»Gar nichts. Ich ging zu Bett und schlief.«

»Betrübt es Sie sehr, Mademoiselle, daß in diesem Zug ein Verbrechen begangen wurde?«

Offensichtlich hatte Mary Debenham eine derartige Frage nicht erwartet. Ihre grauen Augen weiteten sich ein wenig.

»Ich . . . ich verstehe nicht ganz.«

»Die Frage war doch eindeutig klar, Mademoiselle. Ich wiederhole: Betrübt es Sie sehr, daß in diesem Zug ein Verbrechen begangen wurde?«

»Von diesem Gesichtspunkt aus habe ich wirklich darüber noch nicht nachgedacht. Aber nein, ich kann nicht sagen, daß ich bekümmert bin.«

»Ein Verbrechen erscheint Ihnen etwas ziemlich Alltägliches, wie?«

»Es ist natürlich unerfreulich, daß es sich zutrug«, gab Mary Debenham ruhig zurück.

»Sie sind eine wahre Angelsächsin, Mademoiselle. Vous n'éprouvez pas d'émotion.«

Sie lächelte.

»Ich fürchte, ich werde nicht imstande sein, mein Empfindungsvermögen durch hysterisches Gebaren zu beweisen. Schließsich sterben ja jeden Tag soundso viel Menschen.«

»Sie sterben, ja; doch Mord ist etwas seltener.«

»O sicherlich.«

»Waren Sie mit dem Toten nicht bekannt?«

»Ich sah ihn gestern beim Lunch zum ersten Male.«

»Und wie gefiel er Ihnen?«

»Monsieur, ich beachtete ihn kaum.«

»Dann wirkte er nicht wie ein schlechter Mensch auf Sie?«

Jetzt zuckte sie leicht die Schultern.

»Wirklich, es wäre vermessen, wenn ich irgendein Urteil abgeben würde.«

Poirot blickte sie streng an.

»Ich glaube, Mademoiselle, Sie betrachten die Art, wie ich meine Untersuchung führe, ein wenig geringschätzig«, sagte er. »Eine englische Untersuchung würde anders geführt werden, denken Sie innerlich. Dabei würde alles nüchtern und trocken zugehen, streng den nackten Tatsachen angepaßt – kurz, eine gutgeregelte Art. Doch ich, Mademoiselle, habe meine kleinen Eigentümlichkeiten. Ich sehe mir meine Zeugen erst einmal an, erforsche ihren Charakter und gestalte meine Fragen dementsprechend. Wenige Minuten vorher saß mir ein Herr gegenüber, der mir über all und jedes seine Ansichten darlegen wollte. Ihm legte ich Zügel an, ließ ihn genau bei der Sache bleiben, zwang ihn mehr oder weniger, mir dies und das mit Ja oder Nein zu beantworten. Und nun kommen Sie. Sofort fühle ich, daß Sie hübsch ordentlich und sachlich sein, sich auf die fragliche Angelegenheit beschränken wollen. Und da die menschliche Natur pervers und eigensinnig ist, stelle ich Ihnen ganz verschiedene Fragen. Ich frage, was Sie fühlen, was Sie dachten. Sie mißfällt Ihnen, diese Methode, n'est-ce pas?«

»Verzeihen Sie, wenn ich sie für Zeitvergeudung halte, Monsieur. Ob mir Mr. Ratchetts Gesicht zusagte oder nicht, trägt meines Erachtens nicht dazu bei, herauszufinden, wer ihn tötete.«

»Wissen Sie, wer der sogenannte Ratchett wirklich war?«

»Mrs. Hubbard hat mir alles erzählt.«

»Und was halten Sie von dem Armstrong-Fall?«

»Er war der Abgrund der bestialischen Abscheulichkeit«, sagte das junge Mädchen scharf.

Poirot betrachtete sie mit nachdenklichen Augen.

»Sie kommen, wenn ich nicht irre, von Bagdad, Miss Debenham?«

»Ja.«

»Und fahren nach London?«

»Ja.«

»Was haben Sie in Bagdad gemacht?«

»Ich war Erzieherin bei zwei Kindern.«

»Werden Sie auf Ihren Posten zurückkehren?«

»Das ist zweifelhaft.«

»Weshalb?«

»Bagdad liegt ein bißchen außerhalb der Welt. Einer gleichwertigen Stellung in London würde ich den Vorzug geben.«

»Durchaus verständlich. Ich dachte schon, Sie wollten vielleicht heiraten.«

Darauf erwiderte Miss Debenham nichts. Sie schlug jedoch die Augen auf und blickte Poirot voll ins Gesicht. Und deutlich sagte ihr Blick: »Sie sind impertinent.«

»Wie lautet Ihr Urteil über die Dame, mit der Sie das Abteil teilen?« fragte Hercule Poirot, an dem diese wortlose Rüge abprallte.

»Miss Ohlsson ...? Sie scheint ein schlichter, netter Mensch zu sein.«

»Welche Farbe hat ihr Morgenrock?«

Mary Debenham stutzte verwundert.

»Eine bräunliche. Naturfarbene Wolle.«

»Ah! Ich darf wohl erwähnen – ohne Indiskretion, hoffe ich! –, daß ich die Farbe Ihres eigenen Morgengewandes auf der Reise von Aleppo nach Istanbul erspähte. Ein bleiches Lila, wenn ich mich recht erinnere.«

»Ja, das stimmt.«

»Haben Sie noch ein anderes? Zum Beispiel einen scharlachroten Kimono?«

»Nein, der gehört nicht mir.«

Poirot schnellte nach vorn. Er glich einer über die Maus herfallenden Katze.

»Wem denn?«

»Ich weiß nicht.« Das Mädchen wich erschreckt ein wenig zurück. »Was meinen Sie eigentlich?«

»Mademoiselle, Sie sagten nicht: ›nein, solch einen besitze ich nicht‹, sondern ›der gehört mir nicht‹, was nichts anderes bedeutet, als daß er sonst jemandem gehört.«

Sie nickte.

»Jemandem im Zug?«

»Ja.«

»Wem?«

»Ich erklärte bereits, daß ich es nicht wüßte. Heute morgen gegen fünf Uhr wachte ich mit dem Gefühl auf, daß der Zug unnatürlich lange stillstand. Daraufhin öffnete ich die Tür und schaute im Glauben, wir befänden uns auf einer Station, in den Gang hinaus. Nun, und da sah ich jemanden im scharlachroten Kimono den Gang hinabgehen.«

»Und Sie wissen nicht, wer es gewesen ist? War sie blond oder dunkel oder ergraut?«

Mary Debenham zögerte ein wenig mit der Antwort.

»Auch das vermag ich nicht anzugeben. Sie trug eine Frisierhaube, und überdies sah ich ja nur den Hinterkopf.«

»Der Wuchs?«

»Groß und schlank, sollte ich meinen, obgleich ein Kimono die Figur verbirgt. Übrigens war er mit Drachen bestickt.«

»Ja, ja. Das stimmt. Mit Drachen.«

Eine Weile brütete Hercule Poirot vor sich hin, nagte an seiner Unterlippe und murmelte: »Ich kann es nicht verstehen ... nein, ich kann es einfach nicht verstehen. Nichts davon ergibt einen Sinn.« Und dann, zu Miss Debenham gewandt: »Mademoiselle, ich brauche Sie nicht länger.«

»Oh!« Ziemlich überrascht stand die junge Dame auf. Jedoch als sie die Tür erreicht hatte, zauderte sie und kam noch einmal zurück.

»Die schwedische Dame plagt sich mit allerlei Grillen, Monsieur. Sie sagt, Sie hätten ihr erzählt, daß sie den Ermordeten als letzte lebendig gesehen habe, und daraus leitet sie die Schlußfolgerung ab, man verdächtige sie der Tat. Darf ich ihr mitteilen, daß sie sich in einem Irrtum befindet? Glauben Sie mir, Miss Ohlsson ist solch ein sanftes Geschöpf, das nicht einmal einer Fliege ein Leid zufügen würde«, setzte Mary Debenham mit Nachdruck hinzu.

»Um wieviel Uhr holte sie sich das Aspirin von Mrs. Hubbard?«

»Kurz nach halb elf.«

»Blieb sie lange fort?«

»Etwa fünf Minuten.«

»Ging sie auch während der Nacht noch einmal hinaus?«

»Nein.«

Poirot drehte sich zur Seite, wo der griechische Arzt saß.

»Kann Ratchett schon so früh getötet worden sein?«

»Unmöglich.«

»Dann können Sie Ihre Freundin beruhigen, Mademoiselle.«

»Danke.« Jetzt lächelte sie Poirot plötzlich an. »Sie gleicht einem verlorenen Schäfchen. Zittert vor Angst und blökt!«

Und mit dem gewinnendsten Lächeln schritt sie hinaus.

20

Mr. Bouc sah seinen Landsmann betroffen an.

»Ich begreife Sie nicht ganz, mon vieux. Was bezweckten Sie . . .«

»Ich suchte nach einem Riß.«

»Einem Riß?«

»Ja – im Panzer der Selbstbeherrschung einer jungen Dame. Ich trachtete, ihre Kaltblütigkeit zu erschüttern. Gelang es mir . . .? Das weiß ich nicht. Hingegen weiß ich das eine: Sie erwartete nicht, daß ich die Sache so angreifen würde, wie ich es tat.«

»Haben Sie Mary Debenham in Verdacht . . .? Warum, mon ami? Auf mich macht sie den Eindruck einer charmanten, jungen Dame – die allerletzte, die sich zu einem Verbrechen dieser Art hergeben würde.«

»Ich pflichte Ihnen bei«, ergriff Dr. Constantine das Wort. »Sie ist kalt, weiß ihre Gemütsbewegungen zu meistern. Sie würde einen Mann nicht erstechen, sondern ihn vor Gericht anklagen.«

»Meine lieben Freunde, Sie müssen alle beide sich von der Vorstellung freimachen, daß dies ein plötzliches, unvorbereitetes Verbrechen ist«, seufzte Hercule Poirot. »Aus zwei Gründen beargwöhne ich Miss Debenham. Erstens, weil ich etwas erlauschte, was Sie noch nicht wissen.« Und er erzählte ihnen die merkwürdigen, während der Fahrt von Aleppo aufgefangenen Sätze.

»Das freilich berührt sonderbar«, meinte Mr. Bouc, als sein Landsmann geendet hatte, »und bedarf der Aufklärung. Wenn es das bedeutet, was Sie vermuten, mon ami, so haben sie beide – sie und der stolze Engländer – gemeinsame Sache gemacht.«

»Ja, und dem widersprechen die Tatsachen«, erklärte Poirot. »Überlegen Sie doch selbst: Wären sie Komplicen, so würde das Selbstverständliche sein, daß jeder den anderen mit einem Alibi versorgt. Stimmt's . . .? Eh bien? Das geschieht aber nicht. Miss Debenhams Alibi wird durch eine schwedische Dame, die sie nie zuvor gesehen hat, bestätigt, und für Oberst Arbuthnots Alibi legt MacQueen, der Sekretär des Toten, Zeugnis ab. Nein, diese Lösung des Rätsels ist zu leicht.«

»Und der zweite Grund für Ihren Argwohn?« erinnerte Mr. Bouc.

»Oh, das greift schon wieder auf das Gebiet der Psychologie hinüber«, lächelte der Kleine. »Ich frage mich, ob es möglich ist, daß Miss Debenham den Plan ersann. Ein intelligentes, umsichtiges, scharfes Hirn ist dazu nötig, über das Mary Debenham verfügt.«

Mr. Bouc schüttelte abwehrend den Kopf.

»Mein Lieber, ich glaube, Sie befinden sich auf dem Holzweg. Ich jedenfalls halte die junge Engländerin für keine Verbrecherin.«

»Lassen wir es vorläufig dahingestellt«, erwiderte Poirot, indem er nach dem letzten Paß griff. »Hier haben wir Hildegarde Schmidt, die Kammerfrau.«

Durch den Kellner herbeigeholt, blieb Fräulein Schmidt respektvoll stehen und setzte sich erst, als Poirot sie hierzu aufforderte. Nun saß sie da mit gefalteten Händen und wartete gelassen, was man sie fragen würde.

Poirots Behandlung von Hildegarde Schmidt bildete den krassesten Gegensatz zu der Art, wie er mit Mary Debenham umgesprungen war. Freundlich, beinahe herzlich gab er sich, so daß die Frau gar nicht dazu kam, schüchtern zu werden. Und als er sie bewogen hatte, Namen und Adresse niederzuschreiben, glitt er kaum merklich in das Verhör über, das in deutscher Sprache erfolgte.

»Wir möchten gern so viel wie möglich über die Ereignisse der vergangenen Nacht erfahren«, sagte er. »Daß Sie uns kaum Auskünfte, die sich auf das Verbrechen selbst beziehen, geben können, wissen wir. Aber vielleicht haben Sie etwas gesehen oder gehört, das Ihnen unwesentlich erscheint, trotzdem jedoch wertvoll für uns sein mag. Haben Sie mich verstanden?«

Es schien nicht der Fall zu sein. Ihr breites Gesicht behielt den Ausdruck gelassener Stupidität bei, als sie erwiderte:

»Ich weiß nichts, Monsieur.«

»Nichts? Das dürfte nicht stimmen. Zum Beispiel wissen Sie, daß Ihre Herrin Sie gestern nacht rufen ließ.«

»Das ja.«

»Erinnern Sie sich der Zeit?«

»Nein, Monsieur. Ich schlief, als der Kondukteur kam und mich benachrichtigte.«

»Eh bien. Sie standen dann auf. Zogen Sie einen Morgenrock über?«

»Nein, ich schlüpfte schnell in ein Kleid. Es würde unpassend sein, zu Ihrer Durchlaucht in einem Schlafrock zu gehen.«

»Und dennoch ist es solch ein hübscher Morgenrock – scharlachrot, nicht wahr?«

»Scharlachrot?« Sie blickte den Frager erstaunt an. »Nein. Ein dunkelblauer Flanellmorgenrock.«

»Ah! Bitte, fahren Sie fort. Und verzeihen Sie mir den kleinen Scherz. Was taten Sie bei Madame la Princesse?«

»Ich massierte sie und las ihr dann laut vor. Als sie schläfrig wurde, schickte sie mich in mein eigenes Abteil zurück.«

»Wissen Sie, um wieviel Uhr dies gewesen ist?«

»Nein, Monsieur.«

»Wie lange hielten Sie sich bei Madame la Princesse auf?«

»Weit über eine halbe Stunde.«

»Gut. Weiter.«

»Zuerst holte ich für Ihre Durchlaucht noch eine Decke aus meinem Abteil, weil sie trotz der Heizung fror, breitete sie über ihr Bett und wünschte gute Nacht. Sodann drehte ich das Licht aus und verließ sie.«

»Und dann?«

»Das ist alles, Monsieur. Ich legte mich wieder schlafen.«

»Ist Ihnen im Gang jemand begegnet?«

»Nein, Monsieur.«

»Sahen Sie nicht zufällig eine Dame in scharlachrotem Kimono?«

»Nein, Monsieur. Außer dem Kondukteur schliefen alle fest.«

»Den Kondukteur haben Sie aber gesehen?«

»Ja, Monsieur.«

»Was machte er?«

»Er kam aus einem der Abteile heraus.«

»Donnerwetter!« entfuhr es Mr. Bouc. »Aus welchem Abteil?«

Hildegarde Schmidt zuckte ängstlich zusammen, und Hercule Poirot maß seinen ungestümen Freund mit einem vorwurfsvollen Blick.

»Nichts natürlicher als das«, sagte er. »Der Kondukteur muß doch den Glockenzeichen Folge leisten. Entsinnen Sie sich, aus welchem Abteil er heraustrat, Fräulein Schmidt?«

»Es lag in der Mitte des Wagens. Zwei oder drei Türen von Ihrer Durchlaucht entfernt.«

»Ah! Das ist ganz interessant. Bitte, beschreiben Sie uns genau, wie sich Ihre Begegnung zutrug.«

»Er prallte beinahe mit mir zusammen, Monsieur, als ich mit der Decke von meinem Abteil zu der gnädigen Frau ging.«

»Und welche Richtung schlug er dann ein?«

»Die Richtung, aus der ich kam – also nach dem Speisewagen zu. Er entschuldigte sich wegen des Zusammenpralls. Und dann läutete eine Glocke, doch ich bin der Meinung, daß er das Zeichen nicht beachtete . . . Aber, Monsieur, ich verstehe nicht, was sollen all diese Fragen?«

»Es dreht sich um die Zeit, Fräulein Schmidt«, begütigte Poirot. »Fragen gehört zu unserem Handwerk. Und sehen Sie, der arme, geplagte Kondukteur wurde diese Nacht ein bißchen arg hin und her gehetzt. Erst Sie aufzuwecken und hernach allen Klingelzeichen gerecht zu werden.«

»Verzeihung, Monsieur – es war nicht derselbe Kondukteur, der mich geweckt hatte. Es war ein anderer.«

»Ein anderer? Hatten Sie ihn schon vorher mal gesehen?«

»Nein, Monsieur.«

»Aber Sie würden ihn wiedererkennen, Mademoiselle?«

»Ich glaube.«

Hercule Poirot tuschelte etwas in Mr. Boucs Ohr, worauf dieser aufstand und an der Tür einen Befehl erteilte. Derweilen setzte der Kleine sein Verhör in leichtem Plauderton fort.

»Waren Sie eigentlich mal in Amerika, Fräulein Schmidt?«

»Nie, Monsieur. Es muß ein schönes Land sein.«

»Vermutlich haben Sie inzwischen gehört, welche Schandtaten der Ermordete drüben begangen hat? Daß er den Tod eines kleinen Mädchens verschuldete?«

»Ja, ich habe es gehört. Oh, wie kann der liebe Herrgott nur solch ein ruchloses Treiben zulassen! Bei uns in Deutschland sind die Menschen nicht so schlecht, Monsieur.« Tränen perlten aus Hildegardes Augen – ihr mütterliches Gefühl war aufs tiefste verletzt.

»Das glaube ich Ihnen gern«, beteuerte Poirot, und während er ein kleines Tüchelchen aus der Tasche zog, fragte er: »Ist das Ihr Taschentuch, Fräulein Schmidt?«

Schweigen. Die Kammerfrau betrachtete das feine Gewebe, und eine leichte Röte stieg in ihre Wangen.

»Nein, Monsieur«, erklärte sie nach zwei Minuten.

»Es ist mit einem H gezeichnet – daher dachte ich, es sei das Ihrige.«

»Monsieur, das ist das Taschentuch einer wohlhabenden Dame. Pariser Arbeit. Ganz mit der Hand gestickt.«

»Wissen Sie auch nicht, wem es gehört?«

»Ich . . .? O nein, Monsieur.«

Von den drei Zuhörern wurde lediglich Hercule Poirot das kaum merkliche Zögern gewahr.

Jetzt beugte sich Mr. Bouc zu dem Detektiv hinab und tuschelte mit ihm.

»Gleich werden die drei Schlafwagenkondukteure eintreten«, wandte sich Poirot wieder an die Frau. »Wollen Sie dann bitte so freundlich sein, mir jenen zu bezeichnen, dem Sie vergangene Nacht begegneten.«

Und tatsächlich wurde Pierre Michel bereits in der Tür sichtbar. Ihm folgte sein großer, blonder Kollege aus dem Athener Wagen und der stämmige, behäbige Betreuer des Bukarester Wagens. Hildegarde sah sie an und schüttelte den Kopf.

»Keiner von diesen ist der Mann, mit dem ich im Korridor zusammentraf.«

»Aber Fräulein Schmidt, mehr Kondukteure gibt es im Zug nicht. Sie müssen sich täuschen.«

»Ich bin meiner Sache durchaus sicher, Monsieur. Der Mann, den ich sah, war klein und dunkel und hatte einen zierlichen Schnurrbart. Seine Stimme, als er Pardon sagte, klang hell wie die Stimme einer Frau.«

21

»Ein kleiner, dunkler Mann mit frauenhafter Stimme«, murmelte Mr. Bouc fassungslos.

Die drei Kondukteure nebst Hildegarde Schmidt waren entlassen worden.

»Statt daß das Geheimnis sich klärt, wird es immer verworrener!« fuhr er mit einer Geste der Verzweiflung fort. »Ich verstehe nichts, nichts, nichts . . .! Befand sich der Feind, den Ratchett dem amerikanischen Detektiv beschrieb, also doch im Zug? Wo ist er dann aber jetzt? Trägt er eine Tarnkappe, die ihn unseren Blicken entzieht . . .? Mon vieux, in meinem Kopf dreht sich ein Mühlrad. Haben Sie Erbarmen, sagen Sie etwas! Ich flehe Sie an. Zeigen Sie mir, wie das Unmögliche möglich ist.«

»Ah, das ist ein vortrefflicher Satz!« lobte Poirot. »Das Unmögliche kann sich nicht zugetragen haben; infolgedessen muß das Unmögliche trotz des äußeren Anscheins möglich sein.«

»Erklären Sie mir also bitte schnell, was sich vergangene Nacht im Zug wirklich zutrug.«

»Ich bin kein Zauberkünstler, mon cher. Vielmehr, wie Sie, ein sehr verblüffter Mensch. Diese Affäre entwickelt sich ungeahnt merkwürdig.«

»Sie entwickelt sich überhaupt nicht; sie bleibt so, wie sie am Anfang war.«

»Pardon, das stimmt nicht«, widersprach Poirot mit Nachdruck. »Wir haben Fortschritte zu verzeichnen. Wir wissen gewisse Dinge und haben die Aussagen der Reisenden gehört.«

»Und sind nicht klüger dadurch geworden.«

»Das möchte ich nicht behaupten.«

»Na ja, vielleicht übertreibe ich. Zugegeben, daß Mr. Hardman und die Kammerfrau unser Wissen etwas bereichert haben. Das heißt, eigentlich ist dank ihnen das Ganze noch verwirrter geworden.«

»Nein. Nein. Nein«, versichert der kleine Detektiv.

Mr. Bouc schlug mit der Hand auf den Tisch.

»Dann sprechen Sie doch, und lassen Sie uns an der Weisheit Hercule Poirots teilnehmen!«

»Sagte ich Ihnen nicht gerade, daß ich ein ebenso verblüffter Mensch sei wie Sie? Das hält mich jedoch nicht ab, an das Problem heranzutreten und mit Konsequenz und Bedacht die uns bekannten Tatsachen zu ordnen.« Poirot räusperte sich und glättete streichelnd das Löschblatt. »Lassen Sie uns den Fall durchgehen, wie er sich jetzt unseren Augen bietet. Wir sind im Besitz von gewissen unbestreitbaren Tatsachen ... das können Sie nicht leugnen. Sie trostloser Pessimist! Tatsache Nummer eins: Ratchett oder Cassetti erhielt zwölf Messerstiche und starb vergangene Nacht.«

»Das bestätige ich Ihnen«, sagte Mr. Bouc mit beißender Ironie.

Doch an Hercule Poirot glitt sie ab. Ruhig fuhr er fort:

»Ich will die unbestreitbar sonderbaren Begleiterscheinungen, die Dr. Constantine und ich bereits zusammen erörtert haben, vorläufig mal übergehen. Die nächste Tatsache von Wichtigkeit ist meines Erachtens die Stunde des Verbrechens.«

»Auch das gehört zu den wenigen Dingen, die uns bekannt sind, mon vieux. Der Mord geschah um ein Viertel nach eins. Alles und jedes bezeugt, daß es so ist.«

»Nicht alles und jedes. Sie übertreiben schon wieder. Freilich legen gewisse Umstände Ihre Annahme nahe.«

»Freut mich, daß Sie dies wenigstens zugeben!«

»Drei Möglichkeiten haben wir vor uns:

Die erste, daß das Verbrechen, wie Sie sagen, um ein Viertel nach eins begangen wurde. Dies wird unterstützt durch die um diese Zeit stehengebliebene Uhr, die Aussage Mrs. Hubbards und jene der deutschen Kammerfrau. Ferner paßt es zu Dr. Constantines Gutachten.

Jetzt Möglichkeit Nummer zwei: Man verübte das Verbrechen zu einer späteren Stunde und fälschte das Beweismaterial der Uhr.

Möglichkeit Nummer drei: Man verübte das Verbrechen früher und schritt wie oben zu einer absichtlichen Fälschung.

Wenn uns nun die Möglichkeit Nummer eins als die wahrscheinlichste und die durch die meisten Beweise gestützte erscheint, müssen wir logischerweise auch gewisse Tatsachen mit in Kauf nehmen, die daraus entspringen. Um Ihnen nur eine zu nennen: Wenn das Verbrechen um ein Viertel nach eins begangen wurde, kann der Mörder einfach den Zug nicht verlassen haben. Und mithin erhebt sich die Frage: Wo ist er? Und wer ist es?

Es lohnt sich aber, das Beweismaterial mal durch die Lupe zu betrachten. Zum erstenmal hören wir von dem Vorhandensein dieses Menschen – des kleinen, dunklen mit der hellen Frauenstimme – durch Mr. Hardman. Er sagt, Ratchett habe ihm von dieser Person erzählt und ihn beauftragt, auf der Lauer zu liegen. Hardmans Darstellung wird durch kein Beweismaterial bekräftigt – wir müssen uns wohl oder übel an seinem Wort genügen lassen. Nun die nächste Frage: Ist Hardman der Mann, als den er sich ausgibt? Ein Mitglied des Stabes einer New Yorker Detektiv-Agentur?

Was den Fall für mich so fesselnd macht, ist der Umstand, daß wir aller der Polizei zur Verfügung stehenden Vorteile entbehren. Wir sind nicht imstande, die Glaubwürdigkeit der Reisenden nachzuprüfen, sondern sind restlos auf Schlußfolgerungen angewiesen. Darin, meine Freunde, liegt für mich der Reiz der Angelegenheit. Die übliche schablonenhafte Technik nutzt hier nichts. Nur der Intellekt, der Scharfsinn zählt. Ich lege mir die Frage vor: ›Können wir Hardmans Bericht über sich selbst gelten lassen?‹ Darauf fälle ich meine Entscheidung und sage: ›Ja.‹ Jawohl, ich bin der Meinung, daß wir Hardmans Bericht als richtig hinnehmen dürfen.«

»Sie bauen auf die Intuition – oder, wie der Volksmund sagt, auf den guten Riecher?« meinte Dr. Constantine.

»Durchaus nicht. Ich erwäge die Möglichkeiten. Hardman reist mit einem falschen Paß, was ihn von vornherein verdächtig macht. Das erste, was die Polizei bei ihrem Erscheinen tun wird, ist, Hardman festzuhalten und nach drüben zu kabeln, ob seine Angaben stimmen. Bei einigen Reisenden dürfte das Feststellen ihrer Glaubwürdigkeit Schwierigkeiten bereiten; bei anderen wiederum wird man es erst gar nicht versuchen, da ihre Person über allen Argwohn erhaben ist. Bei Hardman ist alles kinderleicht. Und deshalb sage ich, daß er nicht die ungeheuerliche Dummheit begehen wird, uns falsche Angaben aufzutischen.«

»Also sprechen Sie ihn von jedem Verdacht frei?«

»Fehlgeschossen, mon cher. Sie mißverstehen mich. Soviel ich weiß, könnten bei jedem amerikanischen Detektiv Gründe privater Natur den Wunsch auslösen, Ratchett zu ermorden. Nein, mon ami, ich sage lediglich, daß wir nach meiner Meinung Hardmans Angaben über sich als richtig annehmen dürfen. Seine Schilderung, wie Ratchett seine Dienste in Anspruch genommen habe, klingt ziemlich glaubhaft und ist mit neunzigprozentiger Sicherheit wahr. Wenn wir sie als wahr hinnehmen, müssen wir Ausschau halten, ob sie nicht irgendeine Bestätigung erfährt. Und wir finden diese an einer ganz unvermuteten Stelle – in dem Zeugnis Hildegarde Schmidts. Ihre Beschreibung des Mannes, den sie in Schlafwagenuniform sah, paßt vollkommen. Eine weitere Bestätigung liefert uns der in Mrs. Hubbards Abteil gefundene Knopf. Und dann gibt es noch eine dritte, die Ihnen vielleicht entgangen ist.«

»Welche?«

»Die Tatsache, daß beide, Oberst Arbuthnot und Hector Mac Queen, erwähnen, der Kondukteur sei an ihrem Abteil vorübergegangen. Sie legten dem keine Wichtigkeit bei, aber, Messieurs, Pierre Michel hat erklärt, daß er seinen Sitz nicht verließ außer zu gewissen, genau angeführten Gelegenheiten, von denen ihn keine einzige bis zum äußersten Ende des Wagens, das heißt an MacQueens Abteil vorüber, führte.

Deshalb stützt sich diese Geschichte von einem kleinen dunklen, in Schlafwagenuniform gekleideten Mann auf das Zeugnis – direkt oder indirekt – von vier Personen.«

»Gestatten Sie mir eine Zwischenbemerkung«, sagte der Arzt. »Wenn Hildegarde Schmidts Erzählung auf Wahrheit beruht, wie kommt es dann, daß der wirkliche Kondukteur den falschen nicht zu Gesicht bekam, als er Mrs. Hubbards Klingelzeichen folgte?«

»Mon cher docteur, als Pierre Michel angestürzt kam, um zu sehen, was das ungestüme Klingeln Mrs. Hubbards bedeutete, war die Kammerfrau drinnen bei ihrer Herrin. Als sie schließlich in ihr eigenes Abteil zurückkehrte, war Pierre Michel drinnen bei Mrs. Hubbard.«

Mr. Bouc wartete mit Ungeduld auf das Ende der Erläuterung. »Alles vortrefflich!« rief er hitzig. »Doch während ich Ihre Behutsamkeit, Ihre Methode, immer nur schrittweise vorzugehen, aufrichtig bewundere, mon cher, kann ich nicht umhin, bedauernd festzustellen, daß Sie den Kernpunkt nicht berühren. Wir alle stimmen mit Ihnen darin überein, daß dieser Mann existiert. Wohin aber ging er?«

Hercule Poirot schüttelte mißbilligend den Kopf.

»Sie neigen dazu, den Wagen vor das Pferd zu spannen und

nicht das Pferd vor den Wagen. Bevor ich mich frage: ›Wohin ist dieser Mann verschwunden?‹ fragte ich mich erst: ›Hat solch ein Mann wirklich existiert?‹ Wenn der Mann nämlich eine Erfindung, eine Erdichtung wäre – wieviel leichter würde es dann sein, ihn verschwinden zu lassen! Daher versuche ich vor allem festzustellen, daß er ein Mensch von Fleisch und Blut ist.«

»Diese Feststellung ist ja nun geglückt. Also weiter: ›Wo ist er jetzt?‹«

»Darauf gibt es nur zwei Antworten. Entweder er ist noch im Zug versteckt, an einem mit solcher Gerissenheit ausgesuchten Platz, daß wir nicht darauf verfallen; oder aber er ist – verzeihen Sie die etwas tolle Formulierung! – nicht eine, sondern zwei Personen. Das heißt: Er ist der Mann, den Ratchett fürchtete, und gleichzeitig ein so vorzüglich verkleideter Reisender, daß Ratchett ihn nicht erkannte.«

»Bravo, bravo!« jubelte Mr. Bouc, dessen Gesicht sich aufklärte. Doch gleich darauf legten sich von neuem Wolken darüber. »Ein Widerspruch freilich ...«

Hercule Poirot schnitt ihm das Wort ab.

»Der Wuchs des Mannes – nicht wahr, das wollen Sie sagen? Mit Ausnahme von Mr. Ratchetts Kammerdiener sind alle männlichen Reisenden große Menschen: der Italiener, Oberst Arbuthnot, Hector MacQueen, Graf Andrenyi. Bleibt demnach nur der Kammerdiener, was mich sehr unwahrscheinlich dünkt. Doch erinnern Sie sich bitte der frauenhaften Stimme. Das läßt uns die Wahl zwischen zwei Möglichkeiten. Der Mann kann als Frau verkleidet sein, es kann aber auch tatsächlich eine Frau sein. Eine große Frau wirkt in Männerkleidung klein.«

»Das würde doch Ratchett zweifellos gewußt haben!«

»Möglicherweise wußte er es. Vielleicht hatte diese Frau bereits schon einmal in Männerkleidung einen Attentatsversuch gemacht, und Ratchett, vermutend, daß sie abermals zu diesem Trick greifen würde, beauftragte Hardman, sein Augenmerk auf einen Mann zu richten. Jedoch erwähnt er ausdrücklich seine frauenhafte Stimme.«

»Ganz aus dem Bereich der Möglichkeit liegt das nicht«, meinte Mr. Bouc. »Aber ...«

»Hören Sie mich an, mon ami. Es scheint mir an der Zeit, Sie über etliche Absonderlichkeiten zu unterrichten, die Dr. Constantine beobachtete.« Und ausführlich legte er die Schlußfolgerungen dar, zu denen die Art der Wunden Anlaß gab.

Mr. Bouc stöhnte und wühlte seinen Kopf in die Hände.

»Ich weiß, Sie Ärmster, wie Ihnen zumute ist!« sagte Hercule Poirot mitleidig. »Ihnen brummt der Kopf, nicht?«

»Das Ganze ist ja ein phantastischer Irrgarten . . .!«

»Ja. Es ist absurd . . . unwahrscheinlich; es kann nicht sein. Das habe ich mir auch gepredigt. Und nichtsdestoweniger, mein Freund, ist es so! Den Tatsachen kann man nicht entrinnen.«

»Das ist ja Wahnsinn! Tollheit!«

»Nicht wahr? Es ist so toll, daß ich bisweilen von der Vorstellung befallen werde, es müßte sehr einfach sein.«

»Ah, jetzt martern Sie mich nur nicht noch mit einer Ihrer vielgerühmten ›kleinen Ideen‹! Zwei Mörder«, ächzte der Direktor der Compagnie des Wagons-Lits. »Und in dem Orientexpreß . . .!« Beinahe brachte ihn dieser Gedanke zur Verzweiflung.

Aber Poirots flüchtige Anwandlung von Mitleid schien verflogen. Mit fröhlichem Behagen führte er aus:

»Und nun wollen wir das Phantastische noch phantastischer machen! Vergangene Nacht befinden sich zwei geheimnisvolle Fremde im Zug. Erstens der Schlafwagenkondukteur, der jener uns von Mr. Hardman gegebenen Beschreibung entspricht, und der von Hildegarde Schmidt, Oberst Arbuthnot und Hector MacQueen gesehen wurde. Zweitens die Frau im roten Kimono – eine große, schlanke Frau –, gesehen von Pierre Michel, Miss Debenham, MacQueen und mir selbst . . . und gerochen, möchte ich sagen, von Oberst Arbuthnot. Wer war sie? Keiner im Zug gibt zu, einen scharlachroten Kimono zu besitzen. Auch diese Fremde ist spurlos verschwunden. War sie identisch mit dem falschen Kondukteur . . .? Und wo befinden sich die Uniform und der scharlachrote Kimono jetzt?«

»Ah, da sagen Sie endlich etwas Bestimmtes!« Mr. Bouc sprang so hastig auf, daß sein Stuhl beinahe umkippte. »Wir müssen das gesamte Gepäck der Reisenden sofort durchsuchen!«

Auch Poirot erhob sich.

»Ich will Ihnen etwas prophezeien«, lächelte er vergnügt.

»Wissen Sie etwa, wo die Sachen stecken?«

»Nun, ich habe eine kleine Idee!«

»Kleine Idee! Schon wieder eine kleine Idee!«

»Den roten Kimono werden Sie in dem Gepäck eines der Herren und die Uniform des falschen Schlafwagenkondukteurs in dem Gepäck Hildegarde Schmidts finden.«

»Hildegarde Schmidt? Sie denken . . .«

»Nicht, was Sie denken. Ich will es folgendermaßen ausdrükken: Wenn Fräulein Schmidt schuldig ist, befindet sich die Uniform vielleicht bei ihr; wenn sie hingegen unschuldig ist, liegt die Uniform bestimmt in ihrem Gepäck.«

»Aber wie . . .« begann Mr. Bouc und brach jählings ab, um zu lauschen. »Was ist das für ein Lärm? Es klingt ja wie eine fahrende Lokomotive . . .?«

Der Lärm kam näher. Jetzt unterschied man Schreie und Protest einer Frau. Und jetzt wurde die Tür des Speisewagens aufgerissen. Mrs. Hubbard stürzte herein.

»Oh, oh, das ist zu furchtbar!« kreischte sie. »Wirklich zu furchtbar! In meinem Schwammbeutel! Meinem eigenen Schwammbeutel . . . Ein großes Messer, über und über mit Blut befleckt!«

Und plötzlich taumelte sie vornüber und sank ohnmächtig an Mr. Boucs Schulter.

22

Mit mehr Kraft als Ritterlichkeit brachte der Direktor die ohnmächtige Dame auf einem Stuhl unter und bettete ihren Kopf auf den harten Tisch. Dr. Constantine brüllte nach einem Kellner, der erschrocken herbeigerannt kam.

»Halten Sie ihren Kopf so«, befahl der Arzt. »Und wenn sie wieder aus der Bewußtlosigkeit erwacht, flößen Sie ihr einen kleinen Kognak ein. Verstanden?« Dann eilte er den beiden anderen Männern nach. Sein Interesse galt einzig und allein dem Verbrechen – ohnmächtige Matronen interessierten ihn nicht im mindesten. Wir wollen es dahingestellt sein lassen, ob diese Behandlung Mrs. Hubbard nicht schneller ins Leben zurückrief, als es zarte Fürsorge getan haben würde. Ein paar Minuten später saß sie aufrecht und nippte eifrig den Kognak, den ihr der Kellner befehlsgemäß bot. Und auch das Mundwerk hatte keinen Schaden erlitten.

»Oh, ich kann gar nicht schildern, wie entsetzlich das war! Sicher vermag nicht eine einzige Seele in diesem Zug sich meine Gefühle vorzustellen . . . Schon von Kindesbeinen an bin ich sehr, sehr empfindlich gewesen. Blut? Oh, schon der bloße Anblick von Blut – uff! Sehen Sie, beim Gedanken allein wird mir bereits übel!«

Der Kellner kredenzte abermals das Glas.

»Encore un peu, Madame.«

»Meinen Sie, es täte mir gut? Mein Gott, zeitlebens bin ich eine Gegnerin des Alkohols gewesen. Nicht ein einziges Schlückchen Wein oder Likör hat meine Zunge zu kosten bekommen. Meine sämtlichen Verwandten sind Abstinenzler. Jedoch ... unter den gegenwärtigen Umständen ...«

Von neuem nippte sie.

Derweile waren Poirot und Mr. Bouc, denen Dr. Constantine dicht auf den Fersen folgte, zu Mrs. Hubbards Abteil geeilt.

Vollzählig war die Schar der Reisenden vor der Tür versammelt, und der arme Pierre Michel versuchte sein möglichstes, sie von weiterem Vordringen abzuhalten.

»Mais il n'y a rien à voir«, versicherte er und wiederholte den Satz in verschiedenen anderen Sprachen.

»Wollen Sie mich bitte durchlassen«, sagte Mr. Bouc. Seine rundliche Fülle durch den widerstrebenden Knäuel zwängend und gleichzeitig seinen Gefährten als Bahnbrecher dienend, betrat er das Abteil.

»Gut, daß Sie da sind, Monsieur!« seufzte der Kondukteur erleichtert auf. »Ich allein wäre diesem Ansturm gar nicht gewachsen gewesen! Mein Gott, mein Gott, wie diese amerikanische Dame geschrien hat ...! Ma foi, ich glaubte schon, auch sie würde ermordet. Als ich herbeistürzte, gebärdete sie sich wie eine Wahnsinnige, schluchzte, kreischte, jagte auf den Gang hinaus, um in alle Abteile hineinzuschreien, was ihr passiert sei. Schließlich verlangte sie nach Ihnen und raste dann kurzerhand davon.« Und mit einer Handbewegung setzte er hinzu: »Es ist dort drin, Monsieur. Ich habe es nicht angetastet.«

An der Klinke der Verbindungstür zum Nachbarabteil baumelte ein großgeblümter Schwammbeutel, und genau unter ihm lag – wie er Mrs. Hubbards Hand entfallen war – ein Dolch mit gerader Klinge. Ein billiger Schund, wie ihn Europa für den Orient fabriziert, mit getriebenem Heft und spitz zulaufender Schneide. Und die Schneide war mit Flecken bedeckt, die wie Rost aussahen.

Poirot nahm den Dolch mit spitzen Fingern auf.

»Ja«, murmelte er. »Da ist kein Irrtum möglich. Wir haben die fehlende Waffe gefunden – eh, docteur?«

Der Arzt untersuchte sie.

»Brauchen nicht so vorsichtig zu Werke zu gehen«, sagte Hercule Poirot. »Außer Mrs. Hubbards Fingerspuren werden keine daran sein.«

Dr. Constantines Untersuchung dauerte nicht lange.

»Ja, es ist die Waffe«, bestätigte er, »sie kommt für jede der zahlreichen Wunden in Betracht.«

»Um Gottes willen, mon cher docteur, sagen Sie das nicht! Ich flehe Sie an!«

Der Arzt hob erstaunt den Blick.

»Schon sind wir überlastet mit zufälligen Zusammentreffen«, führte Poirot aus. »Zwei verschiedene Personen entschließen sich, Mr. Ratchett in ein und derselben Nacht zu erstechen. Es wäre zuviel des Guten, wenn sie hierzu auch noch dieselbe Waffe gewählt haben würden!«

»Ah, was das anbetrifft, so wäre die Koinzidenz nicht so schlimm, wie es den Anschein hat«, gab der Doktor zurück. »Zu Tausenden werden diese imitierten Orientwaffen hergestellt und in den Bazaren Istanbuls feilgeboten.«

»Sie trösten mich ein wenig, aber nur ein ganz klein wenig.«

Nachdenklich betrachtete Poirot die Tür, und den Schwammbeutel fortnehmend, probierte er die Klinke. Doch die Tür wich nicht vom Fleck. Etwa 30 cm oberhalb der Klinke befand sich der Riegel, den er nun zurückzog. Aber noch immer ließ sich die Tür nicht öffnen.

»Wir schlossen sie von der anderen Seite ab«, glaubte der Arzt erinnern zu müssen.

»Stimmt«, erwiderte der kleine Belgier zerstreut. Er schien über etwas ganz anderes nachzugrübeln, und die tiefen Falten wichen nicht von seiner Stirn.

Für Mr. Bouc hingegen lagen die Dinge sehr einfach.

»Der Verbrecher stahl sich durch dieses Abteil«, erläuterte er. »Als er nach vollbrachtem Mord die Verbindungstür hinter sich schloß, fühlte er den Schwammbeutel. Ein Gedanke durchzuckte sein Hirn, und blitzschnell ließ er die blutbefleckte Waffe hineingleiten. Dann schlüpfte er, nicht ahnend, daß er Mrs. Hubbard aus dem Schlaf weckte, durch die andere Tür in den Korridor hinaus.«

»Ja, so muß es sich abgespielt haben«, murmelte Poirot. Jedoch überzeugt klang es nicht. Und nach wie vor lag auf seinem Gesicht ein Ausdruck von Verwirrung und Bestürzung.

»Was gibt's denn?«

»Fällt Ihnen denn nichts auf? Nein? Nun, es ist ja auch nur eine Geringfügigkeit.«

Der Kondukteur steckte seinen Kopf zur Tür hinein.

»Die amerikanische Dame kommt zurück.«

Dr. Constantine blickte ziemlich schuldbewußt drein. Er fühlte, daß er die Patientin eigentlich nicht sehr fürsorglich behandelt hatte. Doch Mrs. Hubbard machte ihm keinerlei Vorwürfe. Ihre ganze Energie war auf eine andere Sache gerichtet.

»Messieurs, warum lange Umschweife?« begann sie atemlos, als sie am Ziel angelangt war. »Also rund heraus: Ich gedenke in diesem Abteil nicht länger zu bleiben. Nein, und wenn man mir eine Million Dollar böte, würde ich nicht noch eine Nacht hier schlafen!«

»Aber, Madame . . .«

»Ich weiß, was Sie sagen wollen. Doch sparen Sie sich die Mühe. Lieber sitze ich die ganze Nacht draußen im Korridor.« Jetzt fing sie jämmerlich an zu schluchzen. »Oh, wenn meine Tochter das nur ahnte . . . oder wenn sie mich jetzt sehen würde . . .«

»Madame«, unterbrach Poirot dieses Klagelied, »Ihr Verlangen ist durchaus gerechtfertigt. Ihr Gepäck soll unverzüglich in ein anderes Abteil geschafft werden.« Das Taschentuch sank von den geröteten Lidern herab.

»Ja. Wirklich . . .? Oh, gleich fühle ich mich viel besser. Doch wohin mit mir? Es ist ja alles besetzt.«

Diese Frage entschied Mr. Bouc.

»Sie werden nicht nur in ein anderes Abteil, sondern in einen anderen Wagen übersiedeln, Madame. In den Wagen, der in Belgrad angehängt wurde.«

»Wahrhaftig? Oh, das ist großartig! Sehen Sie, Messieurs, ich bin durchaus nicht zimperlich und nervös, indes Wand an Wand mit einem Toten schlafen . . .« Sie schauderte. »Das würde mich um den Verstand bringen.«

»Michel!« rief Mr. Bouc. »Schaffen Sie das Gepäck in ein leeres Abteil des Athener Wagens.«

»Jawohl, Monsieur. In dasselbe Abteil wie dies? Ebenfalls Nr. 3?«

»Nein«, entschied Poirot, noch ehe sein Landsmann antworten konnte. »Ich halte es für besser, wenn Madame eine ganz andere Nummer bekommt. Nr. 12 zum Beispiel.«

»Bien, Monsieur.«

Während der Kondukteur sich des ersten Koffers bemächtigte, wandte sich Mrs. Hubbard dankbar an Hercule Poirot.

»Wie nett, wie zartfühlend von Ihnen! Ich weiß das zu würdigen – glauben Sie es.«

»Nicht der Rede wert, Madame. Wir werden mit Ihnen kommen und uns überzeugen, daß alles nur mögliche zu Ihrem Behagen getan wird.«

Mit einer Eskorte von drei Männern begab sich Mrs. Hubbard zu ihrer neuen Residenz, und glückstrahlend nahm sie sie in Augenschein.

»Das ist schön.«

»Ja, gefällt es Ihnen, Madame? Es gleicht vollständig Ihrem bisherigen Raum.«

»Nur sieht man nach der anderen Seite. Aber das schadet nichts. Als ich abfuhr, sagte ich zu meiner Tochter: ›Kind, ich will mit dem Gesicht nach der Lokomotive zu sitzen.‹ Doch meine Tochter meinte: ›Mammi, damit ist dir nicht geholfen. Wenn du einschläfst, fährst du vorwärts, und wenn du morgens aufwachst, fährst du vielleicht rückwärts.‹ Und sie hatte recht, das gute Kind. Gestern abend in Belgrad dampfte der Zug wieder in derselben Richtung, wie er gekommen, zur Station hinaus, und ich fuhr dadurch verkehrt.«

»Jedenfalls sind Sie jetzt ganz zufrieden und glücklich, ja, Madame?«

»Ganz . . .? Das wäre zuviel gesagt. Ganz zufrieden, wenn man im Schnee feststeckt und niemand sich darum kümmert, daß wir wieder loskommen? Bedenken Sie doch, daß mein Dampfer übermorgen abgeht!«

»Madame, wir befinden uns alle in der gleichen Lage«, erinnerte Mr. Bouc.

»Ja, das ist freilich wahr. Doch niemand von Ihnen wurde durch einen Mörder aufgeweckt, der sich mitten in der Nacht durchs Abteil schleicht!«

»Was mich befremdet«, griff Poirot ein, »ist, wieso der Mörder in Ihr Abteil gelangte, wenn die Verbindungstür, wie Sie angeben, abgeriegelt war? Sind Sie denn sicher, daß sie abgeriegelt war?«

»Mein Gott, die schwedische Dame überzeugte sich doch vor meinen eigenen Augen davon!«

»Wenn es Sie nicht langweilt, wollen wir die kleine Szene

noch einmal im Geist durchgehen. Nicht wahr, Sie lagen schon im Bett? Und deshalb konnten Sie nicht selbst nachsehen.«

»Nein, wegen des Schwammbeutels. Oh, ich werde mir einen neuen anschaffen müssen! Mir dreht sich der Magen um, sobald mein Blick auf den alten Beutel fällt.«

Hercule Poirot nahm den armen, unschuldigen Gummibeutel und hängte ihn über die Klinke der Verbindungstür.

»Sicherlich! Der Beutel verdeckte den Riegel, so daß Sie tatsächlich vom Bett aus nicht die Stellung des Riegels wahrnehmen konnten.«

»Aber das habe ich Ihnen doch schon längst gesagt!«

»Und die schwedische Dame, Miss Ohlsson, stand so, nicht wahr? Zwischen Ihnen und der Tür. Und sie behauptete, es sei abgeriegelt.«

»Ja.«

»Desungeachtet kann sie sich geirrt haben. Bitte, sehen Sie, was ich meine.« Poirot schien bestrebt zu sein, seine Worte durch Beispiele eindeutig klarzumachen. »Der Riegel ist ein bewegliches Metallstück, das, nach rechts gedreht, die Tür verschließt; steht es gerade, so ist sie offen. Vielleicht beachtete die schwedische Dame die Stellung des Riegels gar nicht, sondern bewegte die Klinke, und da die Tür von jenseits abgeschlossen war und sich infolgedessen nicht öffnete, mag die Dame angenommen haben, sie sei von Ihrer Seite abgesperrt.«

»Nun, das wäre doch der Gipfel der Dummheit!«

»Madame, die liebenswürdigsten und gutherzigsten Menschen sind nicht immer die gescheitesten.«

»Da haben Sie allerdings recht.«

»Benutzten Sie übrigens auf Ihrer ganzen Reiseroute die Eisenbahn, Madame?«

»Nein. Ich fuhr mit dem Dampfer ohne Aufenthalt nach Istanbul, wo mich ein Freund meiner Tochter – Mr. Johnson, ein reizender Mensch nebenbei! Sie, Monsieur, würden entzückt von ihm sein –, also wo mich Mr. Johnson empfing und mir ganz Istanbul zeigte. Selten hat mich eine Stadt so enttäuscht wie diese. Altes bröckliges Gemäuer, winklige Straßen – puh! Und gar erst die Moscheen, von denen man so viel Aufhebens macht und die man erst betreten darf, wenn man monströse Filzungeheuer über die eigenen Schuhe gestreift hat . . . Doch ich schweife wohl ab? Wovon sprach ich doch?«

»Sie erzählten, daß Mr. Johnson Sie empfangen habe.«

»Ja, richtig. Und er geleitete mich auch an Bord des französischen Dampfers, den ich bis Smyrna benutzte. Dort auf dem Kai erwartete mich mein Schwiegersohn. Mein Gott, was wird er sagen, wenn er dies alles erfährt . . .! Und vor allem meine Tochter! Wie hat sie mir versichert, die Reise sei unvorstellbar einfach. Du machst es dir in deinem Abteil schön bequem, Mammi, sagte sie, und fährst ohne Umsteigen durch bis Paris. Oh, wenn das gute Kind ahnte . . .! Monsieur, wie soll ich es nur bewerkstelligen, meine Kabinenbestellung rückgängig zu machen? Helfen Sie mir doch! Oh, oh, es ist entsetzlich . . .!«

Von neuem drohte Mrs. Hubbards Tränenstrom loszubrechen, und Poirot, der nervös zu werden begann, ergriff schnell die sich ihm bietende Gelegenheit.

»Sie haben einen Nervenschock erlitten, Madame. Der Kellner wird Ihnen zu Ihrer Stärkung etwas Tee servieren.«

»Tee? Ich weiß nicht, ob der bei mir kräftigend wirkt«, erwiderte Mrs. Hubbard mit tränenschwerer Stimme. »Das Teetrinken ist mehr eine englische Gewohnheit.«

»Dann Kaffee, Madame. Sie brauchen ein Anregungsmittel.«

»Ja. Aber der Kognak vorhin rief einen leichten Schwindel hervor. Kaffee . . . ja, ich glaube, der wird mir guttun.«

»Fraglos, Madame. Sie müssen Ihre Kräfte wieder beleben. Doch zuvor die Erfüllung einer kleinen Förmlichkeit. Sie erlauben gütigst, daß ich Ihr Gepäck durchsehe?«

»Weshalb?«

»Wir sind im Begriff, eine Durchsicht des gesamten im Zug befindlichen Gepäcks zu beginnen. Ich möchte keine unliebsame Erinnerung wachrufen, Madame, jedoch Ihr Schwammbeutel . . .! Vor ähnlichen Überraschungen werden Sie dadurch geschützt.«

»Gerechter Gott, still davon! Ja, ja, sehen Sie alles durch. Einen zweiten derartigen Schreck könnte ich nicht ertragen.«

Die Durchsicht ging schnell vonstatten. Mrs. Hubbard reiste mit einem Minimum von Gepäck – einer Hutschachtel, einem billigen Vulkanfiberkoffer und einer ziemlich vollgepfropften kleinen Handtasche. Der Inhalt sämtlicher drei Gepäckstücke war schlicht und anständig, und man hätte an ihn nur wenige Minuten zu verschwenden brauchen, wenn Mrs. Hubbard nicht darauf bestanden hätte, daß man den Fotografien von »meiner Tochter« und zwei ziemlich häßlichen Kindern gebührende Beachtung zollte. »Die Kinder meiner Tochter. Sind sie nicht goldig . . .? Und so klug!«

23

Nachdem er sich um verschiedene höfliche Unaufrichtigkeiten erleichtert und Mrs. Hubbard erzählt hatte, daß der Kellner ihr den Kaffee unverzüglich bringen würde, gelang es Poirot, mit seinen beiden Begleitern das Abteil zu verlassen.

»Der Anfang war eine Niete«, bemerkte Mr. Bouc draußen. »Wessen Gepäck kommt jetzt an die Reihe?«

»Am einfachsten wäre es, systematisch Abteil nach Abteil vorzunehmen. Mit anderen Worten: Wir beginnen mit Nr. 16, dem zuvorkommenden Mr. Hardman.«

Der Amerikaner, der eine Zigarre rauchte, bewillkommnete sie mit burschikoser Herzlichkeit.

»Immer nur hereinspaziert, Gentlemen – das heißt, wenn es menschenmöglich ist. Mein Empfangssalon ist ein bißchen eng für so viele Gäste . . . Das Gepäck? Aber selbstverständlich. Im Vertrauen gesagt, habe ich mich schon gewundert, daß Sie so lange damit zögerten. Hier sind meine Schlüssel, Gentlemen, und wenn Sie auch meine Hosen- oder Rocktaschen revidieren wollen – ich habe nichts dagegen. Soll ich Ihnen die Köfferchen 'runterholen?«

»Das kann der Kondukteur besorgen . . . Michel!«

Der Inhalt von Mrs. Hardmans zwei soliden Lederkoffern war bald gesichtet und für gut befunden. Sie bargen einen unziemlich reichen Vorrat an geistigen Getränken.

»Wenn man mit dem Kondukteur ein vernünftiges Wort redet, suchen sie einem an den Grenzen die Koffer nicht durch«, lachte Mr. Hardman verschmitzt. »Nun, und ich knauserte nicht mit ein paar Lappen türkischer Banknoten, so daß mir vorderhand keine Gefahr droht.«

»Und in Paris?«

»Pah, in Paris! Bis wir dort sind, ist der Vorrat so zusammengeschmolzen, daß er in eine einzige Flasche hineingeht, die ein Etikett mit der Aufschrift Haarwasser erhält.«

»Ein Anhänger der Prohibition sind Sie also nicht, Monsieur Hardman«, stellte Mr. Bouc lächend fest.

»Ach, was die Prohibition anbelangt, so müßte ich lügen, wenn ich sagen würde, ich hätte darunter gelitten.«

»Ja, ja, die Flüsterkneipen!« Mr. Bouc brachte das Wort mit genießerischem Behagen über die Lippen. »Ihr Amerikaner prägt Ausdrücke, die wundervoll sind!«

»Ich möchte Amerika sehr gern mal einen Besuch abstatten«, erklärte Hercule Poirot.

»Sie würden drüben allerhand fortschrittliche Dinge kennenlernen, von denen Europa noch nichts weiß. Europa liebt den gemächlichen Trott, es mag nicht aufgerüttelt werden.«

»Wer wagte wohl zu bestreiten, daß Amerika das Land des Fortschritts ist!« erwiderte Poirot. »Und es gibt mancherlei, was ich bei den Amerikanern bewundere. Jedoch – jetzt schelten Sie mich sicher altmodisch! – finde ich die amerikanischen Frauen weniger reizvoll als meine eigenen Landsmänninnen. Niemand kommt den koketten, charmanten belgischen oder französischen Mädchen gleich.«

Hardman wandte sich ab, um eine Minute lang in den Schnee hinauszustarren.

»Vielleicht haben Sie recht, Monsieur Poirot«, sagte er endlich. »Aber ich glaube, jede Nation stellt ihre eigenen Mädchen am höchsten.«

Er blinzelte, als blende ihn der Schnee.

»Es ist ein bißchen viel auf einmal«, warf er hin. »Mord und Schneeverwehungen und das Nichtstun. Man trödelt herum und weiß nicht, wie man die Zeit totschlagen soll. Ich fühle mich am wohlsten, wenn ich hinter irgendwem oder irgendwas herjage.«

»Im unverfälschten westlichen Hetztempo, wie?« lachte Poirot.

Pierre Michel verstaute die Koffer wieder an ihren Platz, und das Kleeblatt ging zum nächsten Abteil weiter. Dort saß Oberst Arbuthnot in einer Ecke, rauchte eine Pfeife und durchblätterte eine illustrierte Zeitschrift.

Poirot erklärte den Grund ihres Kommens, und der Brite machte keinerlei Einwände.

»Zwei Koffer habe ich bei mir; mein übriges Gepäck geht auf dem Seeweg nach England.«

Wie die meisten Offiziere war Oberst Arbuthnot ein ordnungsliebender Mensch. Schuhe, Kragen, Wäsche, Krawatten – alles lag schön säuberlich in Reih und Glied, und die Anzüge waren sorgsam zusammengefaltet. Unter dem Kleinkram bemerkte Poirot ein Päckchen Pfeifenreiniger.

»Benutzen Sie immer dieselbe Sorte?« forschte er.

»Meistens. Sofern ich sie bekomme.«

Diese Pfeifenreiniger glichen genau jenem, der auf dem Fußboden von Ratchetts Abteil gelegen hatte. Als sie sich wieder draußen im Gang befanden, machte Dr. Constantine eine dahinzielende Bemerkung.

»Tout de même«, brummte Poirot. »Ich kann es nicht glauben. Es liegt nicht in seinem Charakter. Und damit ist alles gesagt.«

Die Tür des nächsten Abteils war geschlossen. Mr. Bouc klopfte, worauf drinnen Prinzessin Dragomiroffs tiefe Stimme auffordernd rief: »Entrez!«

Hercule Poirot überließ es seinem Landsmann, den Wortführer zu spielen, und der Direktor setzte ehrerbietig und höflich ihr Anliegen auseinander. Die Prinzessin hörte ihn ruhig an, keine Miene ihres Krötengesichtes veränderte sich.

»Wenn es nötig ist, Messieurs – dann bitte«, erwiderte sie, als Mr. Bouc schwieg. »Die Schlüssel hat meine Kammerfrau, die Ihnen behilflich sein wird.«

»Bewahrt Fräulein Schmidt stets Ihre Schlüssel, Madame?« erkundigte sich Poirot.

»Allerdings, Monsieur.«

»Und wenn während der Nacht die Zollbeamten an irgendeiner Grenze das Öffnen der Koffer verlangen sollten?«

Die alte Dame zuckte die Schultern.

»Das ist ziemlich unwahrscheinlich. Aber gesetzt den Fall, so würde der Kondukteur eben Fräulein Schmidt herbeiholen.«

»Trauen Sie ihr blindlings, Madame?«

»Das habe ich Ihnen doch bereits früher gesagt. Ich pflege keine Leute in meinen Dienst zu nehmen, denen ich nicht traue.«

»Ja, Vertrauen ist etwas Wertvolles heutzutage«, sagte Hercule Poirot nachdenklich. »Eine reizlose, einfache Frau, der man trauen kann, wiegt sicher eine feschere Zofe auf – zum Beispiel irgendeine schicke Pariserin.«

Er sah, wie die dunklen, intelligenten Krötenaugen sich in sein Gesicht bohrten.

»Wohin zielen Sie eigentlich, Monsieur Poirot?«

»Zielen ...? Ich? Rien, Madame, rien!«

»Keine Ausflüchte? Sie denken, daß ich von Rechts wegen eine gewandte Französin für meine Toilette haben müßte.«

»Es würde das Üblichere sein, Madame.«

Sie schüttelte den häßlichen Kopf.

»Hildegarde Schmidt ist treu und zuverlässig. Zwei Tugenden, die unbezahlbar sind.«

Jetzt trat die Kammerfrau mit den Schlüsseln ins Abteil. Die Prinzessin befahl ihr, die Koffer zu öffnen und den Herren bei ihrer Aufgabe zu helfen. Sie selbst stellte sich im Korridor ans Fenster und blickte in die winterliche Weiße hinaus.

»Nun, Monsieur, wünschen Sie sich nicht von dem Inhalt meiner Koffer zu überzeugen?« fragte sie, als Poirot an ihre Seite trat und Mr. Bouc die Durchsicht überließ.

Er schüttelte den Kopf.

»Sind Sie so sicher, daß es sich erübrigt, Monsieur?«

»Ja.«

»Und dennoch kannte und liebte ich Sonja Armstrong. Was denken Sie denn? Daß ich meine Hände nicht mit dem Blut einer solchen Kanaille wie Cassetti besudeln würde . . .? Nun, vielleicht haben Sie recht!«

Sie schwieg ein paar Minuten, um dann fortzufahren:

»Wissen Sie, wie ich mit einem derartigen Menschen gern verfahren wäre? Ich würde meinen Dienern zurufen: Geißelt diesen Mann zu Tode und werft ihn hernach auf den Kehrichthaufen. So verfuhr man in meiner Jugend, Monsieur.«

Noch immer gab er keine Antwort, sondern lauschte nur aufmerksam. Und mit jähem Ungestüm fragte sie schroff:

»Warum sagen Sie nichts, Monsieur Poirot? Ich möchte wissen, woran Sie denken.«

»Ich denke, Madame, daß Ihre Stärke in Ihrem Willen liegt, nicht in Ihrem Arm.«

Prinzessin Dragomiroff blickte auf ihre dünnen, schwarzbekleideten Arme, die in jenen klauenartigen, beringten Händen endigten.

»Es ist wahr«, gab sie zu, »es mangelt ihnen an Kraft. Aber ich weiß nicht, ob mich das betrübt oder freut.«

Dann drehte sie sich plötzlich um und ging in ihr Abteil zurück, wo die Kammerfrau emsig mit den Koffern, Taschen und Schachteln hantierte. Mr. Boucs Entschuldigungen schnitt sie kurz ab.

»Überflüssig, Monsieur!« sprach die tiefe Stimme. »Ein Mord ist geschehen und zwingt zu verschiedenen Maßnahmen. Voilà!«

»Vous êtes bien aimable, Madame.«

Die Türen der beiden nächsten Abteile waren geschlossen. Mr. Bouc blieb stehen und kratzte sich den Kopf.

»Diable!« fluchte er leise. »Sie wissen, mon ami, Diplomatengepäck ist gefeit gegen Durchsuchung.«

»Gegen Durchsuchung von seiten der Zollbeamten. Aber in einem Mordfall gelten die sonstigen Regeln nichts.«

»Gewiß, gewiß. Trotz allem . . . Wir wollen keine Verwicklungen . . .«

»Keine Bange, dazu kommt es nicht. Graf und Gräfin Andrenyi werden vernünftig sein. Sie sahen doch eben, wie Prinzessin Dragomiroff sich dazu stellte.«

»Ah, sie ist die wahre grande dame. Und wenn dies Ehepaar auch derselben Gesellschaftsschicht angehört, so scheint mit dem Grafen doch nicht gut Kirschenessen zu sein. Ihm widerstrebte es sichtlich, als Sie darauf drangen, auch die Gräfin zu verhören. Und dies wird ihn noch mehr erbosen. Wollen wir sie nicht übergehen, mon ami? Die beiden können doch gar nichts mit der Angelegenheit zu schaffen haben. Und warum soll ich mir selbst eine schlimme Suppe einbrocken?«

»Ich bin überzeugt, daß Graf Andrenyi vernünftig sein wird«, beharrte der kleine Detektiv. »Auf jeden Fall wollen wir unser Heil versuchen.«

Ehe Mr. Bouc antworten konnte, pochte er heftig an die Tür des Abteils Nr. 13.

»Entrez!«

Der Graf las eine ungarische Zeitung, während die Gräfin zusammengekuschelt in der Fensterecke hockte. Hinter ihrem Kopf steckte ein Kissen, und sie schien geschlafen zu haben.

»Pardon, Monsieur le Comte«, begann Poirot. »Bitte, vergen Sie unser Eindringen hier nicht. Wir machen eine systematische Revision sämtlicher Koffer. In den meisten Fällen eine reine Formalität, die jedoch erledigt werden muß. Mr. Bouc deutete an, daß Sie als Inhaber eines Diplomatenpasses mit Fug und Recht auf Befreiung von der Durchsuchung dringen könnten.«

Eine Minute überlegte der Graf.

»Nein, mir liegt nichts daran, daß man eine Ausnahme mit mir macht«, entschied er dann. »Ich ziehe im Gegenteil vor, daß mein Gepäck genau wie das der übrigen Reisenden besichtigt wird.« Er wandte sich an seine Frau. »Oder hast du Einwendungen, Elena?«

»Keineswegs.«

Es erfolgte eine rasche und etwas flüchtige Revision. Hercule Poirot versuchte offenbar, durch nichtige kleine Bemerkungen über das Peinliche hinwegzuhelfen. So sagte er gerade: »Auf Ihrem Koffer hier, Madame, ist ein Etikett ganz feucht«, und zeigte dabei auf eine blaue Saffianledertasche, mit Monogramm und einer Krone verziert.

Die Gräfin erwiderte nichts. Das Ganze langweilte sie anscheinend. Sie verharrte in ihrer Ecke, starrte zum Fenster hinaus und rührte sich auch nicht, als die Herren in das zweite Abteil hinübergingen.

Poirot beendigte seine Untersuchung, indem er das kleine Wandschränkchen oberhalb des Waschbeckens öffnete und einen raschen Blick über den Inhalt gleiten ließ – ein Schwamm, Gesichtscreme, Puder und ein kleines Fläschchen mit der Aufschrift »Trional«. Nach ein paar höflichen Bemerkungen von beiden Seiten zog sich hierauf Poirot mit seinen Trabanten zurück.

An Mr. Hubbards Abteil, an Ratchetts und Poirots eigenem gingen sie vorüber und nahmen die Abteile zweiter Klasse in Angriff. Das erste, Nr. 10 und 11, gehörte Mary Debenham, die ein Buch las, und Greta Ohlsson, die fest schlief, aber beim Eintritt der drei in die Höhe fuhr.

Der kleine Belgier wiederholte seine Formel. Mary Debenham hörte sie gleichmütig an, während sich der Schwedin eine leichte Unruhe bemächtigte.

»Wenn Sie erlauben, Mademoiselle«, richtete Poirot an die letztere das Wort, »werden wir Ihr Gepäck zuerst vornehmen, und hernach haben Sie vielleicht die Güte, nachzusehen, wie es der amerikanischen Dame geht. Wir haben sie in einem Abteil des Nachbarwagens untergebracht, aber die schreckliche Entdekkung in ihrem Schwammbeutel macht sich noch bei ihr geltend. Ich bestellte für sie zwar Kaffee, aber meiner Meinung nach wird die Möglichkeit, sich auszusprechen, viel heilsamer und lindernder wirken als alles andere.«

Sofort gewann das Mitleid bei der Schwedin die Oberhand. Jaja, sofort würde sie gehen. Die Koffer seien ja unverschlossen, man könne sie auch in ihrer Abwesenheit durchsehen. Die arme, arme Dame! Zu den Strapazen der Reise und dem Trennungsschmerz von der geliebten Tochter nun auch noch diesen Schreck! Ah, vielleicht würde das Riechfläschchen mit Ammoniak gute Dienste leisten ...

Und schon eilte die hilfsbereite Samariterin davon. Ihre Habseligkeiten waren schnell geprüft. Auch die Hutschachtel kam an die Reihe – das Fehlen der beiden Drahthäuflein hatte die Eigentümerin wohl nicht bemerkt.

Mary Debenham hatte ihr Buch sinken lassen und beobachtete Poirot bei seiner Beschäftigung. Als er sich ihrem Gepäck zuwenden wollte, reichte sie ihm nachlässig die Schlüssel.

»Warum haben Sie sie fortgeschickt, Monsieur?«

»Warum?« Er öffnete den Deckel des ersten Koffers. »Warum? Damit sie der amerikanischen Dame beisteht.«

»Ein vortrefflicher Vorwand – aber desungeachtet ein Vorwand!«

»Ich verstehe nicht, Mademoiselle.«

Sie lächelte seltsam.

»Nicht wahr, Monsieur Poirot, Sie wünschten mich allein zu fassen?«

»Mademoiselle, Sie legen mir Worte in den Mund, die . . .«

»Und Ideen in Ihren Kopf? Nein, nein, die Ideen sind schon da! Stimmt's?«

»Mademoiselle, wir haben ein Sprichwort . . .«

»Qui s'excuse, s'accuse. Meinten Sie das? Ein bißchen Beobachtungsgabe und gesunden Menschenverstand dürfen Sie mir schon zutrauen, Monsieur Poirot. Aus dem einen oder anderen Grund haben Sie es sich in den Kopf gesetzt, daß ich über diese düstere Affäre Bescheid wisse – über die Ermordung eines Mannes, den ich nie zuvor gesehen.«

»Das bilden Sie sich ein, Mademoiselle.«

»Nichts bilde ich mir ein. Aber warum immer dies versteckte Spiel? Warum immer dies Auf-den-Busch-Klopfen, anstatt ehrlich mit der Sprache herausrücken? Warum Umschweife und Zeitvergeudung?«

»Zeitvergeudung schätzen Sie nicht – das weiß ich bereits. Eh bien, dann will ich die direkte Methode anwenden und Sie nach der Bedeutung gewisser Worte, die ich während der Reise in Syrien auffing, fragen. Auf der Station Konya drangen in der Stille der Nacht Ihre und Oberst Arbuthnots Stimmen zu mir. Sie sagten zu ihm, Mademoiselle: ›Nicht jetzt. Nicht jetzt. Wenn alles vorbei ist. Wenn es hinter uns liegt . . .‹ Was meinten Sie damit?«

»Glauben Sie, ich meinte – Mord?«

»Ich bin es, der Sie fragte, Mademoiselle.«

Sie seufzte, starrte ein paar Sekunden gedankenverloren vor sich hin und erklärte dann:

»Natürlich hatten jene Worte eine Bedeutung, aber eine, die ich Ihnen nicht klarmachen kann. Jedoch kann ich Ihnen mein heiligstes Ehrenwort geben, daß ich diesen Ratchett zum erstenmal in meinem Leben hier in unserem Zug sah.«

»Und Sie weigern sich, jene Sätze zu erklären?«

»Ja. Ich weigere mich – wenn Sie es so auslegen. Die Sätze bezogen sich auf ein von mir unternommenes Werk.«

»Das jetzt beendet ist?«

»Wieso?«

»Ist es beendet oder nicht?«

»Interessiert Sie das so sehr?«

»Hören Sie mich an, Mademoiselle. Am Tag, an dem wir Istanbul erreichen mußten, hatte unser syrischer Zug einen nicht programmäßigen Aufenthalt, worüber Sie sich ungeheuer erregten. Sie, die Sie so ruhig, so selbstbeherrscht sind, verloren die Ruhe.«

»Gewiß. Ich wollte meinen Anschluß nicht verpassen.«

»So sagten Sie. Der Orient-Expreß fährt aber an jedem Wochentag von Istanbul ab. Selbst wenn Sie den Anschluß versäumten, so hätte es sich nur um eine vierundzwanzigstündige Verspätung gehandelt.«

Zum erstenmal wurde Mary Debenham gereizt.

»Vermögen Sie sich nicht vorzustellen, daß man in London von Freunden erwartet wird? Daß eine eintägige Verspätung Verabredungen über den Haufen wirft und eine Menge Mißhelligkeiten im Gefolge hat?«

»Ah, das war es! Sie werden von Freunden erwartet? Sie wünschen Ihnen keine Ungelegenheiten zu bereiten?«

»Natürlich.«

»Und trotzdem – es ist sonderbar ...«

»Was ist sonderbar?«

»Mit diesem Zug haben wir wiederum eine Verspätung. Diesmal jedoch eine ernstliche. Und obwohl keine Möglichkeit besteht, Ihre Londoner Freunde telegrafisch oder telefonisch zu benachrichtigen, verraten Sie nicht die mindeste Ungeduld. Nein, Sie sind gleichmütig und philosophisch.«

Mary Debenham errötete und nagte an ihrer Unterlippe.

»Sie antworten mir ja nicht, Mademoiselle.«

»Verzeihung. Ich wußte nicht, daß Sie eine Antwort erwarteten.«

»Ich erwarte die Erklärung für Ihre veränderte Haltung, Mademoiselle.«

»Meinen Sie nicht, Monsieur Poirot, daß Sie ein Nichts zu einer Ungeheuerlichkeit aufbauschen?«

»Vielleicht ist das ein Fehler, in den wir Detektive leicht verfallen«, gestand Poirot, indem er mit den Händen eine entschuldigende Geste vollführte. »Wir erwarten, daß sich das Gebaren immer gleichbleibt; wir gestatten keine Launen oder Stimmungen.«

Die junge Engländerin erwiderte nichts.

»Kennen Sie Oberst Arbuthnot gut, Mademoiselle?«

Bildete er es sich ein, oder fühlte sie sich durch den Gesprächswechsel erleichtert?

»Unsere Wege kreuzten sich auf dieser Reise zum erstenmal.«

»Vermuten Sie, daß er Ratchett schon früher gekannt hat?«

Jetzt schüttelte Mary Debenham entschieden den Kopf.

»Keinesfalls.«

»Nichtsdestoweniger fanden wir vor dem Bett des Toten einen Pfeifenreiniger. Und Oberst Arbuthnot ist der einzige Reisende, der Pfeife raucht.«

Poirot beobachtete jede Miene in ihrem Gesicht, aber es zeigte weder Erstaunen noch Erregung.

»Unsinn! Das ist albern. Oberst Arbuthnot ist der letzte Mann auf der Welt, der sich in ein Verbrechen verwickeln ließe – besonders in solch ein theatralisches Verbrechen wie dieses.«

Ihr Urteil stimmte so sehr mit Poirots eigenem überein, daß er ihr beinahe laut zugestimmt hätte. Aber er zügelte rechtzeitig seine Zunge und sagte statt dessen: »Ich muß Sie erinnern, Mademoiselle, daß Sie ihn doch nur flüchtig kennen.«

»Aber ich kenne den Typ gut genug.«

»Mademoiselle« – es klang väterlich gütig – »weigern Sie sich noch immer, mir die Bedeutung der Worte ›Wenn es hinter uns liegt . . .‹ zu nennen?«

»Ich habe Ihnen nichts mehr zu sagen«, fertigte sie den lästigen Frager kalt ab.

»Schön. Ich werde es auch so ausfindig machen!« Und Hercule Poirot verbeugte sich und verließ das Abteil.

»War das klug, mon vieux?« meinte Mr. Bouc besorgt. »Jetzt ist sie auf der Hut, und durch sie wird auch der Oberst auf der Hut sein.«

»Wenn Sie ein Kaninchen fangen wollen, setzen Sie ein Frettchen in den Bau, und wenn das Kaninchen drin ist, schießt es hervor. Diese Regel habe ich befolgt – mehr nicht.«

Hildegarde Schmidt stand in ihrem Abteil schon in Bereitschaft, respektvoll, aber gelassen. Poirot musterte mit scharfem Blick den Inhalt des kleinen Koffers auf dem Sitz. Hierauf ließ er durch den Kondukteur den schweren Koffer herunterholen.

»Die Schlüssel?«

»Er ist nicht abgeschlossen, Monsieur.«

Poirot klappte die Schließen auf und sodann den Deckel.

»Aha!« schmunzelte er. Und über die Schulter rief er Mr. Bouc zu: »Erinnern Sie sich meiner Prophezeiung? Sehen Sie mal!«

Ganz obenauf lag eine zusammengerollte Schlafwagenuniform.

Nun geriet auch die Schwerfälligkeit der Deutschen ins Wanken.

»So wahr ein Gott im Himmel lebt – diese Uniform gehört nicht mir!« schrie sie. »Und ich habe sie dort auch nicht hineingelegt. Seit wir Istanbul verließen, rührte ich den Koffer nicht an. Wahrhaftig nicht! Wahrhaftig nicht ...!«

Flehend wanderten ihre Augen von einem der Männer zum anderen.

»Wir glauben es Ihnen.« Freundlich klopfte Hercule Poirot ihren Arm. »Ruhig, ruhig, gute Frau. Ich bin genauso sicher, daß Sie die Uniform dort nicht verbargen, wie ich sicher bin, daß Sie eine ganz vortreffliche Köchin sind ... Na, sind Sie nicht eine vortreffliche Köchin?«

Unwillkürlich lächelte Hildegarde Schmidt.

»Ja, meine Kochkunst haben alle meine Damen gelobt. Ich ...« Sie hielt inne – erschreckter fast als vorhin.

»Was gibt es denn, Sie Hasenfuß?« scherzte Poirot. »Es ist doch alles in Ordnung. Sehen Sie, jetzt werde ich Ihnen erzählen, wie es sich zugetragen hat. Dieser Mann, den Sie in der braunen Uniform sahen, tritt aus dem Abteil des Toten und prallt mit Ihnen zusammen. O weh! Das ist ein schlimmes Pech für ihn. Er hat gehofft, es würde ihn niemand erblicken. Was tun? Sich ungesäumt der Uniform entledigen, die nicht mehr ein Schutz, sondern eine Gefahr ist.«

Sein Auge suchte Mr. Bouc und Dr. Constantine, die beide aufmerksam zuhörten.

»Und draußen liegt der Schnee. Der Schnee, der alle Pläne verwirrte. Wo kann er diese gefährliche Kleidung verstekken ...? Sämtliche Abteile sind besetzt. Nein, da kommt er an einem vorüber, dessen Tür offensteht, und das sich als leer erweist. Es muß der Frau gehören, mit der er soeben zusammenprallte. Rasch schlüpft er hinein, reißt sich die Uniform vom Leib und zwängt sie in den Koffer.«

»Und dann?«

»Das Dann werden wir noch erörtern«, entgegnete Poirot mit einem warnenden Blick.

Seine Hände breiteten die braune Uniformjacke auseinander. Ein Knopf, der drittunterste, fehlte. Und in der Tasche steckte ein Hauptschlüssel zum Öffnen der Coupétüren.

»So, da haben wir die Erklärung, wie unser Mann durch verschlossene Türen hindurchzudringen vermochte«, erklang Mr. Boucs Stimme. »Ihre an Mrs. Hubbard gerichteten Fragen waren unnötig, mon cher. Verschlossen oder nicht verschlossen – der Mann konnte mit Leichtigkeit durch die Verbindungstür gelangen. Wenn schon eine Schlafwagenuniform, warum dann nicht auch ein Schlafwagenschlüssel . . .?«

»Tatsächlich, warum nicht?« wiederholte Poirot.

»Jetzt brauchen wir also nur noch den scharlachroten Kimono aufzustöbern.«

»Richtig. Aber die beiden letzten Abteile haben Männer inne.«

»Das schadet nichts. Wir werden sie trotzdem absuchen.«

»Oh, sicherlich. Ich erinnere mich überdies an Ihre Weissagung.«

Hector MacQueen fügte sich bereitwilligst.

»Ich erwartete eine Durchsuchung«, sagte er mit kläglichem Lächeln. »Meinen Sie, ich wüßte nicht, daß ich der Verdächtigste im Zug bin . . .? Wenn Sie etwa noch gar ein Testament auffinden, in dem der Alte mir sein ganzes Hab und Gut vermachte, dann bin ich geliefert.«

Mr. Bouc maß ihn mit einem argwöhnischen Blick, so daß der junge Amerikaner schleunigst hinzufügte: »Ich scherze natürlich. In Wahrheit hätte mir Ratchett nicht einen Penny vermacht. Nützlich war ich ihm – und damit basta! Sprachen und so weiter. Ich bin bei Gott kein Sprachgelehrter, doch ich kann genug Französisch, Deutsch und Italienisch, um in Hotels und in Geschäften meine Wünsche sagen zu können.«

Seine Stimme klang ein wenig lauter als gewöhnlich, und eine leichte Befangenheit verrieten auch die Worte und Gebärden. Hercule Poirot klappte den letzten Koffer zu.

»Nichts!« sagte er. »Nicht mal ein belastendes Legat!«

»Na, da ist eine Bürde von meiner Seele herunter«, meinte MacQueen gutgelaunt.

Die Suche im Nebenabteil, bei dem dicken Italiener und dem steifen Briten, verlief gleichfalls ergebnislos.

»Was nun?« fragte Mr. Bouc kleinlaut.

»Wir verfügen uns in den Speisewagen zurück«, entschied der kleine Detektiv. »Nachdem wir das Zeugnis der Reisenden, das Zeugnis ihres Gepäcks und das Zeugnis unserer eigenen Augen haben, können wir auf weitere Hilfe nicht hoffen. Jetzt heißt es, unser Hirn zu gebrauchen.« Er knipste sein Zigarettenetui auf und sah, daß es leer war. »Gehen Sie voran. Ich will mir aus meinem Koffer neuen Zigarettenvorrat holen. Eine Zigarette hier und da kann nichts schaden . . . Eine tolle Affäre, dieser Mord. Wer trug den roten Kimono? Wo ist er jetzt? Ah, wenn ich das wüßte . . .! Also entschuldigen Sie mich eine Sekunde!«

Flink eilte er den Gang entlang zu seinem eigenen Abteil, nahm einen der Koffer aus dem Netz herunter, ließ das Schloß zurückschnappen . . .

Und dann starrte er und starrte!

Denn nett zusammengefaltet lag dort ein scharlachroter Seidenkimono, mit Drachen bestickt.

»So, so . . . darauf läuft es hinaus! Eine Herausforderung! Schön, mein Bürschchen, Hercule Poirot nimmt sie an . . .«

24

Mr. Bouc und Dr. Constantine plauderten zusammen, als Poirot den Speisewagen betrat. Trübselig schaute der Direktor drein.

»Le voilà!« sagte er beim Anblick seines Landsmannes. Und während Poirot sich niederließ, meinte er: »Wenn Sie diesen Fall aufklären, will ich an Wunder glauben.«

»Plagt er Sie, dieser Fall?«

»Natürlich plagt er mich. Ich kann nicht daraus klug werden.«

»Ich ebenfalls nicht«, bekannte der Arzt.

»Nein? Sind Sie auch durch das Verhör der Reisenden nicht klüger geworden? Nicht durch die Aussage des jungen MacQueen? Oh, dann haben Sie aber beide schlecht zugehört«, tadelte Hercule Poirot. »Soweit ich mich erinnere, lauteten seine Worte: ›Mr. Ratchett wollte die Welt kennenlernen, doch haperte es bei ihm mit den fremden Sprachen. Eigentlich war ich mehr Reisemarschall als Sekretär . . .‹ Wie? Stolpern Sie immer noch nicht darüber? Oh, oh, mes amis, das ist unentschuldbar!«

»Sie meinen?« ließ sich Mr. Bouc zaghaft vernehmen.

»Ich meine, daß Sie eigentlich gerade soviel wissen müßten wie ich, nämlich, was MacQueens Erklärung kurz zusammengefaßt besagte. Sie besagte: Mr. Ratchett sprach nicht französisch. Dennoch wurde dem Kondukteur, der sich auf das Klingelzeichen hin an der Tür meldete, auf französisch bedeutet, man bedürfe seiner nicht, es sei ein Irrtum. Und nicht etwa in einem stümperhaften Französisch, sondern formvollendet: ›Ce n'est rien. Je me suis trompé.‹«

»Wahrhaftig!« schrie Dr. Constantine erregt. »Wie dumm wir waren. Jetzt begreife ich auch Ihr Widerstreben, sich auf das Zeugnis der beschädigten Uhr zu verlassen, Monsieur Poirot. Um dreiundzwanzig Minuten vor eins war Ratchett schon tot . . .«

»Und es war sein Mörder, der dem Kondukteur die Worte zurief!« vollendete Mr. Bouc.

»Halt, nicht zu voreilig!« wehrte Poirot. »Wir dürfen nicht mehr annehmen, als wir tatsächlich wissen. Daher lassen Sie uns sagen, daß sich um dreiundzwanzig Minuten vor eins irgendeine andere Person in Ratchetts Abteil befand und daß diese Person entweder ein Franzose war oder die französische Sprache fließend sprach.«

»Sie sind übervorsichtig, mon vieux.«

»Man soll zur Zeit nur immer einen Schritt tun. Und gegenwärtig fehlt uns noch der Beweis, daß Ratchett zu dieser Stunde tot war.«

»Und der Schrei, von dem Sie aufwachten?«

»Ja, das ist freilich wahr.«

»Wenn man es genau überlegt, so ändern sich durch diese neue Entdeckung die Dinge nicht sehr. Sie, mon ami, hörten, wie sich jemand im Nachbarabteil bewegte. Das war bestimmt nicht Ratchett, sondern der andere. Vermutlich wusch er sich das Blut von den Händen ab, schaffte Ordnung, verbrannte den belastenden Brief. Dann wartete er, bis alles ruhig war, und als er die Luft rein wähnte, schloß er Ratchetts Korridortür von innen ab, legte auch noch die Kette vor, öffnete die Verbindungstür zu Mrs. Hubbard und schlüpfte auf diesem Weg hinaus. Es verhält sich also tatsächlich alles so, wie wir dachten – mit dem einzigen Unterschied, daß Ratchett eine halbe Stunde früher getötet und die Uhr auf ein Viertel nach eins gestellt wurde, um ein Alibi zu schaffen.«

»Ich habe hier eine Liste angefertigt«, berichtete der Detektiv. »Wenn Sie Lust haben, nehmen Sie Einsicht.«

Kopf an Kopf beugten sich der Arzt und Mr. Bouc über das Papier, das mit Poirots zierlicher Handschrift bedeckt war und eine systematisch angeordnete Tabelle aufwies.

Hector MacQueen: Amerikanischer Staatsbürger. Bett No. 6. Zweite Klasse.
Beweggründe: Rühren möglicherweise aus dem Dienstverhältnis zu dem Toten her.
Alibi: Von Mitternacht bis 2 Uhr (Von Mitternacht bis 1.30 durch Oberst Arbuthnot verbürgt; von 1.15 bis 2 durch den Kondukteur.)
Material gegen ihn: Keins.
Verdächtige Umstände: Keine.

Kondukteur Pierre Michel: Französischer Staatsbürger.
Beweggründe: Keine.
Alibi: Von Mitternacht bis 2 Uhr. (Wurde von H. Poirot zur selben Zeit im Gang gesehen, als seine Stimme um 12.37 aus Ratchetts Abteil sprach. Von 1 Uhr bis 1.16 verbürgt durch die beiden anderen Kondukteure.)
Material gegen ihn: Keins.
Verdächtige Umstände: Die gefundene Schlafwagenuniform ist ein Punkt, der zu seinen Gunsten spricht, da man die Absicht gehabt zu haben scheint, Michel zu verdächtigen.

Edward Mastermann: Englischer Staatsbürger. Bett No. 4. Zweite Klasse.
Beweggründe: Rühren möglicherweise aus seiner Stellung bei dem Toten her, dessen Kammerdiener er war.
Alibi: Von Mitternacht bis 2 Uhr. (Verbürgt durch Antonio Foscarelli.)
Material gegen ihn oder verdächtige Umstände: Keine. Ausgenommen, daß er der einzige Mann ist, dem die Schlafwagenuniform gepaßt haben könnte. Andererseits ist es unwahrscheinlich, daß er gut französisch spricht.

Mrs. Hubbard: Amerikanische Staatsbürgerin. Bett No. 3. Erste Klasse.
Beweggründe: Keine.

Alibi: Von Mitternacht bis 2 Uhr – keins.
Material gegen sie oder verdächtige Umstände: Geschichte von einem Mann in ihrem Abteil wird bestätigt durch das Zeugnis Hardmans und Hildegarde Schmidts.

Greta Ohlsson: Schwedische Staatsbürgerin. Bett No. 7. Zweite Klasse.
Beweggründe: Keine.
Alibi: Von 24 bis 2 Uhr. (Verbürgt durch Mary Debenham.) Anmerkung: war die letzte, die Ratchett lebend sah.

Prinzessin Dragomiroff: Naturalisierte französische Staatsbürgerin. Bett No. 14. Erste Klasse.
Beweggründe: War gut bekannt mit der Familie Armstrong und Patin von Sonja Armstrong.
Alibi: Von Mitternacht bis 2 Uhr. (Verbürgt durch Kondukteur und Kammerfrau.)
Material gegen sie oder verdächtige Umstände: Keine.

Graf Andrenyi: Ungarischer Staatsbürger. Diplomatenpaß. Bett No. 13. Erste Klasse.
Beweggründe: Keine.
Alibi: Mitternacht bis 2 Uhr. (Verbürgt durch Kondukteur, dies deckt nicht die Zeit von 1 bis 1.15.)

Gräfin Andrenyi: Wie oben. Bett No. 12.
Beweggründe: Keine.
Alibi: Mitternacht bis 2 Uhr. Nahm Veronal und schlief. (Bezeugt durch den Gatten. Trional-Fläschchen in ihrem Wandschrank.)

Oberst Arbuthnot: Englischer Staatsbürger. Bett No. 15. Erste Klasse.
Beweggründe: Keine.
Alibi: Mitternacht bis 2 Uhr. Plauderte mit MacQuenn bis 1.30. Ging hierauf in sein eigenes Abteil, das er nicht verließ (Bestätigt durch MacQueen und Kondukteur.)
Material gegen ihn oder verdächtige Umstände: Pfeifenreiniger.

Cyrus Hardman: Amerikanischer Staatsbürger. Bett No. 16.
Beweggründe: Keine.

Alibi: Mitternacht bis 2 Uhr. Verließ sein Abteil nicht. (Bestätigt durch MacQueen und Kondukteur.)
Material gegen ihn oder verdächtige Umstände: Keine.

Antonio Foscarelli: Amerikanischer Staatsbürger (italienischer Abstammung.) Bett No. 5. Zweite Klasse.
Beweggründe: Nichts bekannt.
Alibi: Mitternacht bis 2 Uhr. (Verbürgt durch Edward Masterman.)
Material gegen ihn oder verdächtige Umstände: Keine. Ausgenommen, daß die gebrauchte Waffe seinem Temperament liegen würde. (Auffassung von Mr. Bouc.)

Mary Debenham: Englische Staatsbürgerin. Bett No. 11. Zweite Klasse.
Beweggründe: Keine.
Alibi: Mitternacht bis 2 Uhr. (Verbürgt durch Greta Ohlsson.)
Material gegen sie oder verdächtige Umstände: Durch H. Poirot aufgefangene Unterhaltung und Weigerung, dieselbe zu erklären.

Hildegarde Schmidt: Deutsche Staatsbürgerin. Bett No. 8. Zweite Klasse.
Beweggründe: Keine.
Alibi: Mitternacht bis 2 Uhr. (Verbürgt durch Kondukteur und ihre Herrin.) Ging zu Bett. Wurde durch den Kondukteur geweckt, ungefähr um 12.38, und ging zu ihrer Herrin.
Anmerkung: Das Zeugnis der Reisenden wird bekräftigt durch Pierre Michels Feststellung, daß zwischen Mitternacht und ein Uhr (als er zu seinen Kollegen in den nächsten Wagen ging) und zwischen 1.15 und 2 Uhr niemand Ratchetts Abteil betrat oder verließ.

»Dies Dokument«, erklärte Hercule Poirot, »habe ich zu unserer Bequemlichkeit aufgesetzt; es hält sich genau an das, was wir von den Reisenden oder den Kondukteuren erfuhren.«

Mr. Bouc schnitt eine geringschätzige Grimasse.

»Nun sehr einleuchtend wirkt es nicht ...!«

»Vielleicht entspricht dies mehr Ihrem Geschmack«, entgegnete sein Landsmann mit leichtem Lächeln, als er einen zweiten Bogen vor seine Gefährten hinlegte.

25

Auf diesem Bogen war folgendes geschrieben:

Dinge, die einer Erklärung bedürfen.

1. Das mit dem Buchstaben H bezeichnete Taschentuch. Wem gehört es?
2. Der Pfeifenreiniger. Entfiel er Oberst Arbuthnot? Oder sonst jemandem?
3. Wer trug den roten Kimono?
4. Wer war der Mann oder die Frau, die sich mit einer Schlafwagenuniform verkleidete?
5. Warum weisen die Uhrzeiger auf 1.15?
6. Wurde der Mord zu dieser Stunde begangen?
7. Oder früher?
8. Oder später?
9. Können wir sicher sein, daß Ratchett durch mehr als eine Person erstochen wurde?
10. Wie lassen sich die Wunden sonst noch erklären?

»Schön, mon ami, da wollen wir unseren Verstand mal ein bißchen anstrengen«, meinte Mr. Bouc, indem er sich unternehmend aufreckte. »Beginnen wir mit dem Taschentuch. Aber mit Ordnung und Methode, wie unser berühmter Lehrmeister hier es liebt!«

»Richtig«, nickte Poirot befriedigt.

»Der Buchstabe H paßt auf drei Personen: Mrs. Hubbard, Miss Debenham, deren zweiter Vorname Hermione lautet, und die Kammerfrau Hildegarde Schmidt«, trug Mr. Bouc vor.

»Ah! Und wen wählen Sie unter diesen dreien aus?«

»Hm . . . keine leichte Antwort. Doch ich denke, Miss Debenham. Sie kann gut und gern mit ihrem zweiten Namen gerufen werden und hat sich ziemlich verdächtig gemacht.«

»Was mich anbetrifft, so tippe ich auf die Amerikanerin«, sagte Dr. Constantine. »Es ist ein sehr teueres Taschentuch, und die Amerikanerinnen haben, wie alle Welt weiß, im Geldausgeben eine leichte Hand.«

»Also scheiden Sie alle beide die Deutsche aus?«

»Ja. Hat sie nicht selbst erklärt, es sei ein Taschentuch eines Mitgliedes der oberen Klassen?«

»Und die zweite Frage: der Pfeifenreiniger. Ließ ihn Arbuthnot oder ein anderer fallen?«

»Das ist noch schwieriger. Engländer stechen nicht. Ich vermute, daß jemand anders den Pfeifenreiniger fallen ließ, um den langbeinigen Briten zu belasten.«

»Wie Sie früher einmal sehr richtig bemerkten, Monsieur Poirot, wären zwei derartige Fingerzeige allzuviel Nachlässigkeit«, ergriff der Grieche das Wort. »Ich stimme Mr. Bouc bei. Das Taschentuch war ein echtes Versehen, da niemand sich als Eigentümer bekennen will. Der Pfeifenreiniger ist ein vorgetäuschtes. Hierzu paßt auch, daß Oberst Arbuthnot nicht die geringste Befangenheit zeigt und freimütig zugibt, daß er Pfeife raucht und diese Art Reiniger benutzt.«

»Nicht übel durchdacht«, sagte Poirot anerkennend.

»Frage Nummer 3: Wer trug den roten Kimono?« fuhr Mr. Bouc fort. »Hierüber vermag ich mir kein Urteil zu bilden. Haben Sie eine klare Ansicht, Dr. Constantine?«

»Nein.«

»Also bekennen wir uns in diesem Punkt als geschlagen. Bei der nächsten Frage gibt es immerhin Möglichkeiten. Wer war der Mann oder die Frau, die sich mit einer Schlafwagenuniform verkleidete? Nun, eine ganze Reihe von Personen kann man nennen, die es nicht gewesen sein können. Hardman, Arbuthnot, Foscarelli, Graf Andrenyi und Hector MacQueen sind sämtlich zu groß. Mrs. Hubbard, Hildegarde Schmidt und Greta Ohlsson sind zu breit. Bleiben mithin der Kammerdiener, Miss Debenham, Prinzessin Dragomiroff und Gräfin Andrenyi . . . und für keinen von ihnen spricht die Wahrscheinlichkeit. Greta Ohlsson auf der einen Seite und Antonio Foscarelli auf der anderen schwören, daß Miss Debenham und der Kammerdiener ihr Abteil nicht verließen. Hildegarde Schmidt beteuert, die Prinzessin habe in ihrem Bett gelegen, und der ungarische Diplomat hat uns erzählt, daß seine Frau ein Schlafmittel genommen habe. Infolgedessen scheint es unmöglich, daß es irgendeiner gewesen sein kann – was natürlich absurd ist!«

»Wie Ihr alter Freund Euklid schon sagt«, murmelte Poirot.

Mr. Bouc griff die nächste Frage der Liste heraus.

»Nummer 5: Warum weisen die Uhrzeiger auf 1.15. Dafür sehe ich zwei Erklärungen. Entweder bewerkstelligte es der Mörder, um ein Alibi herzustellen, und wurde hinterher durch Verkehr und Geräusche im Korridor daran gehindert, Ratchetts Abteil zu verlassen, oder – warten Sie, bei mir dämmert eine Idee auf!«

Die beiden anderen warteten rücksichtsvoll, während Mr. Bouc gegen eine geistige Agonie ankämpfte.

»Ich habe es«, sagte er schließlich. »Nicht der in brauner Uniform steckende Mörder vergriff sich an der Uhr. Nein, es war die Person, die wir den zweiten Mörder genannt haben. Die Linkshändige. Mit anderen Worten: die Frau im roten Seidenkimono. Sie kommt später und schiebt zum Zweck eines Alibis die Zeiger nach rückwärts.«

»Bravo!« Dr. Constantine klatschte in die Hände. »Das ist wundervoll ausgetüftelt.«

Doch Hercule Poirot lachte spöttisch auf.

»Nicht wahr? Sie stach im Dunkeln zu, ohne zu wissen, daß er bereits tot war, und sah dann dank hellseherischer Fähigkeiten, daß in seiner Pyjamatasche eine Uhr steckte, die sie herausnahm. Und in rabenschwarzer Finsternis verrückte sie die Zeiger und brachte der Uhr die erforderliche Beschädigung bei . . .!«

»Spotten ist leicht«, knurrte Mr. Bouc. »Haben Sie vielleicht eine bessere Vermutung?«

»Gegenwärtig nicht«, beichtete Poirot. »Trotzdem bin ich der Ansicht, daß keiner von Ihnen beiden den fesselndsten Punkt über jene Uhr gewürdigt hat.«

»Beschäftigt sich Frage Nummer 6 damit?« forschte der Arzt.

»Zu dieser Frage – wurde der Mord um 1.15 begangen? – möchte ich äußern: nein!«

»Ich desgleichen«, entschied Poirots Landsmann. »Geschah er früher? – lautet die nächste Frage. Ich sage ja. Sie auch?«

Dr. Constantine nickte, doch machte er gleich darauf eine Einschränkung.

»Jedoch kann die Frage: geschah er später? gleichfalls bejahend beantwortet werden. Der erste Mörder kam früher als 1.15, aber der zweite Mörder kam nach 1.15. Und was die Linkshändigkeit betrifft, so meine ich, wir müßten Schritte unternehmen, um zu ermitteln, wer unter den Reisenden Linkshänder ist.«

»Ich dachte, ich hätte mich keiner allzugroßen Fahrlässigkeit in dieser Hinsicht schuldig gemacht«, sagte Hercule Poirot. »Aus welchem Grund ließ ich wohl jeden eigenhändig seine Adresse niederschreiben . . .? Gewiß, das ist kein erschöpfendes Verfahren, da manche Leute zum Beispiel rechtshändig schreiben und linkshändig Golf spielen. Immerhin ist es ein kleiner Anhaltspunkt. Nun, außer Madame Dragomiroff, die sich zu schreiben weigerte, nahm jeder die Feder in die rechte Hand.«

»Prinzessin Dragomiroff . . . unmöglich!« wehrte Mr. Bouc entrüstet ab.

»Ich bezweifle, ob sie über genug Kraft verfügt, um jenen sonderbaren, linkshändigen Stich zu versetzen«, erklärte Dr. Constantine. »Hinter jener Wunde steckt nämlich eine beträchtliche Wucht.«

»Mehr als eine Frau aufzubringen imstande ist?«

»Nein, das wäre zuviel behauptet. Nach meiner Meinung jedoch mehr Wucht, als eine alte Frau aufbringen kann, und Prinzessin Dragomiroffs Körperbeschaffenheit ist besonders zart.«

»Oft aber siegt der Geist über den Körper«, gab Poirot zu bedenken. »Um ihre Willenskraft könnte die Prinzessin mancher Mann beneiden. Jedoch weiter!«

»Ja, zu Frage 9 und 10. Können wir sicher sein, daß Ratchett durch mehr als eine Person erstochen wurde? Und: Wie lassen sich die Wunden sonst noch erklären? Wenn Sie meine medizinische Meinung wissen wollen, so lautet sie: Es gibt keine andere Erklärung für diese Wunden. Anzunehmen, daß ein Mensch zuerst schwach und dann mit Gewalt zustieß, erst mit der Linken und dann mit der Rechten, und daß er nach Ablauf einer halben Stunde einem Leichnam neue Wunden zufügte . . . ah, das wäre kindisch!«

Poirot starrte auf die Tischplatte und malträtierte seinen sonst so sorgsam behüteten Schnurrbart. Jetzt lehnte er sich plötzlich in seinen Sessel zurück. »Mes amis, von nun ab geht alles hier vor sich!« Er tippte vielsagend auf seine Stirn. »Die Tatsachen haben wir, nach Regel und Methode geordnet, schwarz auf weiß vor uns liegen; die Reisenden haben einer nach dem anderen antreten müssen, um Zeugnis abzulegen. Wir wissen alles, was wir von draußen erfahren können . . . Eh, mon ami, Sie haben mich oft gehänselt, daß ich mich hinsetzte und die Wahrheit ausdächte; Sie haben oft gewitzelt über die guten kleinen, grauen Zellen. Nun, ich werde hier vor Ihren Augen meine Theorie in die Praxis umsetzen. Und Sie sollen dasselbe tun! Lassen Sie uns alle drei die Augen schließen und denken . . . Einer oder mehrere von den Reisenden töteten Ratchett. Wer von ihnen war es . . .?«

26

Eine reichliche Viertelstunde verstrich, ehe jemand sprach.

Mr. Bouc und Dr. Constantine hatten Poirots Aufforderung nachzukommen versucht. Sie hatten sich bemüht, durch eine Masse widerspruchsvoller Einzelheiten zu einer klaren, stichhaltigen Lösung zu gelangen.

»Natürlich muß ich denken«, lauteten Mr. Boucs Überlegungen. »Aber ich habe das bereits bisher reichlich besorgt ... Poirot meint offenbar, die junge Engländerin sei in die Mordaffäre verwickelt. Ich kann mir nicht helfen – mir scheint es unwahrscheinlich ... Die Engländer haben Fischblut in den Adern ... Der Italiener, dem ich es ohne weiteres zutraute, kann es nicht getan haben. Schade eigentlich! Ach, das Ganze ist eine sehr unerquickliche Sache ... Möchte wissen, was daraus noch wird ... Möchte auch wissen, wann man uns endlich in bezug auf den Schnee zu Hilfe kommt ... Ach, wie schlampig und langsam geht es doch in diesen Ländern zu! Stunden vergehen, ehe sich jemand entschließt, einen Finger zu rühren. Und die Polizei wird nicht anders sein. Geschwollen vor Wichtigkeit wird sie anrücken, sich aufblähen, viel Tamtam machen ... Solch eine Chance läuft ihr doch nicht jeden Tag über den Weg ... Und die Zeitungen! Wehe, wenn die Meute der Reporter uns erst überfällt ...!« Und so gelangten Mr. Boucs Gedanken auf ein ausgefahrenes Geleise, das sie schon hundertmal gegangen waren.

Derweilen saß auch Dr. Constantine nicht in geistiger Untätigkeit da.

»Welch schnurriges, kleines Kerlchen!« dachte er. »Ein Genie? Oder ein Narr? Wird er das Rätsel lösen? Unmöglich? Es ist ja alles zu verworren ... Vielleicht lügt überhaupt jeder ... Doch selbst das hilft uns nicht weiter ... Ob sie insgesamt Lügner sind oder die Wahrheit sagen – es kommt auf dasselbe heraus. Dunkel, Dunkel, rabenschwarzes Dunkel, so oder so ...! Merkwürdig auch diese Wunden! Begreife, wer es kann ... Und da glaubte sich dieser Cassetti in Europa sicherer als in Amerika ... Eigentlich möchte ich Amerika mal kennenlernen. Es ist so unbekümmert, wird nicht gehemmt durch Tradition und dergleichen. Wenn ich heimkomme, will ich mal die Verbindung mit Demetrius Zagone aufnehmen ... er war ja drüben ... Was Zia wohl in diesem Augenblick tut. Wenn meine Frau erfährt, daß ich ...«

Seine Gedanken schwenkten zu gänzlich privaten Angelegenheiten über.

Hercule Poirot aber saß unbeweglich wie eine Wachsfigur.

Man hätte meinen können, er schliefe.

Und dann begannen, nach einer Viertelstunde mumienhafter Starre, seine Augenbrauen sich emporzuziehen. Ein kleiner Seufzer entfloh seinen Lippen. Jetzt formten sie Worte, geflüsterte, abgerissene: »Aber schließlich . . . warum nicht? Und wenn . . . und wenn . . . ja, das würde alles erklären.«

Er öffnete die Augen. Grün waren sie, wie die Augen einer Katze.

»Eh bien. Ich habe gedacht. Und Sie, mes amis?«

In ihre abseitigen Träumereien verloren, fuhren beide Männer heftig zusammen.

»Ich habe auch gedacht«, erklärte Mr. Bouc, mit einem Anflug von Schuldbewußtsein. »Aber zu einem Abschluß bin ich nicht gekommen. Die Aufklärung von Verbrechen ist Ihr Metier, mon vieux, nicht meins.«

»Auch ich habe mit großem Eifer überlegt«, schwindelte der Grieche schamlos, obwohl er seine Gedanken erst von einem heimlichen Liebesabenteuer losreißen mußte. »Ich habe mich sogar mit mehreren Theorien beschäftigt, doch keine befriedigt mich ganz.«

Poirot nickte voll bestrickender Liebenswürdigkeit. Er saß ungewöhnlich gerade, warf sich in die Brust, liebkoste seinen Schnurrbart und sprach in der Art eines geübten Saalredners.

»Meine Herren, nachdem ich im Geist die Tatsachen und die Aussagen der Reisenden durchgegangen bin, sehe ich – freilich noch nebelhaft – eine Erklärung, die sich mit den Tatsachen, wie sie uns bekannt sind, decken würde. Es ist eine höchst absonderliche Erklärung, und noch wage ich mich für ihre Wahrheit nicht zu verbürgen.

Ich möchte zuerst etliche Punkte erwähnen, die mir bedeutsam erscheinen, und an eine Bemerkung Mr. Boucs gelegentlich unseres ersten Lunchs im Zug anknüpfen. Er wies darauf hin, daß wir von Leuten aller Klassen, aller Nationen, jeden Alters umgeben wären. Zu dieser Jahreszeit ist das eine etwas ungewöhnliche Erscheinung. Der Athener und Bukarester Wagen sind beispielsweise fast leer. Bitte, erinnern Sie sich auch, daß der eine erwartete Reisende ausblieb. Auch das ist bedeutsam. Und ferner noch etliche andere Punkte, als da sind: der Mrs. Hubbards Schwammbeutel angewiesene Platz, der Name von Mrs. Armstrongs Mutter, die Berufsmethoden Mr. Hardmans, MacQueens Hinweise, daß Ratchett das verkohlte Papier ja selbst vernichtet haben könnte, Prinzessin Dragomiroffs Taufname und ein großer Fettfleck auf einem ungarischen Paß.«

Die beiden anderen starrten ihn verblüfft an. Machte er sich über sie lustig?

»Nun, sagen Ihnen diese Punkte gar nichts?« fragte Hercule Poirot.

»Nicht ein bißchen«, gestand Mr. Bouc mit rühmenswerter Ehrlichkeit.

»Und Ihnen, cher docteur?«

»Für mich reden Sie in Rätseln!«

Mr. Bouc, sich an das einzig Greifbare haltend, das sein Freund erwähnt hatte, ging derweilen die Pässe durch. Mit einem Grunzen schlug er jetzt jenen von Graf und Gräfin Andrenyi auf.

»Meinen Sie das hier? Diesen Schmutzfleck?«

»Ja. Es ist ein ziemlich frischer Fettfleck. Und wo befindet er sich?«

»Bei Beginn der Beschreibung von Gräfin Andrenyi – um genau zu sein, bei ihrem Taufnamen. Aber worauf Sie hinauswollen, verstehe ich noch immer nicht.«

»Lassen Sie es mich Ihnen klarmachen, indem ich auf das am Tatort gefundene Taschentuch zurückgreife. Auf dieses sehr teure, luxuriöse handgestickte Pariser Tuch. Welchen Reisenden – abgesehen von den Buchstaben – könnte man solch ein Taschentuch wohl zutrauen? Nicht Mrs. Hubbard, einer biederen Dame, der leichtsinnige Extravaganzen in Wäsche und Kleidung fernliegen. Nicht Miss Debenham; jene Klasse von Engländerinnen besitzt ein zierliches Leinentaschentuch, doch nicht ein Fetzchen, das ungeachtet seiner Kleinheit vielleicht hundertfünfzig Francs kostet. Und ganz bestimmt nicht der Kammerfrau. Doch zwei Frauen befinden sich im Zug, die ein solches Tüchlein wohl besitzen könnten. Ich nenne die Prinzessin Dragomiroff . . .«

»Deren Taufname Natalia lautet«, warf Mr. Bouc ironisch ein.

». . . und die Gräfin Andrenyi«, knüpfte Poirot an seine letzten Worte an, ohne den Spötter zu beachten. »Und sofort fällt uns etwas auf . . .«

»Ihnen – nicht uns«, verbesserte der Grieche.

»Also meinetwegen mir! Der Taufname der Gräfin ist im Paß durch einen Fettfleck entstellt worden. Ein Zufall würde jeder sagen. Aber betrachten Sie bitte diesen Taufnamen. Elena. Wenn es nun nicht Elena, sondern Helena hieße? Das große H kann leicht in ein großes E verwandelt werden, wobei man das kleine e mit verschwinden läßt. Und hernach muß ein Fettfleck dazu dienen, die Änderung zu vertuschen.«

»Helena . . .! Mon ami, das ist wieder eine Ihrer überraschenden kleinen Idee. Jedoch, sie ist nicht schlecht.«

»Und sie hat bereits eine Bestätigung erfahren. Als wir die Koffer durchsuchten, war auf Gräfin Andrenyis Saffiantasche einer der bunten Hotelzettel etwas feucht. Er deckte die erste Initiale auf dem Taschendeckel. Jener bunte Zettel hatte ursprünglich auf einer anderen Stelle gesessen, war dort mit Hilfe von warmem Wasser entfernt und anderswo wieder aufgeklebt worden.«

»Wahrhaftig. Sie beginnen mich zu überzeugen«, sagte Mr. Bouc.

»Mich auch«, meinte der kleine Doktor.

»Und nunmehr müssen Sie eine Kehrtwendung ausführen und sich dem Fall von einer ganz anderen Richtung nähern, mon cher. Welchen Anstrich wollte man diesem Mord ursprünglich geben . . .? Vergessen Sie nicht, daß der Schnee den eigentlichen Mordplan über den Haufen geworfen hat. Malen Sie sich bitte ein paar Minuten lang aus, daß draußen kein Schnee läge, daß der Zug in normaler Weise seinen Weg verfolgte. Was würde sich dann ereignet haben?

Aller Wahrscheinlichkeit nach hätte man das Verbrechen heute früh an der italienischen Grenze entdeckt, und bei dem Verhör der Reisenden hätte die italienische Polizei ungefähr das gleiche erfahren wie wir. Mr. MacQueen würde Drohbriefe vorgelegt, Mr. Hardman seine Geschichte erzählt, und Mrs. Hubbard mit ungeheurer Weitschweifigkeit geschildert haben, wie ein Mann durch ihr Abteil geschlichen sei. Auch der gefundene Knopf wäre erwähnt worden. Zweierlei wäre nach meiner Meinung dann allerdings anders verlaufen: Der Mann würde schon kurz vor eins Mrs. Hubbards Abteil durchquert haben . . . und die Schlafwagenuniform hätte – fortgeworfen – in einer der Toiletten gelegen.«

»Sie glauben?«

»Ich glaube, daß der Mord ursprünglich wie ein von draußen verübtes Verbrechen wirken sollte. Man wünschte den Anschein zu erwecken, daß der Mörder den Zug in Brod verlassen habe, wo er fahrplanmäßig 0.58 eintrifft. Und die an einem auffälligen Ort zurückgelassene Schlafwagenuniform sollte ein Fingerzeig sein, welches Tricks sich der Verbrecher bedient hätte. Keinerlei Verdacht würde sich dann auf die Reisenden gerichtet haben. So, mon ami, sollte sich die Affäre einem unbeteiligten Auge präsentieren.

Jedoch der böse, böse Schnee macht durch den so fein ersonnen Plan einen brutalen Strich. Zweifellos liegt hier der Grund, weshalb der Täter so lange im Abteil seines Opfers verweilte. Er wartete, daß sich der Zug wieder in Bewegung setzte. Aber schließlich merkte er, daß der Zug nicht weiterfährt. Mithin galt es, in Hast einen anderen Plan auszuarbeiten, denn nun wird die Behörde wissen, daß sich der Mörder noch im Zug befindet.«

»Ja, ja«, sagte Mr. Bouc ungeduldig. »Das leuchtet mir alles ein. Doch wo bleibt das Taschentuch?«

»Keine Angst – ich komme schon auf Umwegen darauf zurück. Vorerst aber bitte ich Sie, sich zu vergegenwärtigen, daß die Drohbriefe sozusagen nur eine Bemäntelung waren, zugeschnitten für die Polizei. Sie hätten jedem beliebigen amerikanischen Kriminalroman entnommen sein können. Aber einen Brief erhielt Ratchett, der sich von den andern unterschied und nicht für die Öffentlichkeit bestimmt war – jenen, der sich auf die kleine Armstrong bezog und von dem wir ein Bruchstück im Abteil des Toten fanden. Wenn Ratchett-Cassetti es noch nicht vorher gewußt hatte, so eröffnete es ihm dieses Schreiben unzweideutig, weshalb man ihm nach dem Leben trachtete. Des Mörders erste Sorge aber galt der Zerstörung dieses Briefes. Und hier erlitten seine Pläne die zweite Schlappe. Die erste war der Schnee, die zweite unsere Entdeckung der Schriftzeichen auf dem verkohlten Papierstück.

Daß jener Brief so sorgfältig zerstört wurde, kann nur eins bedeuten. Es muß sich im Zug jemand befinden, den mit der Familie Armstrong so enge Bande verbinden, daß das Auffinden jenes Schriftstückes den Betreffenden sofort verdächtig machen würde.

Und nun das Taschentuch! Das einfachste wäre ja anzunehmen, eine Person, auf die der Buchstabe H paßt, hätte es unwissentlich verloren.«

»So ist es auch«, sagte Dr. Constantine. »Als ich dann den Verlust merkt, unternimmt sie ungesäumt Schritte, um ihren Taufnamen zu verbergen.«

»Wie schnell die Jugend urteilt!« lächelte Hercule Poirot. »Eins, zwei, drei haben Sie eine Schlußfolgerung fertig, die ich mir nicht so rasch erlauben würde.«

»Gibt's denn überhaupt eine andere Lesart?«

»Gewiß. Nehmen Sie einmal an, Sie hätten ein Verbrechen begangen und wünschten, den Verdacht auf jemand anders zu lenken. Nun, da befindet sich in diesem Zug ein gewisser Mensch, eng mit der Familie Armstrong verwandt oder befreundet. Eine Frau. Nehmen Sie weiter an, daß Sie am Schauplatz des Verbrechens ein Taschentuch niederlegen, das jener Frau gehört . . . Sie wird verhört werden, ihre Beziehungen zur Familie Armstrong kommen ans Tageslicht – et voilà. Beweggründe . . . und ein schwer belastendes Beweisstück.«

»Aber in diesem Fall würde die unschuldig Bezichtigte vorher keine Schritte tun, um ihre Identität zu verschleiern«, widersprach der Arzt.

»Glauben Sie . . .? Auch in den Polizeiämtern herrscht eine derartige Ansicht vor. Ich aber, der ich die menschliche Natur kenne, bin anderer Meinung. Und ich sage Ihnen, junger Freund, daß der allerunschuldigste Mensch den Kopf verliert und die ungereimtesten Dinge tut, wenn er sich plötzlich der Möglichkeit gegenübersieht, des Mordes angeklagt zu werden. Nein, nein, der Fettfleck und der an eine andere Stelle geklebte Zettel beweisen keine Schuld; sie beweisen lediglich, daß die Gräfin Andrenyi aus irgendeinem Grund ängstlich darauf bedacht ist, ihre Identität zu verbergen.«

»Welche Beziehungen können zwischen ihr und den Armstrongs bestehen? Sie gibt doch an, sie sei nie in Amerika gewesen.«

»Richtig, und sie spricht gebrochen Englisch. Und sie hat ein sehr fremdländisches Aussehen, das sie noch unterstreicht. Trotzdem dünkt es mich leicht zu erraten, wer sie ist. Ich erwähnte vorhin den Namen von Mrs. Armstrongs Mutter. Sie hieß Linda Arden und war eine berühmte Darstellerin Shakespearescher Frauenrollen. Denken Sie an ›Was ihr wollt‹, an den Wald von Arden und Rosalind – dann wissen Sie, woher ihr die Eingebung für die Wahl ihres Bühnennamens kam. Im gewöhnlichen Leben hieß sie anders – möglicherweise Goldenberg. Vielleicht hatte sie osteuropäisches Blut in ihren Adern, vielleicht einen jüdischen

Vorfahren. In Amerika finden Sie Abkömmlinge aller Nationen. Messieurs, ich wage die Vermutung, daß jene junge Schwester Mrs. Armstrongs – zur Zeit der Tragödie fast noch in den Kinderschuhen steckend – Helena Goldenberg war, die zweite Tochter Linda Ardens, und daß sie den Grafen Andrenyi heiratete, als dieser als Attaché in Washington weilte.«

»Haben Sie vergessen, Monsieur Poirot, daß Prinzessin Dragomiroff sagte, sie habe sich mit einem Engländer vermählt?«

»Jawohl, einem Engländer, an dessen Namen sich die Prinzessin nicht erinnert! Ich frage Sie, meine Freunde – klingt das nicht sehr merkwürdig? Prinzessin Dragomiroff, eng mit Linda Arden befreundet und Patin der ältesten Tochter, sollte so schnell den Namen der zweiten verheirateten Tochter vergessen . . .? Unsinn! Die Prinzessin lügt. Sie wußte, daß sich Helena im Zug befand, und vergegenwärtigte sich als kluger Mensch bei Ruchbarwerden des Mordes sofort, daß man Helena der Tat verdächtigen würde. Um dies abzuwenden, lügt sie kurzerhand, ist ausweichend, kann sich nicht entsinnen, ›glaubt, Helena hätte einen Engländer geheiratet‹ – was der Wahrheit auch nicht im entferntesten entspricht.«

Einer der Kellner kam durch die Tür am Ende des Wagens und näherte sich Mr. Bouc.

»Darf ich das Essen servieren, Monsieur? Es ist bereits seit einer Weile fertig.«

Mr. Bouc blickte Poirot an, und dieser nickte.

»Unbedingt soll serviert werden.«

Der Kellner verschwand durch die entgegengesetzte Tür. Jetzt hörte man seine Glocke läuten, und das Klingeln löste seine Stimme ab, die auffordernd rief: »Premier Service. Le diner est servi. Premier diner . . .!«

27

Poirot speiste mit Mr. Bouc und dem Doktor zusammen.

An keinem Tisch wurde viel gesprochen. Selbst die redewütige Mrs. Hubbard war unnatürlich still. Als sie sich setzte, murmelte sie: »Ich glaube nicht, daß ich einen Bissen hinunterwürgen kann.« Und dann legte sie sich von jedem angebotenen Gericht reichlich auf, ermutigt durch die schwedische Dame, die sich noch immer als Pflegerin fühlte.

Vor der Mahlzeit hatte Poirot den Oberkellner am Ärmel gefaßt und ihm etwas zugetuschelt. Wie diese Instruktionen lauteten, ahnte Dr. Constantine, sobald er bemerkte, daß Graf und Gräfin Andrenyi immer zuletzt bedient wurden und daß man gegen Ende des Mahls mit der Vorlage ihrer Rechnung zögerte. Infolgedessen hatte sich der Wagen schon geleert, als das Ehepaar sich endlich erhob und dem Ausgang zuschritt.

Plötzlich sprang Hercule Poirot auf und folgte ihnen. »Pardon, Madame, Sie haben Ihr Taschentuch fallen lassen.«

Er hielt ihr das winzige, mit H gezeichnete Viereck hin, das sie nahm, flüchtig ansah und ihm zurückreichte.

»Sie irren, Monsieur, das ist nicht mein Taschentuch.«

»Nein? Sind Sie sicher?«

»Ganz sicher, Monsieur.«

»Und dennoch trägt es Ihre Initiale ... ein H.«

Der Graf machte eine hastige Bewegung, die Poirot übersah. Seine Augen ruhten auf dem Gesicht der schönen jungen Frau. Sie hielt dem Blick stand und erwiderte:

»Ich verstehe nicht, Monsieur. E. A. sind die Anfangsbuchstaben meines Namens.«

»Da bin ich anderer Meinung, Madame. Ihr Name lautet Helena, nicht Elena. Helena Goldenberg, die jüngere Tochter von Linda Arden; Helena Goldenberg, die Schwester von Mrs. Armstrong.«

Ein tödliches Schweigen.

Sowohl der Graf als auch seine Gattin waren aschfahl im Gesicht geworden.

»Warum leugnen?« sagte Poirot, viel freundlicher. »Nicht wahr, es verhält sich so?«

Jetzt brauste der Graf auf.

»Monsieur, ich verlange zu wissen, mit welchem Recht ...«

Sie unterbrach ihn, indem sie ihre kleine Hand auf seinen Mund legte.

»Nein, Rudolph. Laß mich sprechen. Es ist nutzlos, zu leugnen, was dieser Herr sagt. Wir wollen lieber Platz nehmen und die Sache in Ruhe erörtern.«

Ihre Stimme klang verändert. Zwar hatte sie noch die südliche Tonfülle, aber sie war schärfer und schneidender geworden – zum erstenmal war es eine durchaus amerikanische Stimme.

Schweigend fügte sich der Graf der Geste ihrer Hand, und beide nahmen Poirot gegenüber Platz.

»Heute morgen ließen Sie mich über Ihre Person im unklaren, Madame.«

»Ja.«

»Und genaugenommen war alles, was Sie und Ihr Gatte mir erzählten, ein Lügengewebe.«

»Monsieur!« rief der Graf ärgerlich.

»Werde nicht zornig, Rudolph. Monsieur Poirot drückt es etwas derb aus, aber recht hat er.«

»Ich freue mich, daß Sie die Tatsache freimütig zugeben, Madame. Wollen Sie mir nun auch bitte sagen, was Sie dazu veranlaßte und weshalb Sie Ihren Taufnamen im Paß änderten?«

»Das tat ich, nicht meine Frau«, fiel der Graf ein. Und Helena setzte ruhig hinzu:

»Sollten Sie meine Gründe – unsere Gründe – nicht schon erraten haben, Monsieur Poirot? Der Tote ist der Mensch, der mein Nichtchen ermordete, den Tod meiner Schwester verschuldete und meinem Schwager das Herz brach. Drei Menschen, die ich unsagbar liebte, deren Heim mein Heim war – meine Welt!« Ihre Stimme vibrierte in heißer Leidenschaftlichkeit. Oh, Helena Andrenyi war die achte Tochter jener Mutter, deren Kunst unzählige Herzen gerührt hatte! »Von allen Reisenden hatte vielleicht keiner solch schwerwiegenden Anlaß, ihn zu töten, wie ich«, fuhr sie ruhiger fort.

»Und Sie töteten ihn nicht, Madame?«

»Ich schwöre Ihnen, Monsieur Poirot, und mein Mann weiß es und wird es auch beschwören, daß ich nie meine Hand gegen jenen Mann erhob.«

»Ja, Gentlemen, nehmen Sie mein Ehrenwort, daß sich meine Frau vergangene Nacht nicht aus ihrem Abteil entfernte. Sie legte sich mit einem Schlafmittel zu Bett – ich sagte Ihnen das bereits – und ist vollkommen unschuldig.«

Poirot betrachtete die beiden abwechselnd. »Und trotzdem nahmen Sie die Verantwortung auf sich, einen Namen im Paß zu ändern?«

»Monsieur Poirot, bedenken Sie meine Lage. Sollte ich zulassen, daß meine Frau in einen dunklen Kriminalfall hineingezerrt würde . . .? Sie war unschuldig. Ich wußte es. Aber gleichzeitig erkannte ich, welches Verhängnis ihr wegen der Verwandtschaft mit den Armstrongs drohte. Verhöre, vielleicht gar eine Verhaftung! Da ein böser Zufall uns denselben Zug wie Ratchett hatte nehmen lassen, mußte ich der Gefahr vorbeugen.

Ich gebe zu, Monsieur, daß ich Sie belog; doch in dem einen log ich nicht: Meine Frau verließ tatsächlich vergangene Nacht ihr Abteil nicht.«

Er sprach mit einem Ernst, dem man sich nicht entziehen konnte.

»Monsieur, ich verstehe Ihre Gefühle, verstehe, wie Sie, der Sproß einer alten, stolzen Familie, leiden würden, wenn der Name Ihrer Gattin im Mittelpunkt eines Mordfalles stände. Und ich sage auch nicht, daß ich Ihre Aussagen bezweifle. Wie aber wollen Sie erklären, daß wir ein Taschentuch Madames im Abteil des Toten fanden?«

»Das Taschentuch gehört nicht mir, Monsieur«, beteuerte die Gräfin.

»Trotz des Buchstabens H?«

»Trotz des Buchstabens H. Ich habe ähnliche Taschentücher, doch nicht genau dieselben.

»Warum änderten Sie dann den Namen im Paß?«

Jetzt griff der Graf wieder ein.

»Weil wir hörten, daß ein Taschentuch mit gesticktem H gefunden sei. Ehe wir zum Verhör in den Speisewagen kamen, berieten wir uns, und ich machte meine Frau darauf aufmerksam, daß man sie viel schärfer ins Gebet nehmen würde, wenn ihr wahrer Name Helena bekannt würde. Und die Sache war so einfach – so leicht ließ sich Helena in Elena verwandeln.«

»Sie verfügen über die Fertigkeit eines sehr geschickten Verbrechers, Monsieur le Comte«, bemerkte Hercule Poirot trocken. »Eine große natürliche Findigkeit und eine anscheinend reuelose Entschlossenheit, die Justiz irrezuleiten.«

»Oh, nein, nein, Monsieur Poirot.« Die junge Frau beugte sich weit über den Tisch hinüber. »Er erklärt Ihnen doch nur, wie es sich zutrug. Sehen Sie, ich war so entsetzt. Ich empfand es so qualvoll, daß alle diese trostlosen Ereignisse wieder aufgerührt würden. Und überdies vielleicht noch in Verdacht zu geraten, ins Gefängnis gesteckt zu werden! Mir grauste es, Monsieur. Können Sie das denn nicht begreifen?«

»Madame« – Poirot sah sie ernst an –, »wenn ich Ihnen glauben soll, müssen Sie mir helfen.«

»Ihnen helfen?«

»Ja. Die Beweggründe für den Mord liegen in der Vergangenheit – in jener Tragödie, die Ihnen Ihre Lieben entriß und Ihr junges Leben verdüsterte. Lassen Sie mich mit Ihnen die Vergangenheit durchgehen, damit ich dort das fehlende Glied finde, das alles erklärt.«

»Was gibt es da noch zu erzählen ...? Sie sind ja alle tot«, flüsterte sie, mit den Tränen kämpfend. »Alle tot – Robert, Sonja, die süße, süße Daisy. Ach, wie war sie herzig! Was hatte sie für reizende, blonde Locken! Mein Gott, wie haben wir sie vergöttert!«

»Die drei waren nicht die einzigen Opfer, Madame. Es wurde noch ein Menschenleben vernichtet – indirekt, sozusagen.«

»Die arme Susanne? Ja, die hätte ich beinahe vergessen. Die Polizei nahm sie ins Kreuzverhör, wobei sich ergab, daß sie mit irgendeinem Unbekannten geschwatzt und dabei viel über Daisy geplappert hatte, über ihren Tageslauf, die Stunden, wann man sie spazierenführte und dergleichen. Sie tat es ahnungslos und geriet nachher, als man sie der Beihilfe verdächtigte, in eine derartige Verzweiflung, daß sie sich aus dem Fenster stürzte. Oh, wie furchtbar war das alles!«

»Welcher Nation gehörte sie an, Madame?«

»Sie war eine Französin.«

»Und Ihr Nachname?«

»Mein Gott, wie hieß sie doch ... Der Name ist mir tatsächlich entfallen. Wir nannten sie alle Susanne. Ein fröhliches hübsches Ding, immer guter Laune und ganz vernarrt in Daisy.«

»Nicht wahr, sie war zur Unterstützung der Bonne da?«

»Ja.«

»Und wer war die Bonne?«

»Stengelberg hieß sie. Eine ausgebildete Krankenpflegerin und Kindergärtnerin. Auch sie liebte Daisy und meine Schwester innig.«

»Nun, Madame, bitte ich Sie herzlich, sich Ihre nächste Antwort sorgfältig zu überlegen. Haben Sie, seit Sie hier im Zug sind, irgendwen gesehen, den Sie als alten Bekannten wiedererkannten?«

Sie starrte ihn an.

»Ich? Nein, nein.«

»Und Prinzessin Dragomiroff?«

»Ja, sie kenne ich natürlich. Ich dachte, Sie meinten irgendwen ... irgendwen ... aus jener traurigen Zeit.«

»Das meinte ich auch, Madame. Überlegen Sie bitte. Es sind seither Jahre vergangen. Die Person mag ihr Äußeres verändert haben.«

Helena Andrenyi grübelte lange.

»Nein ... ich bin sicher ... da ist niemand«, erklärte sie dann.

»Madame, Sie selbst waren damals ein ganz junges Mädchen. Wer beaufsichtigte denn Ihre Studien oder kümmerte sich überhaupt um Ihre Pflege?«

»Ein Drache«, lächelte die junge Gräfin. »Eine Engländerin oder eigentlich Schottin, die sich gleichzeitig bei mir als Gouvernante und bei Sonja als Sekretärin betätigte. Rothaarig war sie und groß und stark.«

»Wie hieß sie?«

»Miss Freebody.«

»Jung oder alt?«

»Damals kam sie mir greisenhaft vor, obwohl sie in Wirklichkeit kaum älter als vierzig gewesen sein kann. Susanne lag natürlich die Sorge für meine Kleider und Wäsche ob.«

»Und sonstige Hausgenossen gab es nicht?«

»Nur Diener.«

»Und Sie sind sicher, ganz sicher, Madame, daß Sie niemanden im Zug wiedererkannt haben?«

»Niemanden, Monsieur«, versicherte sie ernsthaft, »wirklich niemanden.«

28

Als das ungarische Ehepaar gegangen war, blickte Poirot seine Gefährten triumphierend an.

»Sie sehen, wir machen Fortschritte!«

»Mon ami, Sie sind unvergleichlich«, lobte Mr. Bouc aus ehrlichem Herzen. »Nie hätte ich mir einfallen lassen, Graf und Gräfin Andrenyi mit Mißtrauen zu begegnen. Ich meinte, sie seien ganz hors de combat. Traurig, traurig ... aber es unterliegt doch wohl keinem Zweifel, daß sie das Verbrechen beging! Angesichts der mildernden Umstände wird man sie nicht zum Tode verurteilen. Etliche Jahre Gefängnis – mehr nicht.«

»Sie sind also von ihrer Schuld restlos überzeugt? Obwohl der Graf mit seinem Ehrenwort für die Unschuld seiner Frau bürgte?«

»Was hätte er anders sagen können, mon cher? Er betet seine Frau an, er will sie um jeden Preis retten. Und seine Lüge bringt er mit der Sicherheit des Grandseigneurs vor – aber eine Lüge bleibt es nichtsdestoweniger.«

»Ja? Denken Sie, ich hatte die widersinnige Idee, daß er die Wahrheit sagte.«

»Nein, nein. Erinnern Sie sich des Taschentuches. Das Taschentuch erledigt die Sache.«

»Ja?« erwiderte Hercule Poirot von neuem, wie ein Schüler, der sich dem Urteil des Lehrers beugt. »Und die beiden Möglichkeiten, die ich früher erwähnte?«

»Ganz gleichgültig . . .«

Mr. Bouc brach ab, weil sich die Tür öffnete und Prinzessin Dragomiroff im Rahmen sichtbar wurde. Mit festem Schritt ging sie auf die drei Herren zu, die sich sofort erhoben, aber sie sprach ausschließlich zu Poirot.

»Ich glaube, Monsieur, daß Sie ein Taschentuch von mir haben.« Langsam zog er das zarte Tüchlein aus der Tasche.

»Das Ihrige, Madame? Wie könnte das sein, da es mit H gezeichnet ist und Ihr Taufname doch Natalia lautet?«

Die funkelnden Krötenaugen maßen ihn mit einem kalten Blick.

»Meine Taschentücher sind stets nach russischer Art gezeichnet, Monsieur, H ist im Russischen N.«

Mr. Boucs Gesicht drückte grenzenlose Überraschung und gleichzeitig Unbehagen aus. Mein Gott, was für Verlegenheiten einem diese unzähmbare alte Dame bereitete . . .! Poirot freilich focht ihre Eröffnung wenig an.

»Bei dem Verhör heute morgen sagten Sie nichts davon, daß dieses Taschentuch Ihnen gehöre«, bemerkte er nüchtern.

Aber seine Gegnerin war ihm gewachsen.

»Haben Sie mich etwa gefragt?«

»Bitte, Madame, nehmen Sie Platz.«

Sie folgte seiner Aufforderung – seufzend.

»Ich weiß, wie Ihre nächste Frage lauten wird, Monsieur, und will sie Ihnen abnehmen: Wie kam mein Taschentuch neben die Leiche eines ermordeten Mannes? Und meine Antwort darauf lautet, daß ich keine Ahnung habe.«

»So. Keine Ahnung.«

»Nein, keine«, bekräftigte die Prinzessin abermals.

»Verzeihung, Madame – dürfen wir uns auf die Glaubwürdigkeit Ihrer Antworten verlassen?« Hercule Poirot sprach ungewöhnlich sanft.

»Ah, Sie meinen, weil ich Ihnen nicht erzählte, daß Helena Andrenyi Mrs. Armstrongs Schwester war?«

»In diesem Punkt tischten Sie uns eine wohlbedachte Lüge auf.«

»Gewiß. Ich würde es auch wieder tun. Ihre Mutter war meine Freundin, und man soll seinen Freunden, seiner Familie und seiner gesellschaftlichen Kaste Treue beweisen.«

»Hm ... Treue ist ein schöner Zug. Doch vielleicht schützen Sie in der Frage des Taschentuches wieder nur die Tochter Ihrer Freundin?«

Das alte, gelbe Gesicht verzog sich zu einem grimmigen Lächeln. »Schön, Monsieur, Sie können sich meine Aussage von meinem Lieferanten in Paris bestätigen lassen. Ich werde Ihnen die Adresse geben, woher ich meine Taschentücher beziehe. Dann brauchen Sie nur das fragliche Taschentuch vorzulegen, und man wird Ihnen erklären, daß ich es vor etwa einem Jahr anfertigen ließ. Das Taschentuch gehört mir, Monsieur«, wiederholte sie fast drohend, indem sie sich erhob. »Wünschen Sie sonst noch eine Frage an mich zu richten?«

»Glauben Sie, Madame, daß Ihre Kammerfrau das Taschentuch erkannt hat, als wir es ihr heute früh zeigten?«

»Fraglos. Hat sie es verschwiegen ...? Nun, das beweist, daß auch sie Treue zu bewahren versteht.«

Bei diesen Worten nickte sie kaum merklich mit dem Kopf und ging davon.

»So, also das war es!« murmelte Hercule Poirot. »Ich habe das Zaudern Hildegarde Schmidts wohl gemerkt – sie war sich nicht schlüssig, ob sie leugnen oder zugeben sollte, daß das Tuch ihrer Herrin gehörte. Doch wie fügt sich dies in das Bild, das mir vorschwebt ...? Ah, doch, es geht.«

»Puh!« entsetzte sich Mr. Bouc. »Sie kann es ja mit zehn Männern aufnehmen.«

»Kann sie auch Ratchett ermordet haben?« wandte sich Poirot, Mr. Boucs Rede aufgreifend, an den Arzt. Doch dieser schüttelte den Kopf.

»Etliche dieser Stiche, die sich mit großer Gewalt durch die Muskeln gebohrt haben, vermag nimmermehr ein solch zierliches Wesen auszuführen. Mit den schwächeren Stichen verhält es sich natürlich anders.«

»Wissen Sie, welche sonderbare Bemerkung sie heute morgen machte, als ich, um ihr eine Falle zu stellen, sagte, ihre Stärke läge mehr in ihrem Willen als in ihren Armen? Ich hoffte, sie würde dabei entweder auf ihren linken oder ihren rechten Arm blicken, doch sie blickte leider auf beide. Und hinterher murmelte sie: ›Es ist wahr, es mangelt ihnen an Kraft. Aber ich weiß nicht, ob mich das betrübt oder freut.‹ Ist das nicht ein sonderbarer Ausspruch? Mich aber bestärkt er in meiner Auffassung des Verbrechens.«

»Die Frage der Linkshändigkeit klärt er jedoch nicht.«

»Nein. Ist es Ihnen übrigens aufgefallen, daß Graf Andrenyi sein Taschentuch in der rechten Brusttasche trägt?«

Mr. Bouc schüttelte verneinend den Kopf. Seine Gedanken drehten sich noch um die erstaunlichen Enthüllungen der letzten halben Stunde. »Lügen und wieder Lügen!« knurrte er erbittert. »Es ist ja unglaublich, welchen Berg von Lügen man uns heute morgen erzählte!«

»Oh, wir werden noch weitere entdecken!« sagte Hercule Poirot vergnügt.

»Meinen Sie das wirklich?«

»Wenn es nicht zuträfe, würde ich sehr enttäuscht sein.«

»So? Nun, mich stößt solche Falschzüngigkeit ab. Ihnen allerdings, mon vieux, scheint sie zu behagen.«

»Sie hat ihre Vorteile«, gab der kleine Detektiv zurück. »Wenn Sie jemanden, der gelogen hat, vor die Wahrheit stellen, gibt er gewöhnlich die Lüge zu – oft aus reiner Überraschung. Um diese Wirkung herbeizuführen, brauchen Sie nur richtig zu raten. Dieser Fall, mon cher, ist mit einer anderen Methode ja gar nicht zu lösen. Sehen Sie, ich wähle mir abwechselnd je einen der Reisenden aus, betrachte seine Aussage und halte mir vor: Wenn der und der lügt – in bezug auf welchen Punkt lügt er dann, und welches ist der Grund für seine Lüge? Und ich antworte: Wenn er lügt – wohlgemerkt, wenn –, kann nur dieser oder jener Grund vorliegen und die Lüge diesen oder jenen Punkt betreffen. So bin ich, mit Erfolg, bei den Andrenyis vorgegangen, und jetzt werden wir das gleiche Verfahren bei verschiedenen anderen Personen anwenden.«

»Und wen haben Sie sich als nächsten hierzu ausersehen?«

»Jenen pukka sahib, Oberst Arbuthnot.«

29

Oberst Arbuthnot war sichtlich verstimmt, daß man ihn zu einem zweiten Verhör in den Speisewagen rufen ließ, und sein Gesicht trug einen sehr verbissenen Ausdruck, als er sich mit einem kurzen »Nun?« Poirot gegenüber niederließ.

»Tausendmal bitte ich, die Störung zu verzeihen« begann Poirot mit dem ihm eigenen Überschwang. »Doch ich glaube, daß Sie imstande sein werden, mir noch eine Auskunft zu erteilen.«

»Ich . . .? Schwerlich.«

»Fangen wir mal mit diesem Pfeifenreiniger an . . . ist er einer von den Ihrigen?«

»Weiß ich nicht. Ich drückte ihnen kein privates Erkennungszeichen auf.«

»Sind Sie sich bewußt, Oberst Arbuthnot, daß Sie der einzige Mann unter den Reisenden des Wagens Istanbul–Calais sind, der Pfeife raucht?«

»Dann dürfte der Reiniger wohl von mir stammen.«

»Ich fand ihn neben der Leiche des Ermordeten.«

Jetzt zog der Brite die Augenbrauen in die Höhe.

»Können Sie uns erklären, Oberst Arbuthnot, auf welche Weise er dorthin gelangte?«

»Wenn Sie meinen, ich hätte ihn dort selber fallen lassen – nein!«

»Haben Sie zu irgendeiner Zeit Mr. Ratchetts Abteil betreten?«

»Ich habe nie ein Wort mit dem Mann gewechselt.«

»Und ermordeten ihn auch nicht?«

Höhnisch zogen sich Arbuthnots Brauen in die Höhe.

»Wenn ich ihn ermordet hätte, würde ich es Ihnen wohl kaum auf die Nase binden. Aber um der Wahrheit die Ehre zu geben: Nein, ich ermordete den Burschen nicht.«

»Nun, es ist auch nicht wichtig«, murmelte Poirot kaum verständlich.

»Wie bitte?«

»Ich sagte, es sei nicht wichtig. Denn ich habe ein Dutzend ausgezeichnete Erklärungen für das Vorhandensein des Pfeifenreinigers. Was ich von Ihnen hauptsächlich wissen wollte, war, ob Miss Debenham Ihnen erzählt hat, daß ich auf dem Bahnhof Konya einige zwischen Ihnen beiden gewechselte Worte auffing?«

Arbuthnot schwieg, so daß der Kleine fortfuhr:

»Miss Debenham sagte: ›... nicht jetzt. Wenn alles vorüber ist. Wenn es hinter uns liegt.‹ Worauf bezogen sich diese Worte?«

»Bedaure, Monsieur Poirot, die Antwort verweigern zu müssen.«

»Pourquoi?«

Der Oberst schnarrte:

»Ich würde Ihnen raten, Miss Debenham selbst zu befragen.«

»Ist bereits geschehen. Sie verweigert ebenfalls eine Erklärung.«

»Dann müßten Sie doch eigentlich einsehen, daß meine Lippen versiegelt sind.«

»Ah, Sie möchten das Geheimnis einer Dame nicht preisgeben?«

»Meinetwegen, nennen Sie es so.«

»Mir gegenüber behauptete sie, es handele sich um eine nur sie angehende, private Angelegenheit.«

»Und warum bezweifeln Sie das?«

»Weil Miss Debenham mir im höchsten Grad verdächtig erscheint.«

»Das ist doch nicht Ihr Ernst!« rief Arbuthnot. »Nicht das geringste spricht gegen sie.«

»Auch nicht die Tatsache, daß sie zur Zeit der Entführung der kleinen Daisy Armstrong als Gesellschafterin und Gouvernante im Armstrongschen Haushalt war?«

Totenstille!

Und dann nickte Poirot freundlich mit dem Kopf.

»Sie sehen, wir wissen mehr, als Sie denken. Wenn Miss Debenham unschuldig ist, weshalb verheimlichte sie diese Tatsache? Warum erzählte sie mir, sie sei niemals in Amerika gewesen?«

Oberst Arbuthnot räusperte sich.

»Vielleicht ... vielleicht irren Sie sich.«

»Ich irre mich nicht. Warum belog mich Miss Debenham?«

Der Brite zuckte die Schultern.

»Fragen Sie sie selbst. Ich denke noch immer, daß ein Mißverständnis vorliegt.«

Poirot rief einen der Kellner herbei.

»Gehen Sie und bitten Sie die englische Dame aus Nr. 11 sich hierherzubemühen.«

»Bien, Monsieur.«

Sie trug keinen Hut, als sie eintrat. Ihr Kopf war herausfordernd zurückgeworfen. Und mit dem zurückgekämmten, schwarzen Haar, der schönen Linie ihrer Nasenflügel gemahnte sie an die Galionsfigur eines Schiffes, das kühn in eine rauhe See hinaussteuert. In diesem Augenblick war sie schön zu nennen. Eine Sekunde lang verweilten ihre Augen auf Arbuthnot ... doch nur eine Sekunde. Dann fragte sie, sich an Poirot wendend:

»Sie wünschen mich zu sprechen?«

»Ich wünschte Sie zu fragen, weshalb Sie mich heute vormittag belogen.«

»Belogen ...?«

»Sie verheimlichten, daß Sie zur Zeit der Armstrong-Tragödie dort im Hause weilten. Ja, Sie sagten ausdrücklich, Sie wären nie in Amerika gewesen.«

Nun zuckte sie zusammen. Aber gleich darauf hatte sie sich wieder in der Gewalt.

»Ja«, sagte sie. »Das ist wahr.«

»Nein, Mademoiselle, es ist falsch.«

»Sie haben mich mißverstanden, Monsieur Poirot. Ich meine, daß es wahr ist, daß ich Sie belog.«

»Ah! Wenigstens haben Sie den Mut zum Bekennen. Wollen Sie mir jetzt bitte die Gründe für diese ... Umgehung der Wahrheit angeben?«

»Ich sollte meinen, die Gründe sprängen direkt ins Auge!«

»Mein Auge sieht sie nicht, Mademoiselle.«

Mit ruhiger, ein wenig harter Stimme erklärte sie:

»Monsieur, ich muß mir meinen Lebensunterhalt verdienen.«

»Sie meinen ...?«

»Was wissen Sie, Monsieur Poirot, von dem Kampf, eine gute Stellung zu bekommen und sie sich zu wahren ...! Glauben Sie, ein Mädchen, das in der geringsten Verbindung mit einem Mordfall gestanden hat, dessen Name und vielleicht gar Fotografie von den englischen Zeitungen gebracht würden – glauben Sie, ein solches Mädchen schiene der netten, alltäglichen Dame des wohlhabenden englischen Mittelstandes noch als Erzieherin für ihre Töchter geeignet?«

»Warum nicht – sofern sie keine Schuld trifft?«

»Oh, Schuld! Nicht auf die Schuld kommt es an, sondern auf die Öffentlichkeit! Ich habe mich im Leben erfolgreich durchgesetzt, Monsieur. Ich habe gutbezahlte, angenehme Stellungen gehabt, und sollte ich das alles aufs Spiel setzen?«

»Sie hätten mir aber immerhin in der Sache der Identifizierung behilflich sein können, Mademoiselle.«

»Ich verstehe nicht ...«

»Ist es möglich, daß Sie in der Gräfin Andrenyi nicht Mrs. Armstrongs junge Schwester wiedererkannten?«

»Gräfin Andrenyi? Nein.« Sie schüttelte den Kopf. »Erscheint Ihnen das so merkwürdig? Drei Jahre sind seither verstrichen, Helena ist inzwischen ein erwachsener Mensch geworden. Gewiß, an irgendwen erinnerte mich die Gräfin – ich zerbrach mir den Kopf darüber. Doch sie sieht so fremdländisch aus. Niemals hätte ich sie mit dem kleinen, amerikanischen Schulmädel in Verbindung gebracht. Und außerdem sah ich nur einmal beim Betreten des Speisewagens flüchtig zu ihr hin und achtete mehr auf ihre Kleider als auf ihr Gesicht.«

Dann plötzlich, ohne vorherige Anzeigen, brach sie zusammen, ließ ihr Gesicht auf die Arme fallen und schluchzte.

Mit einem Satz stand Oberst Arbuthnot neben ihr. »Ich ...«

Er brach ab, wirbelte herum und blickte Poirot finster an.

»Jeden Knochen Ihres Zwergenkörpers möchte ich Ihnen zerbrechen, Sie unausstehlicher kleiner Schnüffler!«

Sie sprang auf.

»Es ist nichts ... ich fühle mich schon wieder wohl. Nicht wahr, Sie brauchen mich nicht mehr, Monsieur Poirot? Sonst aber würde ich Sie bitten, in mein Abteil zu kommen. Oh, wie eine alberne, blöde Gans habe ich mich benommen!«

Und sie hastete fort, noch ehe Poirot etwas sagen konnte.

Arbuthnot aber pflanzte sich drohend vor ihm auf:

»Miss Debenham hat nichts mit dem verdammten Mord zu schaffen – merken Sie sich das gefälligst! Und wenn Sie sie noch länger quälen und belästigen, dann ... dann sollen Sie mich einmal kennenlernen.«

Nach dieser Drohung ging auch er mit langen Schritten davon.

»Kann es etwas Köstlicheres geben als einen zornigen Engländer?« meinte Poirot vergnügt.

Mr. Bouc interessierten die gefühlsmäßigen Reaktionen der Engländer nicht. »Mon cher, vous êtes épatant!« schrie er. »Das zweite an Wunder grenzende Raten. C'est formidable!«

Und Dr. Constantine blies in dasselbe Horn.

»Es ist unglaublich, wie Sie auf dergleichen Dinge verfallen,

Monsieur.«

Hercule Poirot rieb sich lachend die Hände.

»Oh, diesmal kann ich wirklich keinen Anspruch auf Lob erheben, mes amis. Es war kein Raten. Gräfin Andrenyi erzählte es mir ja.«

»Comment? Comment . . .?«

»Erinnern Sie sich nicht, wie ich sie nach ihrer Erzieherin fragte? In meinem Hirn hatte ich schon entschieden, daß, wenn Mary Debenham zur damaligen Zeit bei den Armstrongs gewesen war, sie nur eine solche Stellung bekleidet haben konnte.«

»Aber Gräfin Andrenyi gab doch eine völlig abweichende Schilderung!«

»Sehr richtig. Eine rothaarige, starke Frau in vorgerücktem Alter – tatsächlich in jeder Hinsicht das gerade Gegenteil von Miss Mary Debenham. Aber als sie dann im Flug einen Namen erfinden mußte, da wurde ihr die unbewußte Ideenverbindung zum Verhängnis. Sie nannte Miss Freebody, entsinnen Sie sich?«

»Ja.«

»Eh bien. Vielleicht wissen Sie nicht, daß bis vor kurzem in London ein berühmter Modesalon Debenham und Freebody existierte. Natürlich begriff ich sofort.«

»Das ist ja noch eine Lüge! Warum, warum?«

»Vielleicht log Helena Andrenyi aus Loyalität – aus Treue, wie Prinzessin Dragomiroff sagte.«

»Ma foi«, brach Mr. Bouc ungestüm los, »erzählt in diesem Zug denn all und jeder Lügen . . .?«

»Das werden wir sehen, mon cher. Nur ein wenig Geduld!«

31

»Jetzt würde mich nichts mehr überraschen«, seufzte Mr. Bouc erschüttert. »Nichts! Selbst wenn es sich ergäbe, daß jeder im Zug Befindliche im Haus Armstrong geweilt hätte.«

»Das ist eine ungemein tiefsinnige Bemerkung«, erwiderte Hercule Poirot. »Wie steht's, mon cher? Haben Sie Verlangen, zu hören, was Ihr ganz besonderer Freund, der Italiener, über seine Person auszusagen hat?«

»Wollen Sie uns ein abermaliges Beispiel Ihres berühmten Ratens geben?«

»Genau das!«

Inzwischen hatte Poirot den Speisewagenkellner beauftragt, Antonio Foscarelli zu rufen.

Der dicke Italiener hatte einen unsicheren Blick, als er erschien.

»Was wollen Sie eigentlich von mir ...? Ich habe Ihnen nichts zu berichten – nichts, verstanden? Per Dio ...« Schwer sauste seine Hand auf die Tischplatte.

»Doch, die Wahrheit!«, entgegnete Poirot.

»Die Wahrheit?« Jetzt glitt ein unruhiger Blick über den kleinen Belgier hinweg.

»Mais oui. Vielleicht ist sie mir bereits bekannt. Indes wird es Ihnen zum Vorteil gereichen, wenn Sie aus eigenem Antrieb frei von der Leber weg reden.«

»Man sollte meinen, Sie gehörten zur amerikanischen Polizei«, lachte der Dicke spöttisch auf.

»Ah, dann verfügen Sie also über Erfahrungen mit der New Yorker Polizei?«

»Nein, nein, durchaus nicht. Sie konnten mir nichts beweisen, soviel sie sich auch plagten.«

»Das war damals im Armstrong-Fall, nicht wahr?« sagte Poirot ruhig. »Sie waren sein Fahrer.«

Seine Augen zwangen den Italiener, seinem Blick standzuhalten. Und das prahlerische Getue zerstob.

»Warum fragen Sie mich, wenn Sie es schon wissen?«

»Heute morgen logen Sie. Weshalb?«

»Aus geschäftlichen Gründen. Überdies traute ich der jugoslawischen Polizei nicht. Die Jugoslawen hassen uns Italiener. Sie würden mir keine Gerechtigkeit widerfahren lassen.«

»Im Gegenteil, vielleicht gerade die Gerechtigkeit, die Ihnen zukommt!«

»Nein, nein. Mit der Affäre dieser Nacht habe ich nichts zu schaffen. Ich blieb ununterbrochen in meinem Abteil. Fragen Sie den langweiligen Engländer.«

Hercule Poirot schrieb langsam etwas auf ein Blatt Papier. Jetzt blickte er auf und sagte gelassen:

»Sehr gut. Sie können gehen.«

Foscarelli zögerte.

»Nicht wahr, Sie sind sich doch klar darüber, daß nicht ich es war? Ich ... Nein, ich habe wirklich nichts damit zu tun.«

»Ich sagte, daß Sie gehen könnten.«

»Es ist eine Verschwörung ... Sie wollen mich reinlegen? Alles wegen eines Schweinehundes, der auf den elektrischen Stuhl gehört hätte! Wenn ich es gewesen wäre . . .«

»Sie? Sie hatten doch bei der Entführung des Kindes Ihre Hand nicht im Spiel, wie?«

»Was fällt Ihnen ein, derartiges überhaupt nur zu denken! Mein Gott, dieses süße Dingelchen, das Entzücken des ganzen Hauses! Tonio, rief sie mich. Und sie wollte neben mir sitzen und legte die kleine Patschhand mit auf das Rad. Ach, wie haben wir sie alle angebetet.«

Seine Stimme wurde weich, und Tränen glänzten in seinen Augen. Dann machte er brüsk kehrt und rannte hinaus.

»Marcel!« rief Hercule Poirot. Und als der Kellner schleunigst herbeieilte, befahl er: »Die schwedische Dame.«

»Noch eine?« stieß Mr. Bouc verzweifelt aus. »Ah, nein – das ist nicht möglich. Ich bin ja schon ganz wirr im Kopf.«

Greta Ohlsson kam mit der fürsorglichen Unterstützung des Kellners hereingewankt. Sie weinte bitterlich.

Ängstigen Sie sich doch nicht, Mademoiselle«, tröstete er. »Es will Ihnen ja niemand Böses zufügen. Nur ein paar Aussagen, der Wahrheit entsprechend – mehr verlangen wir nicht. Sie waren die Bonne, deren Obhut man die kleine Daisy Armstrong anvertraut hatte, wie?«

»Ja, ja, es ist wahr«, weinte die Unglückliche. »Ah, der kleine Engel, ein süßer, süßer Engel! Nichts als Liebe und Güte kannte sie . . . und wurde von jenem gottlosen Bösewicht geraubt . . . grausam behandelt . . .« Und noch heftiger schluchzte sie.

Poirot stand auf und klopfte ihr begütigend auf die Schulter.

»Na, na, na, wer wird denn wohl so weinen! Ich verstehe ja, verstehe alles. Alles, sage ich Ihnen. Sehen Sie, ich will Sie auch nicht mit weiteren Fragen belästigen. Es genügt völlig, daß Sie eingestanden haben, was ich schon vorher wußte.«

Unter unartikulierten Lauten stand Greta Ohlsson auf und tastete sich mit tränenblinden Augen bis zur Tür. Hier stieß sie gegen einen Mann, dessen Ziel der Speisewagen war.

Masterman – Ratchetts Kammerdiener.

Schnurstracks schritt er auf Hercule Poirot zu und redete ihn in seiner üblichen verhaltenen, leidenschaftslosen Stimme an.

»Ich hoffe, daß ich nicht aufdringlich erscheine, Sir. Aber ich dachte, es sei das beste, mit nichts mehr hinter dem Berg zu halten. Während des Krieges war ich Oberst Armstrongs Bursche und hernach sein Kammerdiener in New York. Ich fürchte, ich verheimlichte dies heute vormittag. Es war unrecht, Sir. Jedenfalls hoffe ich, daß Sie den braven, guten Tonio nicht irgendwie verdächtigen. Der gute Dicke, Sir, tut keinem was zuleide. Und ich kann beschwören, daß er vergangene Nacht sein Abteil nicht verließ. Mithin kann er es gar nicht getan haben, Sir. Tonio ist zwar ein Ausländer, Sir, doch ein sehr menschenfreundliches Geschöpf – nicht wie jene widerlichen, mordgierigen Italiener, von denen man in Büchern liest.« Er hielt inne.

»Ist das alles, was Sie zu sagen haben?« forschte Poirot.

»Das ist alles, Sir.«

Masterman schwieg, und als auch Poirot nicht sprach, machte er eine kleine, entschuldigende Verbeugung und verließ nach einem kurzen Zaudern den Wagen.

»Das ist ja unwahrscheinlicher als jeder Roman, den ich gelesen habe«, staunte der Grieche.

»Ganz meine Meinung«, ließ sich Mr. Bouc vernehmen. »Von den zwölf im Istanbuler Wagen befindlichen Personen sind neun überführt worden, daß sie zu den Armstrongs in irgendeiner Beziehung gestanden haben. Was jetzt? Oder besser, wer jetzt?«

»Die Antwort erfolgt umgehend«, lächelte Poirot. »Da kommt unser amerikanischer Spürhund, Mr. Hardman.«

»Kommt er, um eine Beichte abzulegen?«

Aber Poirot hatte keine Zeit mehr, zu antworten, der Amerikaner stand bereits an ihrem Tisch. Er ließ seine flinken Äuglein zwischen den dreien umherwandern und näselte, während er es sich auf einem Stuhl bequem machte:

»In diesem Zug geht's ja zu wie in einem Narrenhaus!«

Der kleine Belgier kniff listig das eine Auge zusammen.

»Sind Sie ganz sicher, Mr. Hardman, daß Sie nicht als Gärtner im Armstrongschen Haushalt beschäftigt waren?«

»Armstrongs hatten keinen Garten«, belehrte ihn der Amerikaner.

»Dann als Butler?«

»Liegt mir nicht, der Beruf. Nein, es haben nie die geringsten Beziehungen zwischen mir und den Armstrongs bestanden – aber beinahe fange ich an zu glauben, daß ich als einziger Reisender im Zug das behaupten kann. Wollen Sie wetten, daß es stimmt?«

»Wetten, nein. Immerhin ist es mal eine kleine, erfreuliche Abwechslung«, meinte Poirot sanft. »Haben Sie sich inzwischen irgendeine Meinung über das Verbrechen gebildet?«

»Nein, Sir. Ich bin, offen gestanden, platt. Unmöglich können

Sie alle darein verwickelt sein. Doch welcher ist der Schuldige ...? Wie haben Sie es übrigens zuwege gebracht, solch einen tiefen Einblick zu bekommen?«

»Ich verlegte mich aufs Raten.«

»Alle Achtung, dann sind Sie ein ganz verdammter Pfiffikus!« Hardman rekelte sich auf seinem Stuhl und blickte dabei Poirot bewundernd an. »Und wenn man Sie so sieht, sollte man es gar nicht glauben. Hut ab vor Ihnen, Verehrtester. Hut ab!«

»Sehr liebenswürdig, Mr. Hardman. Vorläufig verdiene ich das Lob noch nicht. Noch ist die Sache nicht restlos geklärt. Oder haben wir vielleicht das Recht, zu sagen, wir wüßten, wer Ratchett tötete?«

»Wenn man Sie reden hört, mon ami, könnte man meinen, Sie wüßten, wer Ratchett tötete«, fiel Mr. Bouc ein.

»Oh, um ehrlich zu sein: Ich habe es bereits eine geraume Zeit gewußt. Es ist so klar, daß mich Ihre Blindheit wundert.« Er drehte sich zu Hardman. »Und Sie?«

»Bin genauso blind. Wer von ihnen war der Täter?«

Poirot betrachtete eine Minute seine blitzblanken Schuhe. Dann hob er den Blick.

»Wenn Sie so gut sein wollen, Mr. Hardman, sämtliche Wageninsassen hierher zu beordern. Es gibt zwei mögliche Lösungen, und beide möchte ich im Beisein aller darlegen.«

32

Langsam füllte sich der Wagen, und die Reisenden nahmen ihre Plätze wie bei Tisch ein. Auf allen Gesichtern lag derselbe Ausdruck: Erwartung, mit Furcht gemischt. Die schwedische Dame weinte noch immer, und Mrs. Hubbard tröstete sie. »Na, na, meine Liebe, Sie müssen sich ein bißchen zusammenreißen. Es wird schon alles gut werden. Wenn in unseren Reihen ein böser Mörder steckt, so wissen wir doch, daß Sie es nicht sind. So, nun nehmen Sie hier Platz, und ich setze mich dicht neben Sie. Und jetzt regen Sie sich mal nicht mehr auf!«

»Erlauben Sie, daß ich dableibe, Monsieur?« fragte der Schlafwagenkondukteur.

»Gewiß, Michel.«

Dann zupfte Hercule Poirot die tadellos sitzende Krawatte

zurecht, räusperte sich und begann:

»Messieurs et Mesdames, ich werde mich des Englischen bedienen, weil ich annehme, daß Sie alle diese Sprache leidlich beherrschen. Es handelt sich um die Untersuchung der Ermordung Samuel Edward Ratchetts – alias Cassetti. Ich sehe zwei Möglichkeiten, wie dies Verbrechen verübt wurde, und will sie Ihnen beide vortragen, worauf Mr. Bouc und Dr. Constantine beurteilen sollen, welche die richtige ist.

Sie alle kennen die Tatsachen des Falles. Mr. Ratchett wurde heute morgen erstochen aufgefunden. Um 12.37 sprach er noch durch die Tür mit dem Kondukteur, und eine in seinem Pyjama gefundene, bös zugerichtete Uhr ist um ein Viertel nach eins stehengeblieben. Dr. Constantine, der die Leiche untersuchte, vertritt die Ansicht, der Tod sei zwischen Mitternacht und zwei Uhr morgens erfolgt. Eine halbe Stunde nach Mitternacht saß der Zug im Schnee fest und steckt, wie Sie wissen, noch immer darin. Mithin war seitdem niemand imstande, den Zug zu verlassen.

Die Aussage Mr. Hardmans – Detektiv einer bekannten New Yorker Agentur – erhellt eindeutig, daß keiner an seinem Abteil (No. 16, am äußersten Ende gelegen) vorüber konnte, ohne von ihm gesehen zu werden. So sind wir zu der Schlußfolgerung gezwungen, daß wir den Mörder unter den Insassen eines besonderen Wagens zu suchen haben – des Wagens Istanbul – Calais. Das, Messieurs et Mesdames, war unsere Theorie.«

»Comment?« stieß Mr. Bouc verblüfft aus.

»Und nun die andere, die sehr einfach ist. Mr. Ratchett hatte einen gewissen Feind, den er fürchtete und von dem er Mr. Hardman eine Beschreibung gab mit dem Zusatz, daß ein etwaiger Mordversuch höchstwahrscheinlich in der zweiten Nacht nach der Abreise von Istanbul gemacht werden würde.

Ich möchte Ihnen nicht verhehlen, Ladies and Gentlemen, daß Mr. Ratchett ein gut Teil mehr wußte, als er Mr. Hardman anvertraute. Der Feind, den er erwartete, bestieg den Zug in Belgrad, möglicherweise auch in Vincovci, durch die Tür, die Oberst Arbuthnot und Mr. MacQueen offenließen, als sie vom Bahnsteig wieder in den Waggon kletterten. Mit einer Schlafwagenuniform versehen, die er über seiner gewöhnlichen Kleidung trug, sowie mit einem Hauptschlüssel, der es ihm ermöglichte, trotz der verschlossenen Tür in Mr. Ratchetts Abteil einzudringen, erstach dieser Feind den unter der Wirkung eines Schlafmittels fest Schlummernden und verließ das Abteil durch die

Verbindungstür zu Mrs. Hubbards Abteil ...«

»Ganz recht«, bestätigte Mrs. Hubbard.

»Im Vorbeigehen warf er die Mordwaffe in Mrs. Hubbards Schwammbeutel und verlor, ohne es zu wissen, einen Knopf seiner Uniform. Dann schlüpfte er hinaus in den Korridor, stopfte die hastig abgestreifte Uniform in einen Koffer eines Abteils, und ein paar Minuten später verließ er, in gewöhnlicher Straßenkleidung, den Zug, kurz bevor dieser wieder anfuhr.«

»Aber die Uhr?« warf Mr. Hardman ein.

»Auch dafür habe ich die Erklärung. Mr. Ratchett hatte versäumt, in Tzaribrod seine Uhr eine Stunde zurückzustellen, wie er hätte tun müssen. Seine Uhr zeigte noch die osteuropäische Zeit an, die von der mitteleuropäischen um eine Stunde abweicht. Es war ein Viertel nach zwölf, als Ratchett erstochen wurde – nicht ein Viertel nach eins.«

»Mon cher, diese Erklärung ist absurd!« rief Mr. Bouc. »Denken Sie doch an die Stimme, die um dreiundzwanzig Minuten vor eins aus Ratchetts Abteil sprach. Entweder war es Ratchetts Stimme oder die seines Mörders.«

»Nicht unbedingt. Es kann auch eine dritte Person gewesen sein. Jemand, der Ratchett besuchen wollte, ihn tot fand und deshalb nach dem Kondukteur läutete. Plötzlich aber fuhr ihm ein eisiger Schreck in die Glieder ... wenn man ihn nun des Verbrechens anklagte? Und so tat er, als spräche Ratchett und schickte den Kondukteur wieder fort.«

»C'est possible«, gab Mr. Bouc knurrend zu.

Hercule Poirot blickte Mrs. Hubbard an.

»Ja, Madame – bitte, was wollten Sie sagen?«

»Ich ... ich weiß nicht mehr. Aber bilden Sie sich ein, ich hätte ebenfalls vergessen, meine Uhr zurückzustellen?«

»Nein. Sie hörten den Mann durchgehen – aber unbewußt. Später quälte Sie dann ein Alpdruck, ein Traum von einem Mann, der sich in Ihr Abteil geschlichen habe, so daß Sie mit einem Ruck aufwachten und zur Klingel griffen.«

»Freilich, das könnte sein.«

Prinzessin Dragomiroff betrachtete Poirot.

»Und wie erklären Sie die Aussage meiner Kammerfrau?«

»Sehr einfach, Madame. Fräulein Schmidt erkannte das Taschentuch, das ich ihr zeigte, als das Ihrige und unternahm den etwas unbeholfenen Versuch, Sie zu schützen. Gewiß, sie traf den Mann, aber früher, während der Zug im Bahnhof Vincovci hielt.

Mir gegenüber aber nannte sie eine spätere Stunde, in der verworrenen Idee, Ihnen ein wasserklares Alibi zu verschaffen.«

Die Russin blickte vor sich nieder.

»Sie haben an alles gedacht, Monsieur«, murmelte sie. »Ich ... ich bewundere Sie.«

Dann blieb es still. Und mitten in dieser Stille hämmerte Dr. Constantine jählings mit der Faust auf den Tisch.

»Nein, nein und noch einmal nein«, sagte er. »Das ist eine ganz windige, fadenscheinige Erklärung.«

Der kleine Belgier betrachtete ihn mit neugierigem Blick.

»Sie wollen mich also zwingen, Ihnen auch noch meine zweite Lösung zu offenbaren, mon cher? Nun, es sei denn.

Zu der anderen Lösung gelangte ich auf folgende Weise: Nachdem ich sämtliche Aussagen gesammelt hatte, lehnte ich mich mit geschlossenen Augen zurück und begann zu denken. Behilflich war mir eine Bemerkung Mr. Boucs, die sich auf die buntzusammengewürfelte, alle Klassen und Nationalitäten umfassende Reisegesellschaft bezog. Und als ich mich dieser Bemerkung wieder entsann, versuchte ich mir vorzustellen, ob sich solch ein buntes Gemisch wohl auch unter anderen Bedingungen zusammenfinden könne. Und die Antwort, die ich mir gab, lautete: nur in Amerika. In Amerika mochte ein Haushalt aus solch verschiedenen Staatsangehörigen bestehen – einem italienischen Chauffeur, einer englischen Gouvernante, einer schwedischen Bonne, einer französischen Zofe und so weiter. Das führte mich zu dem Schema des Ratens – das heißt, ich teilte jeder Person eine gewisse Rolle in dem Armstrong-Drama zu. Nun, so bekam ich ein sehr interessantes und befriedigendes Ergebnis.

Dann ging ich in meinem Geist die einzelnen Personen durch, nebst ihrem Verhalten beim Verhör. Mit Mr. MacQueen begann ich. Meine erste Zwiesprache mit ihm enthüllte nichts Verfängliches. Während der zweiten jedoch machte er eine Bemerkung, über die ich stutzte. Ich hatte ihm erzählt, daß ich ein Papier, auf dem der Name Armstrong erwähnt wurde, gefunden habe, und er sagte: ›Aber das war doch ...‹ Dann machte er eine Pause und fuhr fort: ›War doch eine sträfliche Nachlässigkeit von dem Alten!‹

Ich konnte mich des Gefühls nicht erwehren, daß der Schluß des Satzes ursprünglich anders hatte lauten sollen.

Dann der Kammerdiener. Er sagte, sein Herr habe die Gewohnheit gehabt, während einer nächtlichen Eisenbahnfahrt stets einen Schlaftrunk zu nehmen. Das mochte im allgemeinen stimmen. Aber würde Ratchett auch in der vergangenen Nacht ein Schlafmittel genommen haben ...? Der Browning unter seinem Kopfkissen strafte jene Aussage Lügen. Ratchett hatte im Gegenteil munter bleiben wollen. Was für ein Narkotikum er auch geschluckt hatte – es war ihm ohne sein Wissen eingeflößt worden. Durch wen? Offenbar durch MacQueen oder den Diener.

Nun kommen wir zu dem Zeugnis Mr. Hardmans. Ich glaubte alles, was er mir über seine Persönlichkeit und seinen Beruf erzählte, doch als er mir das für Ratchetts Bewachung gewählte System schilderte, wurde seine Erzählung kindisch. Das einzige Mittel, um Ratchett zu beschützen, bot der Aufenthalt in Ratchetts Abteil selbst oder einem Platz, von wo er die Tür beobachten konnte.

Vermutlich haben Sie inzwischen alle von den wenigen Worten gehört, die ich von einem Gespräch Miss Debenhams mit Oberst Arbuthnot auffing. Mary nannte der Oberst die junge Dame! Auf solch vertrautem Fuß stand er mit ihr! Angeblich hatte er sie doch erst wenige Tage vorher kennengelernt! Messieurs et Mesdames, ich kenne genug Engländer von Oberst Arbuthnots Schlag. Selbst bei einer Liebe auf den ersten Blick pflegen sie langsam vorzugehen und nicht – hoppla! – über die gesellschaftlichen Schranken zu springen.

Nun zu einer anderen Zeugin. Mrs. Hubbard hatte uns erzählt, daß sie vom Bett aus nicht habe sehen können, ob die Verbindungstür abgeriegelt sei oder nicht, und deshalb Miss Ohlsson gebeten habe, nachzusehen. Nun, diese Aussage hätte gestimmt, wenn Mrs. Hubbard Abteil 2, 4, 12 oder irgendeine andere gerade Zahl innegehabt haben würde, wo sich der Riegel unterhalb der Türklinke befindet; in den Abteilungen mit ungeraden Zahlen – also auch in ihrem Abteil Nr. 3 – ist der Riegel aber ein gutes Stück oberhalb der Klinke angebracht, so daß der Schwammbeutel ihn nicht verdeckt haben konnte.

Und jetzt erlauben Sie mir, ein paar Worte über Zeit und Stunde zu sagen. Ich stolperte – wenn ich den Ausdruck gebrauchen darf – sofort über den Umstand, daß die beschädigte Uhr im Pyjama steckte. Eine Pyjamatasche ist wirklich ein sehr unbequemer und unwahrscheinlicher Aufbewahrungsort, zumal sich am Kopfende des Bettes ein Uhrhaken befindet. Infolgedessen zweifelte ich nicht, daß die Uhr absichtlich zur Irreführung in die Tasche gesteckt worden war. Und das Verbrechen wurde keineswegs um ein Viertel nach eins verübt.

Früher also? Oder, um genau zu sein, um dreiundzwanzig Minuten vor eins ...? Mein Freund Bouc führte zur Unterstützung dieser Theorie den lauten Schrei an, der mich aus dem Schlaf riß. Doch wenn Ratchett in schwerer Betäubung dalag, konnte er nicht aufgeschrien haben. War er fähig zu schreien, so war er auch fähig, sich irgendwie zur Wehr zu setzen.

Ich erinnerte mich, wie MacQueen nicht einmal, sondern zweimal (und das zweite Mal in übereifriger Weise) betont hatte, daß Ratchett nicht französisch sprach, und gewann allmählich die Überzeugung, daß der ganze Rummel um dreiundzwanzig Minuten vor eins eine um meinetwillen gespielte Komödie sei! Der Trick mit der Uhr ... nun, fast jeder dritte Detektivroman arbeitet mit ihm. Und man vermutete nicht zu Unrecht, daß ich den Schwindel durchschauen und mich selbstgefällig in meiner Schlauheit sonnend fernerhin vermuten würde, die um dreiundzwanzig Minuten vor eins gehörte Stimme könne – da Ratchett nicht französisch sprach – nicht die seinige gewesen sein; er habe vielmehr um diese Zeit schon nicht mehr gelebt. Ich bin aber überzeugt, Messieurs et Mesdames, daß er um diese Stunde noch in tiefer Betäubung schlief.

Immerhin ist der Trick gelungen! Ich habe meine Tür geöffnet, hinausgeschaut und wirklich den französischen Satz vernommen. Wenn ich aber wider Erwarten so unglaublich dämlich sein würde, mir die Bedeutung nicht zu vergegenwärtigen – nun, dann muß man mich eben mit der Nase darauf stupsen! Dann kann immer noch MacQueen kommen und zu mir sagen: ›Entschuldigen Sie, Monsieur Poirot, der Sprecher kann nicht Mr. Ratchett gewesen sein. Er beherrscht das Französische nicht.‹

Wann aber war die wirkliche Stunde des Verbrechens? Und wer tötete ihn?

Nach meiner Meinung wurde Ratchett kurz vor zwei Uhr getötet, knapp vor Ablauf der von Dr. Constantine als möglich angegebenen Zeitspanne.

Was aber die Frage nach dem Täter anbetrifft ...« Hercule Poirot machte eine Pause, blickte im Kreis umher ... Wahrlich, über Mangel an Aufmerksamkeit konnte er nicht klagen!

»Mir fiel besonders die außergewöhnliche Schwierigkeit auf, gegen irgendeine im Zug befindliche Person einen Beweis zu erbringen, und weiter das merkwürdige Zusammentreffen, daß jedes Alibi von einer am wenigsten vermuteten Seite bezeugt wurde. So versorgten sich MacQueen und Oberst Arbuthnot gegenseitig mit Alibis – zwei Menschen, bei denen man bestimmt keine früheren freundschaftlichen Bande oder sonstigen Beziehungen vermutete. Das gleiche traf auf den englischen Kammerdiener und den Italiener zu, auf die schwedische Dame und die junge Engländerin.

Und dann, Messieurs, sah ich Licht! Ja, sie steckten alle unter einer Decke! Daß so viele mit dem Armstrong-Fall Verquickte zufällig denselben Zug benutzen sollten, war nicht nur unwahrscheinlich, nein, es war unmöglich. Nicht Zufall, sondern nur Absicht konnte es zuwege bringen. Ich entsann mich einer Bemerkung Oberst Arbuthnots über die Aburteilung durch Geschworene. Aus zwölf Geschworenen setzt sich das Gericht zusammen – und zwölf Passagiere fuhren im Zug. Und zwölfmal war Ratchett erstochen worden. Nun hatte ich auch die Erklärung für die um diese Jahreszeit ungewöhnliche Überfüllung des Istanbuler Schlafwagens, die mir schon lange Kopfzerbrechen bereitete.

In Amerika hatte sich Ratchett der Justiz zu entziehen verstanden, obwohl nicht der mindeste Zweifel an seiner Schuld bestand. Vor meinem Geist aber erschien eine selbsternannte Geschworenenbank von zwölf Personen, die ihn zum Tode verurteilten und durch die eigenartigen Umstände des Falles gezwungen wurden, ihre eigenen Vollstrecker zu sein.

Ich sah es als ein vollendetes Mosaik, in dem jede Person die ihr zuerteilte Rolle spielte. Es war so verabredet, daß jeder sich auf irgendeine Person heftende Argwohn unverzüglich durch das Zeugnis von einem oder mehreren der anderen Mitwirkenden zerstreut werden sollte. Hardmans Aussage war nötig, falls man irgendeinen Außenseiter des Verbrechens verdächtigen würde, der sich nicht imstande sah, ein Alibi zu erbringen. Die Reisenden im Istanbuler Wagen liefen keine Gefahr. Die kleinste Einzelheit ihrer Aussagen war vorher ausgearbeitet worden. Erklärte diese Lösung alles ...? Ja! Die Art der Wunden – jede durch eine andere Person dem Toten beigebracht. Die erheuchelten Drohbriefe – erheuchelt, weil sie nur geschrieben wurden, um als Beweismaterial zu dienen. Dann Hardmans Erzählung, daß ihn Ratchett mit seiner Bewachung betraut habe – ein Lügengespinst natürlich, von Anfang bis zum Ende; die Beschreibung des geheimnisvollen, kleinen, dunklen Mannes mit der frauenhaften Stimme – eine sehr zweckdienliche Beschreibung.

Der Einfall, das Urteil durch Erstechen auszuführen, mag im

ersten Augenblick sonderbar erscheinen, doch bei näherer Überlegung nicht. Ein Dolch ist eine Waffe, mit der jeder, der Starke wie der Schwache, umzugehen vermag, und überdies verursacht er kein Geräusch. Ich bin der Meinung, daß sämtliche Verschwörer der Reihe nach durch Mrs. Hubbards Abteil in das verdunkelte Abteil Ratchetts drangen – und zustachen. Und sie selbst würden niemals wissen, welcher Stich ihn nun eigentlich tötete. Der letzte Brief, den Ratchett wahrscheinlich auf seinem Kopfkissen fand, wurde sorgsam verbrannt, und ohne den Hinweis auf den Armstrong-Fall lag keinerlei Grund vor, irgendeinen der Reisenden zu verdächtigen.

Ich weiß nicht genau, was sich zutrug, als die Verschwörer merkten, daß ein Teil ihres Planes infolge des Schnees unmöglich wurde. Vermutlich fand eine hastige Beratung statt, und man entschied, ungeachtet dieses Zwischenfalls, das Begonnene zu Ende zu führen. Jedoch gestaltete man es noch etwas verwirrender. In des Toten Abteil wurden zwei Fingerzeige niedergelegt – einer, der Oberst Arbuthnot belastete (der über das stärkste Alibi verfügte und dessen Verbindung zu den Armstrongs am schwersten zu beweisen war), und der zweite, das Taschentuch, das Prinzessin Dragomiroff beschuldigte, die sich aber dank ihres sozialen Ranges, ihrer zarten Körperbeschaffenheit und des durch ihre Kammerfrau und den Kondukteur bestätigten Alibis in einer unangreifbaren Stellung befand. Und zur weiteren Verdunkelung wurde auch die mysteriöse Frau im roten Kimono noch hineingezerrt. Wieder wurde ich als Zeuge für ihr Vorhandensein erkoren. Ein dumpfes Poltern gegen meine Tür! Ich springe aus dem Bett, spähe in den Korridor – – – und sehe den roten Kimono in der Entfernung verschwinden. Und außer mir sehen ihn noch eine sorgfältig ausgewählte Schar: der Kondukteur, Miss Debenham und MacQueen. Die eigentliche Besitzerin des roten Seidengewandes dürfte wohl die Gräfin Andrenyi sein, da ihr Gepäck nur ein Chiffonnegligé enthält, das seinem ganzen Charakter nach eher ein Teagown als ein Morgenrock ist.

Als MacQueen von mir erfuhr, daß ein Teil des so sorgsam verbrannten Briefes der Vernichtung entgangen war, wird er die übrigen davon in Kenntnis gesetzt haben. In dieser Sekunde wurde die Lage der Gräfin Andrenyi heikel, und unverzüglich nahm ihr Gatte die Änderung im Paß vor.

Jetzt gab es noch einen anderen Punkt, der mich bedenklich machte. Wenn meine Theorie des Verbrechens richtig war – und ich glaube, daß sie richtig sein muß –, dann gehörte offenbar auch der Schlafwagenkondukteur zu den Verschwörern. Aber dann waren es dreizehn – nicht zwölf!

Oh, wie habe ich gegrübelt, bis ich endlich zu dem Schluß kam, daß diejenige sich nicht an dem Verbrechen beteiligt hatte, von der man eher das Gegenteil annehmen sollte. Ich meine die Gräfin Andrenyi. In meinem Ohr lag noch der feierliche Ernst, mit dem der Graf beschwor, seine Gattin habe ihr Abteil nicht verlassen.

Aber Pierre Michel? Wie ließ sich seine Mittäterschaft erklären? Er war ein rechtschaffener Mann, der jahrelang im Dienst der Schlafwagengesellschaft stand – nicht ein fragwürdiger Charakter, der sich durch Bestechung erkaufen ließ. Mithin mußte auch Pierre Michel irgendwelche Bindungen zum Armstrong-Fall haben. Aber welche? Da erinnerte ich mich des toten Kindermädchens. War sie nicht Französin gewesen? War sie vielleicht Pierre Michels Tochter?

Oberst Arbuthnot hielt ich für einen Freund der Armstrongs. Und Hildegarde Schmidt? Vielleicht bin ich übergefräßig, Messieurs – denn eine gute Köchin wittere ich instinktiv. Ich stellte ihr eine Falle, in die sie prompt hineinfiel.

Und Hardman? Er schien tatsächlich nicht zu dem Armstrongschen Haushalt gehört zu haben, und ich konnte mir gut vorstellen, daß er mit dem französischen Mädchen verlobt gewesen war. Ich sprach mit ihm über den Charme der Ausländerinnen – und wieder erzielte ich die Wirkung, die ich wollte. Tränen traten in seine Augen, was er dann als Geblendetsein durch den Schnee zu erklären suchte.

Jetzt bleibt noch Mrs. Hubbard. Und sie spielte die wichtigste Rolle in dem Drama. Da sie das an Ratchetts Abteil grenzende innehatte, war sie dem Argwohn mehr ausgesetzt als jeder andere. Wie die Dinge lagen, fehlte ihr auch ein Alibi, auf das sie sich stützen konnte. Um ihre Rolle zu spielen – die vollkommen natürliche, leicht lächerlich wirkende, zärtliche amerikanische Mutter –, dazu bedurfte es einer Künstlerin. Doch im Armstrong-Kreis war sie ja auch vorhanden – Mrs. Armstrongs Mutter . . . Linda Arden, die Schauspielerin . . .«

Er schwieg.

Und in einer weichen Stimme von seltenem Wohllaut, die in nichts der Stimme glich, die man im Verlauf der Reise gehört hatte, sagte Mrs. Hubbard:

»Ich habe früher schon gern komische Rollen übernommen.« Dann wechselte sie ihre Stellung ein wenig und schaute Poirot freimütig an.

»Sie wissen alles, Monsieur Poirot, bis in die kleinsten Einzelheiten. Bei Gott, Sie sind ein erstaunlicher Mann! Doch selbst Sie vermögen nicht diesen ... diesen furchtbaren Tag in New York auszumalen. Ich war dem Wahnsinn nahe vor Schmerz. Die Dienstboten ebenfalls und Oberst Arbuthnot nicht minder. Er war John Armstrongs bester Freund.«

»John rettete mir im Krieg das Leben«, warf der Oberst ein.

»Damals und dort entschlossen wir uns – vielleicht tatsächlich irre vor Herzeleid –, daß der Todesspruch, dem Cassetti entronnen war, vollzogen werden sollte. Wir waren unser zwölf – nein, eigentlich elf, da Susannes Vater natürlich in Frankreich weilte. Anfänglich dachten wir daran, durch Los den Vollstrecker zu bestimmen. Doch dann entschieden wir uns für diesen Plan, den Antonio, der Chauffeur, entwarf. Mary arbeitete später mit Hector MacQueen die Einzelheiten aus. Er hatte meine Tochter Sonja stets verehrt, und er war es, der uns genau erklärte, wie Cassetti es durch sein Geld fertigbrachte, seinen Kopf zu retten.

Oh, wir brauchten lange zur Ausführung unseres Plans! Zuerst galt es, Ratchett aufzuspüren, was Hardman gelang. Dann mußten wir versuchen, Masterman und Hector Stellung bei dem Schurken zu verschaffen. Auch das klappte. Hierauf hatten wir eine Rücksprache mit Susannes Vater. Oberst Arbuthnot bestand darauf, daß wir zwölf seien – irgendwie schien es ihm gesetzlicher. Ihm war auch die Wahl der Waffe nicht sympathisch, aber er fügte sich, weil sonst der Schwierigkeiten noch mehr gewesen wären. Nun, Susannes Vater willigte ein, trauerte er doch um sein einziges Kind. Von Hector erfuhren wir, daß Ratchett früher oder später mit dem Orient-Expreß aus dem Osten heimkehren würde. Pierre Michel, gegenwärtig auf dieser Strecke fahrend ... die Chance war zu gut, als daß wir sie versäumen durften ...!

Den Mann meiner zweiten Tochter mußte ich selbstverständlich einweihen, und er beharrte dabei, gleichfalls mit ihr den Zug zu benutzen. Hector wiederum wußte es einzufädeln, daß Ratchett die Reise an dem Tag antrat, als Pierre Michel Dienst hatte. Wir beabsichtigten, jedes Abteil in dem Istanbuler Wagen zu belegen, doch unglücklicherweise war ein Abteil schon lange vorher für einen Direktor der Gesellschaft reserviert worden. Mr. Harris war selbstverständlich eine Fabelfigur. Doch es wäre hindernd gewesen, irgendeinen Fremden in Hectors Abteil einquartiert zu bekommen. Und dann, in allerletzter Minute, kamen Sie ...«

Sie schöpfte tief Atem.

»Und nun, Monsieur Poirot, was haben Sie nun mit uns vor? Wenn das Ganze an das Licht der Öffentlichkeit muß – können Sie dann nicht wenigstens die Schuld auf mich laden, auf mich allein? Ich würde dem Schurken gern zwölf Stiche beigebracht haben. Es handelte sich ja nicht nur darum, daß er verantwortlich war für den Tod meiner Tochter und ihres Kindes und auch jenes anderen, noch ungeborenen Kindes, das jetzt munter und glücklich hätte sein können – nein, es handelte sich um mehr als das! Vor Daisy hatte der Unhold andere Kinder gemartert ... und sollten in Zukunft vielleicht noch mehr Menschen leiden? Die Gesellschaft hatte ihn verurteilt; wir führten diesen Spruch aus. Doch es ist unnötig, Monsieur Poirot, alle meine Helfer preiszugeben. Alle diese guten, treuen Seelen ... den armen Michel ... Mary und Oberst Arbuthnot, die sich lieben.«

Wie wundervoll ihre Stimme durch den gefüllten Raum hallte – diese tiefe, warme, herzbewegende Stimme, die so manche tausendköpfige Zuschauermenge hingerissen hatte!

Poirot sah seinen Freund an.

»Sie sind Direktor der Gesellschaft, Mr. Bouc. Was sagen Sie?«

»Nach meiner Meinung, Monsieur Poirot«, erwiderte dieser nach ausgiebigem Schlucken und Räuspern, »ist die erste Theorie, die Sie uns darlegten, die richtige – ganz bestimmt! Ich schlage vor, daß wir diese Lösung auch der jugoslawischen Polizei vortragen, wenn sie erscheint. Stimmen Sie mir zu, Doktor?«

»Vollkommen. Und was das medizinische Gutachten anbelangt ... hm ... hm ... ich glaube fast, daß ich mich da zu phantastischen Vermutungen verstieg.«

»Très bien«, sagte Hercule Poirot vergnügt. »Dann habe ich die Ehre, mich von dem Fall zurückzuziehen.«